阅读经典

屈平 子夜霜 京涛 主编

新闻卷

流星 瞬间 的 永恒

一颗露珠，折射着缕缕情思；
一片枫叶，飘洒着绵绵思绪；
一粒沙子，磨砺出串串遐想；
一个微笑，传递的是拳拳善意；
一道风景，蕴涵的是深深哲理；
一段经典，演绎的是精神盛宴……
点点读点，激发你的艺术灵光；
处处批注，打开你的智慧锦囊……
篇篇妙文，点燃你的人生梦想。
这辑美文哟，是天下最美最鲜的心灵鸡汤，
品悟它吧，你一生心里有滋养……

文心出版社

《品读经典》编委会

主编：

屈　平　子夜霜　京　涛

执行主编：

屈　平

副主编：

苏先禄　孙维彬

编委（以姓氏笔画为序）：

丁　武	万爱萍	马晨露	王　臻	王连仓	王崇翔
左保凤	石　晶	仲维柯	刘　宇	刘道勤	吕李永
孙云彦	孙维彬	曲明城	朱诵玉	朱淑媛	许喜桂
吴潇枫	张大勇	张金寿	李　燕	李荣军	杨七斤
杨刚华	杨景涛	杨新成	汪　明	汪茂吾	肖优俊
苏先禄	苏晓芸	陈百胜	陈学富	陈锦才	周　红
周礼华	周波松	周流清	罗　胤	姚晨雪	姜全德
柯晓阳	贺　琴	贺秀红	赵宝洁	唐仕伦	夏发祥
殷传聚	秦彩虹	聂　琪	贾　霄	贾少阳	贾少敏
崔步青	康燕凌	梁　娜	梁小兰	黄德群	曾良策
温秋雁	解立肖	詹长青	鲍海琼	臧学民	蔡　静
樊　灿	戴汝光				

与 书 结 缘

诸君嘱我为"品读经典"书系作序，颇为难。非名人亦非什么专家，作序于售书似无益；亦非权威，谈不出什么高深玄论，会让读者失望；学养有限，阅历又浅，啰里啰唆的，徒费学子寸金时光，深恐有负众望……辞几次，拗不过，只得鸭子上架了。

从何说起，我犹豫了颇久，还是从与书结缘谈起吧。

很小的时候，我不怎么读书，就是想读书，识字也不多呀。倒是在畅快淋漓地读大自然这部大书，常常"忙"些城里孩子做梦都艳羡的事儿，丛林里听鹊儿莺儿蝉儿唱歌啦，草丛里看蚂蚁抬青虫啦，小溪里捕鱼网虾啦，点煤油灯炸螃蟹啦，抽青藤编花环啦，追逐点点流萤啦，藤蔓上荡秋千啦，采山菌摘野果啦，竹林里捉迷藏啦，山岭上看夕阳白云啦，葡萄架下听故事啦……一切都是那么的有趣！

不过，也常常伴着危险。山林若是走得深了，会遇到狼，大人也跑不过狼，小孩子得就近赶快爬到树上，呼喊人们来救援。有时也会捣蛋地逗引公牛斗架，观战须格外留神，那硕壮的牛蹄子踢一下腿，轻则骨折，要是牛角剜着了肚子，那可就呜呼哀哉了。翻石块捉蝎子风险小一些，不过有时会突然蹿出一条蛇来，骇得你出一身冷汗。采野果安全些，但也会因不辨果性而中毒。有一种植物俗名叫红眼子，学名我至今也没有弄清楚，果实与刺莓很相像，味道也是酸甜的，只是红眼子有毒性，吃多了会出人命的。不过，眼珠子滴溜溜转的孩子是能区分的,红眼子枝干粗壮而无刺,刺莓茎蔓细弱而多刺。采药的时候,小腿胳膊脸啦,被划伤是家常便饭,最让你防不胜防的是蜂子的袭击,我就曾遭遇一群小拇指大小的土蜂的围攻。我刚碰到荆棘丛那株诱人的柴胡,忽地从地下旋出一群土蜂,我没作片刻犹豫,就地滚出数丈远。但蜂子仍如战斗机般地紧追不舍。山里曾发生过公牛被土蜂活活蜇死的事,我想自己是要死了,冒出了玉皇大帝、阎王爷还有菩萨究竟是什么样子的念头。蜂子蜇了我几下,我立刻清醒了,绝不能动,即使再蜇几下也绝不能还击,否则,蜂子攻击会更疯狂,而且还会有更多的蜂子飞来。蜂子绕着我尖叫着,十来分钟后便飞走了。结果我中了九毒针,三天都吃不下饭。土蜂留给我的纪念——九个褐色斑直到四五年后才消失……一切都是那么惊险而又刺激,男孩子的探险、坚毅、无畏也许就源自大自然吧。

父亲爱读书看报。他回家后的第一件事便是搬把圈椅放在老楸树下的石桌旁,沏杯菊花茶——野菊花山里多的是,坐在圈椅里读起来。嬉闹是孩子的天性,尤其是像我这样天不怕地不怕的顽童。不过,父亲读书的时候,我是不敢疯的。一边悄悄地玩耍,一边偷偷瞄几眼父亲,渐渐地,我发现父亲读得很陶醉,在书上画着批着什么的。其实,疯玩是影响不了父亲的,只是我那时并不晓得。父亲有时还微笑,父亲虽然不曾打骂过我们,却是个极严肃的人,我寻思,书里究竟有啥稀奇居然能让父亲笑?溜进书房,翻翻父亲刚刚读过的书,都是黑乎乎的字,这些字也"可笑"?这字里一定有什么不可告人的秘密,于是我不自觉地开始认字了。

认字稍多些的时候,我渐渐从只言片语的小故事里沉醉到长篇里去,到生我养我的这片土地之外的神奇世界漫游了。我读的第一部长篇是儒勒·凡尔纳的《十五小豪杰》,大概是小学二年级吧。书中讲的是15个孩子流落荒岛,后来用风筝飞离荒岛,历尽艰险,最后成了一群小豪杰的故事。书是繁体字,那时简体字我也没认几个,读,不过是结结巴巴连猜带蒙的,主人公的机智勇敢,我倒还能深深地感受到。

这本书情节离奇,加上"看官"之类评书味道的语言,我第一次真切地悟到,这世界上有比玩耍还有趣的事情。就这样,我迷上了书,吃饭时读,路上也读,蹲茅厕也读,被窝里也读。放牛时候,如果遇到雨天,我把牛赶进山洼里,然后冲到山头,寻一块平坦的巨石,把化肥袋子铺在上面,盘着脚,在伞下读了起来。那时候探险、推理、科幻、传奇的书读得多,读得如痴如醉,后来被声嘶力竭的嚷嚷声惊醒,原来牛进了庄稼地。牛糟蹋了那么多庄稼,回到家里,教训是免不了的了,但我没有敢辩说是因为读书。读书实在是一件妙不可言的事。有人说读书"如雨后睹绚烂彩虹,如江岸沐温馨春风,如清晨饮清爽香茗",这可能是年龄稍大的孩子或成年人读书的感觉吧,我那时读书,感觉就像是踩着彩虹桥去跨在弯弯的月亮上摇啊摇的。

父亲是个教书先生,在盆地里也算个小有名气的作家了。他教语文,教自然,也教美术,他的大书柜自然也是个杂货铺。我与语言文字打交道,就是从与这杂货铺结缘开始的。杂货铺里有《格林童话》《钢铁是怎样炼成的》《从地球到月亮》《唐诗选》之类的文学书,也有《东周列国志》《三国演义》《说岳全传》之类的演义书,也有《上下五千年》《史记》之类的历史故事书,也有《十万个为什么》《趣味数学》《新科学》《本草纲目》之类的科学书,等等。这些书,有的我一翻就入迷了,有的翻来翻去也不懂,便不感兴趣了,不过,有外人在跟前我还是煞有介事地读的。《本草纲目》是一部医学书,小孩子自然不感兴趣,但在随便翻翻中,我知道了李时珍写这部书很不容易,花了三十多年,中国人读它,外国人也读它。奇怪的是,我没有从医,却莫名其妙地懂一点医道,大概是与此有关吧。

我不怎么热乎书的时候,书柜好像没有落锁,迷上了书后,好像是突然落了锁。这书柜就像一块巨大的磁力方石,越是上锁就越有魔力。忽然发现,锁没有直接锁在门扣上,倒是门扣用一条松弛的链子穿过,再用锁锁着链子,可以"偷"书的哟!手伸进柜缝,能取出中间的书,但取两边的书就不容易了。我想了一个法儿,用铁丝钩想看的书。书钩出来容易,要还回去就不那么容易了。有次把书弄破了,心里打鼓了一两天,很快察觉打鼓是不必要的,父亲只是看了看那本书,就把它放到里面去了。

不久,我又发现,隔几天书柜中间总摆着一些我没有读过的书。有时书柜也不落锁,再后来就彻底不锁了,倒是父亲时常提醒我,专心读书是好事,但读上二十来分钟,眼睛要向周围望望,多看看绿叶啦青草什么的。有朋友说我读书写文章没明没夜的,却总不见我近视,很是嫉妒也很是纳闷。这可能得益于这一习惯吧。现在想想,书柜的落锁与开放,那是父亲教子读书的苦心与智慧。

有时,我也和父亲坐在老楸树下读书。父亲引导我怎么读书,起初让我点点画画一些词呀句呀段落呀的,后来让我写写自己的想法。父亲爱惜书是有名的,有个亲戚还书时不小心把书散落到泥地上,父亲心疼了好一阵子,但他从不在意我在书上画呀圈呀的。就这样,快上中学的时候,书柜里的书我几乎读了遍,尽管许多我还似懂非懂的,却隐隐约约感觉到有些知识老师似乎没有我懂的多。

父亲也让我读些报刊,给我订有《文学故事报》《中国少年报》《少年文艺》《少年科学》《向阳花》,等等。书是文明的沉淀,报刊虽不及书厚重,却是一扇通向新世界的窗口,读读报刊能呼吸到清新的空气。父亲读报有个习惯,哪篇文章写得精彩了,就把它剪下来,那时候山里没有复印机,若背页也有不错的文章,父亲就把它抄下来,然后,剪裁的和抄写的文章都贴在不用的课时计划里。父亲挑选的这些文章,更多的是让我们兄妹读。我迷上文学,可能就与父亲剪裁《文汇报》里的连载故事有关吧。

父亲爱写点东西,在我刚上小学二年级时,也硬让我开始写。那时候,我连"观察""具体"之类观念都还没弄明白,不过,写的无论长短,父亲都要细细看的,哪处写得好或不妥,都一股脑儿指出来,批改的比我写的还要多。不知不觉,我想什么就能写什么了。父亲从来没有给我买过作文书,但我的作文向来都不差。老师评讲作文时,大多是读我的作文,学校出校刊也常常有我的"大作"。语文老师在我日记、作文里批语说"有很好的文学素养""希望将来能成为什么什么"的。我因此陶醉了。

感觉良好的我，很快就得到了教训。我写了一篇两万余字的小说，自以为非常完美，寄给了父亲，"谦虚"地让他给提点意见。父亲读了三遍，没有改一个字，只是在文末批了四个字："华而不实！"要知道，那篇小说班里超过三分之一的同学都抄在笔记本里，连写作老师也大加赞赏。看到批语，我是多么沮丧啊！父亲料到我会失落，随批寄来一封信，信中说："孩子，浮躁是成不了大器的！曹雪芹披阅十载，增删五次，写就《红楼梦》，'字字看来皆是血'……福楼拜著《包法利夫人》，一天只写几百字，千锤百炼，字斟句酌，字字如珠……这些作品都是可以传世的。语言可以写得华丽，但不能没有思想，缺乏思想深度的语言，就像一件陈列在商店里而永远售不出去的漂亮衣服，好看而无用。缺乏思想沉淀，无论语言和技巧如何绝妙，无论长短，那就是废纸一张……大学里的书很多，你可以多读些经典。经典是有灵魂的，灵魂就是那不朽的思想。不想做蹩脚的作者，就要使你的作品有影响人的灵魂的思想；不想做平庸的批评家，就要使你的评论具有独到的前瞻的震撼人的观点……"看似说教，对我的影响却是刻骨铭心而深远的。

当下，出版业可谓繁荣，就我国而言，不说报刊、互联网、电子书、手机阅读，单是出版纸质新书，2000~2012年就达1890375种，全球历年出版的新书就更多了，加上流传下来的"古书"，数量之巨是无法想象的。不说读了，就是一本一本地数，我们一辈子恐怕也数不清楚。繁荣的背后，是品质的良莠不齐，浩瀚书海不乏有让你手不释卷的佳作，但更多的书是你不需要读的，或者就是粗制滥造，根本就不值得读。不知什么时候，国民迷上了出书，于是乎，但凡能写几个字的会说几句的都能出书了！这样的书，能读吗？生命是有限的，时间是宝贵的。作为学子，我们要选择那些必读的学业性书和能使我们受益无穷的经典书来读。

"品读经典"的入选作品，很早时候，编写者就寄给我了，这些作品就像白玉盘里颗颗璀璨耀眼的珍珠，许多作品令我沉吟至今。我不想刻意溢美"品读经典"，但编写者的两句话的确吸引了我："读经典，给心灵痛痛快快洗个澡；品经典，让审美如痴如醉做个梦！"这话说到了点子上。经典就像一泓思想圣水，浸润其中，给心灵痛痛快快洗个澡，灵魂就会得以升华。用经典滋养灵魂，那可没准儿，你也能成为一代大家的。

驻笔时，我想起了冰心赠给读者的话："读书好，多读书，读好书。"读者读经典，往往不觉其美，或不知其所以美，若读了"品读经典"，你会觉其美，也知其所以美。于是乎，我觉得冰心赠语也可以这么说："读书好，好读书，多读书，读好书，会读书！"

是为序，与学子共勉。

汗青　于静心斋

2013年5月22日

目　录

历史时刻

记中央人民政府成立盛典

◇［中国］林韦

读点

质朴的语言表现了国人由衷的欢欣。
立体的叙述记录了新中国成立的伟大时刻。

中华人民共和国中央人民政府正式宣告成立了！这一声震撼世界的巨响，由中国四亿七千五百万人民的伟大领袖、中华人民共和国中央人民政府主席毛泽东在北京天安门上庄严响亮地喊出的时候，参加盛典的 30 万群众中爆发了经久不息的欢呼。红底五星的国旗徐徐升上 22 公尺的高竿，54 门大炮齐鸣，军乐队奏起十多年前曾经激发了无数爱国人民向日本帝国主义冲锋前进的《义勇军进行曲》。时间是 1949 年 10 月 1 日下午 3 时。

经历过无数次深重灾难的中华民族与中国人民将永远记得这个可珍贵的时刻：它宣布了旧中国完全死亡，宣布了人民的新中国的诞生。中国，中国人，将不再是屈辱的殖民地与殖民地奴隶的代名词，而要永远地受到全世界爱好和平民主的人民的尊敬了。中国人民从此有了屹立于世界和平民主阵营的祖国，有了真能保护自己、代表自己的政府。受过多少代封建帝王直接统治与日本法西斯、蒋家小朝廷血腥屠杀的北京人民，将更加清晰地永远记得这个可珍贵的时刻。

批：中华人民共和国中央人民政府宣告成立无疑是中国和全世界的一件大事，中国人民将从此走进一个新的时代，30 万群众经久不息的欢呼就是明证。

批：精确的数字，表现了新闻的真实性；视听结合真实记录了盛典的开始，洋溢着作者的兴奋之情。

批：经历过无数次深重灾难的中国人民必然会记着这一历史时刻。

批：情到深处的自然议论，阐明了新政府成立的伟大意义。

密林般飘扬在高空的红旗，无数红色的五星灯、圆灯、各种兵器与镰刀斧头，都在"中华人民共和国万岁""中央人民政府万岁""毛主席万岁"的巨幅标语下标志出人们一致的强烈愿望：要巩固自己的祖国与人民政府。所以，在朱总司令检阅人民的海陆空军部队，这些部队在会场中心举行分列式时，群众中涌起了同样狂热的欢呼。整整两个半钟头的检阅，许多人连坐也没坐一下。电影机、照相机、望远镜和几十万双眼睛，一直集中凝结在受检阅的部队身上，生怕看不清或漏过任何一个可以看得到的武器与战士。

人民的武装部队两个半小时的检阅，给予人民的是更加坚固的胜利信心。我国年轻的海军部队与空军部队，第一次公开地列队出现在人民领袖和广大人民的面前了。海军陆战队整齐的步伐、焕发的精神，使人坚信它们既从无变成有，必将从小变成大。随着我们伟大祖国的繁荣鼎盛，我们会建设起一支强大的海军。空军成列成队地飞过会场的上空，人丛中帽子飞舞起来，手巾挥舞起来，手里拿着的报纸和其他物件都飞舞起来。人们随着军乐队奏出的《解放军进行曲》的响亮节奏拍着手，和着拍子，发出这样那样的声音，几十万的脉搏同速地跳动。

步兵部队、炮兵部队、战车部队与骑兵部队以等距离、等速度整连整团整师地稳步行进，是检阅中历时最长的一段，一直到太阳西下。但是，人们不厌其多，不厌其久，人们互相询问着："这是什么炮呀？""这是什么人呀！"每个人都把别人当成全知者，想更多地得到对自己部队的知识。指挥台上久经战阵的军官们向身旁的非部队人员不断地解答着："头两辆并排的小吉普车是指挥员和政委，后两辆是参谋长和政治主任，后面一辆是旗兵。这队野炮是日式九零野炮，能打30华里，这是美国的15生的(注：生的，

批：写实和写虚有机交融。

批：军队检阅和人民欢呼相互交融。

批：真实记录了人民的反应，表现了人民对新政府成立的兴奋之情，也表现了人民对新政府的愿望和期待。

批：议论，只有人民军队才能保卫人民胜利的成果。

批：适时议论，展现前景，给人以信心。

批：兴奋、激动之情的抒发。

批：描写海军、空军部队，给人以信心，描写观众的行为、声音，表现他们的欢快之情。

批：衬托手法，表达观众对人民军队和军队装备的关切之情。

批：记录我军战备。

英文厘米 centimeter 的音译）大榴弹炮，这是中型坦克，这是装甲车营……"所有摩托车与战车、炮车……都是油漆了的，装了红星与"八一"字样，轮子一圈白，颜色壮美而一致。这是人民的战士们加意装饰了的。

往西长安街看，不知部队已走出多少里；往东长安街看，不知还有多少里长的部队准备走进会场来，人们越看越振奋，觉得自己祖国的武装力量已是如此地强大。骑兵部队的许多连队最后以极整齐的五马并跑经过主席台前时，激起多次的热烈鼓掌。不仅跑得齐，而且马的颜色也是以各个连队为单位，要白全白，要红全红。

最后一队骑兵跑过去的时候，天安门红墙上的太阳灯、各色灯光在黄昏里开始发亮，人丛里的灯笼火把都点着了火，全场一片火光红浪；爆花筒向高空成群成群地放出红色、绿色、雪白色火球，拉着无数美艳的火丝，回头下降，噼噼啪啪响成一片。东西长安街上夹道的人群，开始围观提灯游行的漫长行列，交互地喊起"中华人民共和国万岁""中央人民政府万岁""毛主席万岁"的欢呼声。

历史在这一刻定格

本文原载于 1949 年 10 月 2 日《人民日报》。

作者选取新中国成立这一重大新闻题材，用质朴的语言给读者展示了这一历史盛典的全景。全文以"中华人民共和国中央人民政府正式宣告成立了"开头，给人以先声夺人之势，紧紧抓住读者的心。紧接着用一组数字说明了这一历史盛典的隆重，并特意强调了时间——1949 年 10 月 1 日下午 3 时，因为这一刻，中国历史揭开了崭新的一页，意义非凡，中国人民必须牢记在心。第二段强调了这一事件的现实意义：它宣布了旧中国完全死亡，宣布了人民的新中国的诞生。中国人民从此迈出了跨时代的一步，当家做了主人。第三段至第七段叙述了国家领导人检阅人民军队的过程，是重点，但作者并没有浓墨重彩地去写军队，而是重点写群众。30 万群众热情高涨，打出"中华人民共和国万岁""中央人民政府万岁""毛主席万岁"的巨幅标语,表达了人民群众对新中国、新政府和毛主席的热爱之情。在军队经过时,人们热情高涨,帽子、手巾、报纸等手里拿的东西都飞了起来,侧面写出了军队的威武、强大。最后以人群喊巨幅标语上的口号结束。全文以时间为序,语言质朴,详略得当。(屈平、李荣军、吕李永)

芳草地　　时代的轴线在此拉开

400 多年前,历史的轴线从这里拉开。

400 多年后,时代的轴线从这里拉开。今天下午 5 时,葡萄牙国旗就要从澳督府徐徐降下,远离母亲 400 多年的游子——澳门,终于走上回家之路。

濠江,大街小巷,彩旗招展,张灯结彩,喜气洋洋,全市沉浸于欢乐之中,神州大地也沉浸于欢乐之中,全球凡有华裔之地,无不欢欣雀跃,迎接澳门新纪元的到来。

中国发明"一国两制",采取和平谈判的方式,而不是兵戎相见,解决国与国之间遗留下来的历史问题。1997 年香港回归是一个成功的例子,今天澳门回归也是一个成功的例子,为国际社会创造了前所未有的范例。

阿根廷副外长指出,"一国两制"的成功实施,使他的国家对以同样方式解决马尔维纳斯群岛问题(注:马尔维纳斯群岛,英国称"福克兰群岛",位于阿根廷南端以东的南大西洋水域,西距阿根廷五百多公里。就该岛归属问题,英国与阿根廷一直争执不断,甚至爆发过战争)"抱有希望"。

西班牙外交大臣表示,"一国两制"为解决西班牙与英国在直布罗陀归属问题上的争端"开创了先例"。

俄罗斯的媒体也认为,俄罗斯与日本北方的纠纷可参照"一国两制"的模式解决。

今天,中国人民发明的"一国两制"已不仅仅属于中国,已成为国际社会的公共财产。

中华人民共和国成立只不过 50 年,前些日子才度过 50 大庆。50 年,在历史长河,只不过短暂之一刹,就是这个只有短短 50 年历史的新中国,先后解决有 150 年和 400 年历史的老大难领土问题。领土问题从来是最棘手的问题,而且拖延时间超过一个世纪和四个世纪,那就更难上加难了。

难题能够在今天和平地解决,首先,不能不归功于中国领导人高瞻远瞩,政策成功。

其次,不能不归功于中国近二十年改革开放的成功。国力得以提升,举世公认。

邓小平曾说过,弱国无外交。这是千真万确的至理名言。

两年前,香港回归;两年后的今天,澳门回到祖国怀抱,不言自明,中国的统一进程已经跨出极其重要的一步。

当然台湾问题,有其特殊的一面,有别于香港问题和澳门问题。但是,艰巨的港澳问题,在正确政策指导之下,迎刃而解。香港回归两年来,成功实行"一国两制""港人治港"和高度自治,深具说服力。往后的日子澳门特区政府管治成功,更为这个说服力增加含义和分量。

台湾问题正迫人而来。

继香港、澳门之后,中国最后的一个统一问题——台湾问题,势必提上议事日程,台湾问题不可能无限期拖下去。形势比人强,这是不以人们的意志为转移的。

"历史是一面镜子",鉴往知来,发人深省。人们认识到,澳门回归祖国,不只标志外国殖民统治在中国领土的彻底终结。中华民族蒙受的屈辱彻底洗雪,也标志西方在亚洲的殖民统治彻底终结。

近百年来,不容否认的事实,欧洲的繁荣兴起,是植根于亚洲的落后,是依靠对亚洲的无情掠夺。船坚利炮,打开一座座闭关锁国的大门。

今天,随着澳门回归,亚洲告别这段屈辱的历史。告别过去,迎接将来,一个新的亚洲将伸出有力的双手迎接新世纪的到来!

[中国]香港《大公报》/文

品读

中国政府收回香港的日期是 1997 年 7 月 1 日,确定香港回归的这个日期,主要是考虑到英国根据不平等条约租借香港"新界"99 年,其租期于 1997 年 6 月 30 日届满。但是,澳门问题却与香港问题不尽相同,在过去的四百多年内,葡萄牙是通过各种非法手段逐步占领澳门的,中葡两国在历史上从来没有任何租约。

1979 年,中华人民共和国和葡萄牙共和国正式建立外交关系,双方在达成的协议中指出:澳门是中国的领土,当前由葡萄牙政府管理,归还的时间和细节,将在适当的时候由两国政府谈判解决。1985 年,随着中英两国签署联合声明和平解决香港问题,中葡两国领导人认为谈判解决澳门问题的时机已经成熟,同意于次年举行正式谈判。此后经过四轮谈判,1987 年 4 月 13 日,中葡两国政府在北京正式签署《中华人民共和国政府和葡萄牙共和国政府关于澳门问题的联合声明》及两个附件。《声明》向全世界宣告:中国政府将于 1999 年 12 月 20 日对澳门恢复行使主权。1999 年 12 月 20 日,澳门政权交接仪式如期举行。

《时代的轴线在此拉开》是 1999 年 12 月 19 日《大公报》发表的一篇社论,重点论述了澳门回归和"一国两制"对中国乃至整个世界的巨大意义,表现出中国共产党的高瞻远瞩,抒写出中华民族的自豪骄傲之情。

本文结构布局清晰、紧凑,论述方式纵横交错、环环相扣。

社论前三段概述事实,渲染激情,是一般礼仪、纪念性评论经常使用的手法。

开篇两句"400多年前,历史的轴线从这里拉开""400多年后,时代的轴线从这里拉开",是对标题的承接和解释,也同样为写回归的澳门铺垫了一个宏大的场面。"拉开"的有历史,也有对未来的思考。"历史的轴线"指400多年前葡萄牙开始统治澳门的历史,用"历史"既包含着对澳门屈辱过去的深切感慨,同时也暗示着这样的统治将成为过去。"时代的轴线"既有时间层面的新千年新时代,更是指澳门结束殖民统治以后所开启的新的生活、新的发展时代;同时结合全文,这里的"时代"还有更深层的含义,预示着整个亚洲结束西方统治的新纪元、新时代的开始。

"远离母亲400多年的游子——澳门,终于走上回家之路",比喻传情,道破饮尽苍凉后的欣慰与感慨。

第三段是对澳门回归情景的描述,虽然只有一句,却寓情于景,借景抒情,濠江→全市→神州大地→全球,从小到大,由近及远,烘托出一种举世瞩目、万众欢腾的气氛。

接下来,进入评论的主体部分,提出第一个分论点——中国发明"一国两制"为国际社会创造了前所未有的范例。文章站在一个很高的立足点——世界,举出了阿根廷、西班牙、俄罗斯三国的表态作为事实论据,横向说明了"一国两制"为世界上存在领土争端问题的各国指出了一条和平解决之路,是中国对国际社会历史遗留问题作出的重要理论贡献。

之后,社论利用一组数字——50年、150年、400年、一个世纪、四个世纪,巧妙地将读者的注意力拉回中国。数字的对比,说明解决问题的艰难,然后总结原因,落脚于中国领导人"高瞻远瞩,政策成功"及"国力得以提升,举世公认"上。既提出了观点,又起到承上启下的作用。

"弱国无外交",香港、澳门相继回归,是对中国综合实力的充分肯定,也是对"一国两制"政策成功的有力证明,在此形势下,"中国最后的一个统一问题——台湾问题,势必提上议事日程"。社论采用纵向的论述,顾及了政策的连续性和关联性,很自然地将笔锋转向台湾问题,对台湾问题的解决充满了信心。

社论最后三段,总结澳门回归的意义:"澳门回归祖国,不只标志外国殖民统治在中国领土的彻底终结。中华民族蒙受的屈辱彻底洗雪,也标志西方在亚洲的殖民统治彻底终结。"不是就事论事,而是将澳门问题放在亚洲大背景下来论说。回顾历史,尖锐抨击欧洲国家"对亚洲的无情掠夺";展望未来,告别屈辱、扬眉吐气的"新的亚洲将伸出有力的双手迎接新世纪的到来"。结尾与标题呼应,使"时代"具有了更深一层的意义:不只是属于澳门的新的时代,属于整个亚洲的新的时代就此到来! 这种胸襟与气度,非一般文字所能及。

震撼世界的十天

◇［美国］约翰·里德

读点

严谨的取材，客观的立场。
研究十月革命的经典文本。

11 月 8 日（注：1917 年 11 月 8 日，即俄历 1917 年 10 月 26 日，这是十月革命的第二天），星期四。黎明照亮了这座正在经历着最狂暴的混乱和紧张的城市，整个的民族都在呼啸阵阵的风暴中崛起。从表面上看，一切一切都是那样的平静，整个日常的生活尽管纷乱嘈杂却依然如故地进行着，它就是在战争时期也是这样机械、单调地周而复始。世上没有别的东西能像社会机体的活力那样使人感到惊讶了——面临着最为严重的灾难，这活力是怎样的顽强不息啊！人们照旧要吃饭、穿衣、娱乐。

……

军事革命委员会一摆脱了羁绊便像旋风一样行动起来，抛出了一连串像火花一样的命令、号召和法令……它下令把科尔尼洛夫押送彼得格勒；它宣布释放被临时政府监禁的农民土地委员会委员；废除军队中的死刑；命令政府中的公务员要坚持职守，谁敢拒绝，即严厉惩罚；它严禁一切抢劫、骚乱和投机倒把行为，违者要处以死刑……

而另一方则在到处张贴宣言，散发传单，利用报

批：点明事件发生的时间。

批："黎明"是一天的开始，也是一个时代的开始。

批：十月革命使俄国社会机体充满了新的活力。

批："像旋风""像火花"，写出了革命的不可遏止、席卷一切和势头之猛。

纸大喊大叫，进行诅咒谩骂，预言灾难即将发生。好一场宣言、传单和报纸的暴风骤雨啊！这是因为一切其他形式的武器都掌握在苏维埃的手中了，于是他们便采用印刷品的形式打起了一场宣传战。

……

斯莫尔尼宫紧张得不可开交，黑洞洞的走廊里人们跑着，到处是带着枪的工人队伍，夹着鼓鼓的皮包的领导者们在争论着、解释着或正下达着命令，他们都急急忙忙地走着，后面跟着他们的朋友和助手。人们简直到了忘我的程度，成了只要工作不要睡眠的人间奇才——他们不刮胡须不洗脸，眼睛火红火红的，他们意气风发地开足马力朝着既定的目标全速地前进。他们有这么多的事情要做，这么多啊！要接管政府，要组建城市，要保证卫戍部队的忠诚，要同杜马和救国委员会作斗争，要抵抗德国人……

（苏维埃）代表大会应该在当天下午一点钟召开，会场上早已挤满了人群，但是直到七点还没有主席团的影子……布尔什维克和左派社会革命党人正在各自的房间里开会……

主席团入场时是晚上 8 点 40 分整。全场立即响起一片雷鸣般的欢呼声。主席团里有列宁——伟大的列宁。他身材并不高却很健壮，头很大，前额突出，而且已经秃顶了。他的眼睛细眯眯的，鼻梁端正，脸庞宽厚有力，下颌厚重。此时他的胡须已经剃掉了，然而他那过去和将来都很有名的胡子已经毛茸茸地露了出来。他穿着旧衣服，裤子显得有些长。他是一个历史上罕见的受人爱戴和尊敬的领袖。他把手紧紧地撑在讲台边上，眨着眼睛巡视着整个会场，台下早已响起震耳欲聋的欢呼。显然，他所注意的并不是人们的欢呼，这长达数分钟之久的欢呼一停止，他便简明扼要地说："现在我们就要着手建立社会主义的秩序了！"于是会场上又是一片热烈的欢

批："暴风骤雨"，写出了反革命活动的垂死反抗。

批：真实记录了人们既紧张又兴奋的情绪，记录了革命后百废待兴的局面。

批：肖像描写，剃掉胡须，显出了人物的精神面貌。外貌描写，其穿着显出了人物的平易近人、生活俭朴，展示了列宁的人格魅力。

批：此处和下一处的欢呼声，侧面烘托出苏维埃政权受到人民的拥护。

呼。

……

他那宽阔的嘴巴在讲话时张得很大,似乎在微笑。他的嗓音虽然有些沙哑,但是不无悦耳之音。这似乎是年复一年的演说所练就的结果。他用一种始终如一的声调讲着,似乎可以这样永久地讲下去……他不打什么手势,只是为了加重语气把身子稍稍向前倾着。讲台下面人们怀着无限崇敬的心情仰望着他,千百张面孔是那样的淳朴。

……

他在结束时说道:"11月6日至7日的革命,已经开辟了社会主义革命的新纪元……为了和平和社会主义的事业,工人运动将一定胜利,并且必将完成它的历史使命……"

在列宁通篇的讲话里自始至终贯穿着一种镇静而有力的精神,它振奋着人们的心灵。因此很容易理解,为什么列宁讲话时人们总是那样地心悦诚服。

经过大会群众投票很快作出决定:只有各政党的代表才有要求发言的权利,而且每人发言的时间不得超过十五分钟。

……

在那群情不断高涨的气氛中,代表们一个接一个地上台发言表态:乌克兰的社会民主党,拥护;立陶宛的社会民主党,拥护;人民社会主义者,拥护;波兰的社会民主党,拥护;波兰的社会主义者,拥护,然而它更倾向于成立一个社会主义政党的联合政府;拉脱维亚的社会民主党也表示拥护。还有一名代表以个人名义发言,他说道:"宣言里有自相矛盾的地方。开始时你们提议缔结一项不割地不赔款的和约,后来你们又说愿意考虑其他一切的和平建议。考虑就是要接受呀……"

列宁站了起来说道:"我们要的是公正的和平,

批:描写列宁演说的嗓音,也表明列宁为俄国革命所作出的努力。

批:台上演讲台下仰望,再次烘托人们对领袖的敬仰。

批:高度评价十月革命的历史性的贡献以及对十月革命将取得彻底的胜利的信心。

批:表明列宁演讲具有强大的精神力量,振奋人心,使听众心悦诚服。

批:"拥护"反复运用,再现了场面的热烈,苏维埃政权受到各方面的拥护,革命成功是大势所趋。

批:写此人的疑惑不解,自然引出列宁对"公正的和平""革命战争"的论述及对德国革命的分析。

但是我们并不害怕进行革命战争……可能那些帝国主义国家的政府对我们的呼吁会置之不理，但我们绝不发出一个他们轻而易举即可拒绝的最后通牒……假如德国的无产阶级认识到我们是愿意考虑一切和平建议的，那也许就是使一大杯水满得不能再满，开始外溢的最后一滴水了——德国就会爆发革命……"

突然，我们都情不自禁地站起来，一起哼起了《国际歌》，那流畅的歌声越来越高昂。一个头发灰白的老兵像孩子一样地哭泣起来。那雄浑的歌声在整个大厅里回荡着，冲出门窗，一直消失在那静静的夜空。"战争结束了，战争结束了！"我身旁一个工人这样说着，他脸上放着红光。唱完了《国际歌》我们正在那里静悄悄地站着不知该做些什么时，大厅后面有人喊起来："让我们牢记那些为自由而牺牲的人吧！"于是我们又开始唱《葬礼进行曲》。这首舒缓、忧郁而又带有凯旋情调的歌充满了俄罗斯的气息，是那样的动人……

为了自由，十月革命的烈士们长眠在那冰冷的乌尔斯广场的兄弟家里；为了自由，成千成万的人死在监狱里，死在流放中，死在西伯利亚的矿洞里。革命没有像他们所期待的那样到来，也不像知识分子们所向往的那样到来，但是它终于到来了——它是那样的暴烈，那样的气势磅礴，那样的无视积习、鄙视温情：这是一场真正的革命啊！……

11月16日，斗争的波涛汹涌澎湃，席卷了整个辽阔的俄罗斯，每个角落都爆发起拼死的巷战，克伦斯基失败的消息传到这每一角落，又引起了雄浑的回音，人们报之以无产阶级胜利的欢呼。在喀山、萨拉托夫、诺夫哥罗德、维尼察等城市，血流满街；在莫斯科，布尔什维克已经把炮口对准了资产阶级所盘踞的最后一个堡垒——克里姆林宫。

批：喜极而泣，有激动，有感伤。写出了人们因战争结束而喜悦，因失去亲人而痛苦的复杂情感。

批：自由来之不易，人们深情悼念为自由而牺牲的人们。

批：为了自由，许多人失去了生命，这为下文葬礼游行埋下伏笔。

批：多处排比突出表现了一个崭新的社会带来的巨大变化。

批：十月革命席卷全国的革命形势——胜利在望！

"他们正在炮轰克里姆林宫呢!"消息传到彼得格勒,人们在街头议论纷纷,气氛近乎恐怖。那些从"圣洁的莫斯科母亲"那里离开的旅客又散布了种种耸人听闻的细节:什么好几千人遭屠杀啦,什么特维尔大街和库兹涅斯大街大火熊熊啦等。

两天来,布尔什维克一直控制着这座城市,惊恐的市民们已开始从地窖里爬出来收尸了;街心的路障也正在拆除之中。然而种种关于莫斯科惨遭破坏的谣传却还有增无减……正是受了这些令人心悸的消息的影响我们决计到那里去。

批:真实地反映了革命初期一些民众还有不安的心理。

一周以来,彼得格勒的军事委员会在基层广大铁路员工的支持之下控制了尼古拉铁路线,并且发出一列列火车把水兵和赤卫队员送往南方……斯莫尔尼方面为我们发放了通行证,没有这种通行证,无论谁也是不能离开首都的。

……

早晨我们向车外一望,是一片白雪的世界。天气十分寒冷。莫斯科的车站是静悄悄的。连一辆车也找不到。走过几条街,我们看见一个穿着稀奇古怪棉衣的车夫直挺挺躺在他的小雪橇中睡觉,我们叫醒他后问道:"到市中心要多少钱?"

他挠了挠头说:"大人,现在任何旅馆里也找不到一个房间。不过,我可以送你们去转转看,一百个卢布就行……"革命以前是只要两个卢布的!我们嫌他要价太高,讨了半天价,我们也没把价压下五十卢布。……我们坐在雪橇上,掠过那静悄悄的、白雪皑皑的、灯火暗淡的街道,到处是一派表明秩序正在恢复的静穆气氛。街上只点着几盏弧光灯,路边来去匆忙的行人也只是三三两两。我们见到头一家旅馆就走进账房,里面点着两支蜡烛。

批:写出了新的社会秩序、经济秩序还亟待建立。

拐进特维尔大街,只见许多商店的橱窗都被打碎了,满街弹痕累累,路面也被打得碎石狼藉。一个

批:革命是在枪林弹雨中成功的,十分来之不易。

个旅店都是客满,再不,就是那些店老板怕得要死,只会说:"没有,没有,这里没房间,这里没房间!"最后还是气派很大的国民饭店接纳了我们。因为我们是外国人,而军事革命委员会曾许诺要保护外国人的居住安全。

…………

我们在一家素菜馆吃了一顿饭。这家饭馆的名字很诱人,"我不吃荤",墙上是赫然在目的托尔斯泰肖像(列夫·托尔斯泰是素食者)。吃完饭我就到街上去了。

莫斯科苏维埃的总部在前总督府内办公,总督府是一幢洁白的大厦,十分雄伟,正对着斯可别列夫广场。门口有赤卫队员在站岗。登上那宽大而又均匀的台阶,就看见墙上各处都贴着各种委员会会议的通告和各党派的宣言。我们穿过一排宏大的接待室,那里挂着许多披着红绸子、镶着金框子的画像;而后又走进一间富丽堂皇的大客厅,那里挂着光彩夺目的枝形吊灯,还配有金碧辉煌的花檐。大客厅里充满了一种低低的细语声,还夹杂着一二十架缝纫机呼呼转动的声音。约有五六十名妇女,正在桌旁为革命烈士的葬礼裁剪、制作旗帜和横幅。这些妇女被极端穷苦的生活打上了深深的烙印,一个个都显得面容憔悴。此刻她们很严肃地干着活,有些人眼睛都哭肿了……红军的损失是惨重的。

在大厅角落的一张写字台旁坐着的是罗哥夫。他是一个精明干练的人,留着胡子、戴着眼镜,穿着一件黑色的工人外衣。他邀请我们和中央执行委员会一起参加第二天早晨举行的葬礼游行……

夜很深了,我们走过空荡荡的街道,穿过伊伯利安拱门,来到克里姆林宫前宽广的红场。红场那一边矗立着克里姆林宫黑黑的钟楼和宫墙,靠着墙根是堆得像山一样高的泥土和石块。我们爬上去,看

批:革命是推翻旧政权和一切反动势力,这些外国人不是反动势力,理当安全得到保护。

批:表明苏维埃政权是团结一切可以团结的力量。

批:劳动妇女的外貌描写表明了革命的阶级性。

见下面有两个十到十五英尺深、五十英尺长的大坑，几百名士兵和工人正借着火光在挖坑。

一个青年大学生用德语和我们攀谈起来。他解释说："这是兄弟冢，明天我们要把五百名为革命牺牲的无产者安葬在这里。"

······

我们在太阳出来前就起床了，然后匆匆地穿过漆黑的街道，奔向斯可别列夫广场。天渐渐地亮了。莫斯科都起来了。我们高举着迎风招展的红旗沿着特维尔大街出发了。沿途临街的小教堂都漆黑一团地关着门，就连伊伯利安圣母教堂也是一样。以往的时候，伊伯利安圣母教堂不论白天黑夜总是开着的，而且挤满了人，里面点着信徒们捐献的蜡烛，辉煌的灯火把那珠光宝气的圣母像照得光彩夺目。而现在，据说从拿破仑入侵莫斯科以来，伊伯利安圣母教堂第一次断了香火······

还有，商店也关了门，有产阶级也都待在家里——但是有别的原因。这是人民的节日，它要来临的消息，有如惊涛骇浪，势不可当······

这时穿过伊伯利安拱门的队伍已汇成浩浩荡荡的人河，宏伟的红场上也星罗棋布地站上了成千上万的人群。我发现：人们以往在经过伊伯利安圣母教堂时总要在胸前画个十字，而现在的队伍经过这里时，好像根本就没有注意到这一点。

······

人们像洪流一样从所有通向红场的街道涌来，他们是成千上万，看上去都是贫穷和受苦的人。一个军乐队整整齐齐地走过来，他们高奏着《国际歌》，那歌声自然而然地抓住了人们的心，而且像海风吹起的波浪一样传播开来，歌声是那样的缓慢而又严肃······

凛冽的寒风吹过广场，把旗帜吹得老高。这时

批：教堂的漆黑写出了一个时代的结束。

批：有产阶级正在没落，无产阶级正在兴起。

批："好像"一词写出了人们对旧时代的鄙弃。

各工厂的工人抬着他们的死者，从本市边远的地区走来。那些粗壮的男子把灵柩高高地扛在肩上，面颊上流着泪水，后面跟着妇女，有的饮泣呜咽，有的尖声哭喊，有的就直挺挺地走着，面色惨白得像死尸一样。有些棺柩是敞着的，盖子在后面。还有些上面盖着绣成金色或银色的罩布，或者摆上一顶军帽。队伍中还有许多纸花扎成的花圈。

……

在工厂工人的队伍中间走进来了士兵的队伍，他们也都扛着棺柩。还有一队队的骑兵，他们都在马上致敬；一队队的炮兵，他们的大炮上缠着红黑两色的布——仿佛永远将是这样……

游行的人们抬着棺柩慢慢地走到墓穴的入口，抬棺的人们爬上土坡，然后走到墓穴底下，其中许多人是妇女。她们挣扎着要同她们的儿子和丈夫一道葬在兄弟冢里，而当那些可怜她们的人用手拦住她们时，她们哭得更加令人心碎。贫苦的人相亲相爱得这么深啊！

整天都有游行的队伍从这里经过。有五万多人参加了这一葬礼，这简直是一股滔滔的洪流。人们高举着旗帜，上面写着人类美好的希望、兄弟团结和伟大的预言——全世界的工人们和他们的子孙们将世世代代地牢记这一情景……

五百副棺柩一个接一个地安放在墓穴中。夜幕快要降临了，还有游行的队伍高举着旗帜走过来。乐队奏起《葬礼进行曲》。成千上万的人也随着唱起来。墓前落光了叶子的树枝上挂满了花圈，宛如万紫千红的奇葩。两百多名男子开始铲土了，伴随着歌声，那泥土像雨点一样落在棺柩上，不断地发出沉闷的扑通声……

路灯亮了，最后一批游行队伍也打着旗帜过去了，但是走在最后的一些呜咽的妇女在离开墓穴时还频频地回首告别。就这样无产阶级队伍的洪流慢慢地退出了雄伟的红场。

我突然间意识到：虔诚的俄国人再也不需要什么神父来为他们做祷告使他们进入天国了。在地球上他们正在建立一个比任何天国都更光明的天堂，为了这一天国，牺牲也是一种光荣。

(佚名/译)

批：作者是一个美国记者，正是亲身经历的宏大场面让其受到了巨大影响，对苏维埃政权燃起了极大的热情，也由衷地赞扬十月革命的伟大意义。

充满暴风雨般激情的报道

约翰·里德(John Reed，1887年10月22日~1920年10月19日)，美国著名记者、诗人、政论家，美国共产党创始人之一。1910年毕业于哈佛大学，之后在《美国杂志》编辑部工作。1913年应聘社会主义者办的刊物《群众》编辑部工作。1917年8月受《群众》杂志、《七艺》杂志和《纽约号角报》的委托，约翰·里德与其妻子路易斯·布莱恩特一起去俄国采访，亲历了十月革命并作了大量报道。

约翰·里德以一位正直、高尚和对伟大十月革命充满敬意的"局外人"眼光，在现场忠实地记录了这一伟大时刻所发生的一切。十月革命期间，里德正好在革命风暴的中心彼得堡。里德以敏锐的洞察力，立即认识到他正身处一场改变世界历史的重大事件之中。里德以职业记者特有的新闻敏感和激情，全身心地投入到这一事件之中——不是事件的参与者，而是事件的观察者、记录者和传播者。于是，他置个人安危于不顾，在枪林弹雨中走遍了彼得堡的大街小巷，亲眼观察革命期间发生的一切，并与碰到的每一个工人、士兵、知识分子、小商贩、小店主、市民以及革命者交谈，把所有的一切都记录下来，并尽可能收集一切报纸、文件、传单、标语等有用的资料，从而为《震撼世界的十天》的写作奠定了基础。

《震撼世界的十天》是一篇充满暴风雨般激情的报道。这篇纪实作品是里德亲历十月革命后写成的，这不是一本简单的事件汇编，而是一连串生动的情景：从革命前夜的准备，到突发的起义；从苏维埃政府的宣告成立，到旧势力的敌对状态；从颁布重要的苏维埃法令，到最后扑灭反革命武装的垂死反攻；从不为一般市民理解与接受，到获得工农兵大联盟的彻底支持……描述渗透了作者对十月革命的一腔热情。

里德的报道作风是善于细节的观察和对细节的描写。我们在《震撼世界的十天》中看到了大量来自一线观察所得的细节，如对苏维埃代表大会上列宁本人的描写——从列宁的身材、前额、眼睛、鼻梁、下颌、胡须、衣服，直到列宁演讲的神情。这一切都是如此栩栩如生，以至使我们感觉列宁似乎就在我们面前，而我们自己也仿佛已经身处1917

年 10 月的彼得堡,在仿佛空气都在燃烧的斯莫尔尼宫对着伟大的列宁欢呼。又如,他对于当时彼得堡情况的描写,既描述了革命大本营斯莫尔尼宫的情形,忙碌的军事委员们工作的状况,抬着烈士灵柩缓缓前行的队伍,也忠实地记录了彼得堡街头市民惶恐而不知所措的神情。这一切加上里德充满激情的文字,使得《震撼世界的十天》成为一部不朽的新闻报道和罕见的历史记录。

里德是一位极为热情的革命者、共产党人,理解这一事件和这一伟大斗争的意义。这种理解使他具有尖锐的眼光,而没有这种眼光是不可能写出这样的纪实报道来的。正是有赖于里德的真实而全面的报道,才使当时的西方民众首次得以了解了十月革命的真相,知道了遥远的俄罗斯和彼得堡到底发生了什么。与此同时,里德的报道也击穿了充斥于当时欧美媒体对十月革命的各种凭空想象、道听途说甚至恶意编造出来的不实报道,戳穿了一切政治偏见,还原了历史的真实。这正是《震撼世界的十天》的意义和价值所在。(子夜霜、左保凤)

芳草地　　**红场检阅演说**

红军和海军战士们,指挥员和政治工作人员们,男女工人们,男女集体农庄庄员们,智力劳动者们,在敌后暂时处在德国强盗压迫下的兄弟姐妹们,破坏德国侵略者后方的我们光荣的男女游击队员们,同志们!

我代表苏联政府和我们布尔什维克党向你们致敬,向你们祝贺伟大的十月社会主义革命 24 周年。

同志们! 今天是在严重的情况下庆祝十月革命 24 周年的。德国强盗背信弃义的进攻和强加于我们的战争,造成了对我国的威胁。我们暂时失去了一些地区,敌人窜到了列宁格勒的莫斯科的门口。敌人以为,当第一次打击之后,我们的军队就会崩溃,我们的国家就会屈膝投降。可是,敌人大大地失算了。我们的陆海军虽然暂时失利,但是在整个战线上正在英勇地反击敌人的进攻,使敌人损失惨重,而我们的国家,我们全国却已经组成了一个统一的战斗阵营,同我们陆海军一起共同来粉碎德国侵略者。

我们的国家曾经经历过比现在的处境更加危急的日子。请回想一下 1918 年我们庆祝十月革命一周年时的情形。当时我国四分之三的领土都在外国武装干涉者手中。我们暂时失去了乌克兰、高加索、中亚细亚、乌拉尔、西伯利亚和远东。当时我们没有同盟国,我们没有红军,我们缺乏粮食,缺乏武器,缺乏被服。当时有 14 个国家围攻我国,可是,我们并没有灰心,并没有丧气。当时我们在战争的烈火中组织了红军,并把我国变成了一座军营。当时,伟大的列宁的精神鼓舞我们为反对武装干涉者而战。结果怎么样呢?结果我们粉碎了武装干涉者,收复了全部失地,取得了胜利。

现在,我国的状况要比23年前好得多。现在,我国无论工业、粮食和原料,都比23年前丰富许多倍。我们现在有同盟国,它们同我们一起结成反对德国侵略者的统一战线。我们现在受到那些陷于希特勒暴政压迫下的欧洲各国人民的同情和支持。我们现在拥有精锐的陆军和精锐的海军,它们正在挺身保卫着我们祖国的自由和独立。我们无论对于粮食、武器或被服都不感到严重的缺乏。我们全国,我国的各族人民都一致支援我们的陆海军,帮助它们粉碎德国法西斯分子侵略匪帮。我们有源源不断的人员后备。现在伟大的列宁的精神和他的胜利旗帜,就像23年前一样,仍然鼓舞着我们去进行卫国战争。

我们能够而且一定会战胜德国侵略者,这难道可以怀疑吗?

敌人并不像某些惊慌失措的知识分子所形容的那样强大。魔鬼也并不像人们所描绘的那样可怕。谁能否认,我们红军曾屡次把大受吹捧的德军打得仓皇而逃呢?如果不是根据德国宣传家大肆吹嘘的声明来判断问题,而是根据德国的实际情况来判断问题,那就不难了解,德国法西斯侵略者正面临着崩溃。现在饥饿和贫困笼罩着德国,在4个月的战争中,德国已损失士兵450万人,德国血流殆尽,人员后备宣告枯竭,不仅陷于德国侵略者压迫下的欧洲各国人民,而且连看不到战争尽头的德国本国人民都充满了愤怒的情绪。德国侵略者正在作垂死挣扎。毫无疑问,德国是不能够长久挣扎下去的。再过几个月,再过半年,也许一年,希特勒德国一定会由于其罪行累累而崩溃。

红军战士和红海军战士、指挥员和政治工作人员、男女游击队员的同志们!全世界都注视着你们,把你们看作是能够消灭德国侵略者匪军的力量。处在德国侵略者压迫下的欧洲被奴役的各国人民都注视着你们,把你们看作是他们的解放者。伟大的解放使命已经落在你们的肩上。你们不要辜负这个使命!你们进行的战争是解放战争、正义战争。让我们伟大的先辈——亚历山大·涅夫斯基、季米特里·顿斯科伊、库兹马·米宁、季米特里·波扎尔斯基、亚历山大·苏沃洛夫、米哈依尔·库图佐夫的英勇的形象,在这次战争中鼓舞你们!让伟大的列宁的胜利旗帜引导你们!

彻底粉碎德国侵略者!

消灭德国占领者!

我们光荣的祖国、我们祖国的自由、我们祖国的独立万岁!

在列宁的旗帜下向胜利前进!

[苏联]斯大林/文,佚名/译

品 读

德国法西斯撕毁了《苏德互不侵犯条约》,动用了190个师的兵力,于1941年6月22日拂晓,向苏联发动大规模的突然进攻。由于苏联政府对形势估计不足,致使战争初期德军步步进逼,于11月直逼莫斯科城下。1941年11月初,正值莫斯科会战的关键时刻,185万德军已经兵临莫斯科城下,德军坦克距莫斯科只有25公里。为了鼓舞士兵的士气,斯大林决定在十月革命节举行阅兵仪式。为了防备在庆祝活动遭到空袭,他特地命令朱可夫从其他军队调来两个师的空军保卫首都的空防。

　　1941年11月7日的清晨,一场大雪把莫斯科所有的街道都铺上了雪。整个阅兵式都是在雪中进行的,坦克、大炮和汽车都被覆盖着,庄严肃立的指战员们的双肩和后背都是雪。斯大林在德军兵临城下、首都危在旦夕又恰逢十月革命24周年之际,在红场检阅红军,在列宁墓的讲台上发表了这篇演说,唤起苏联人民的自信心,以彻底粉碎德国法西斯的侵略。

　　演讲中,斯大林在回顾历史的基础上,通过理性的分析和热情的鼓动,阐述了苏联红军必胜的真理,发出了彻底粉碎侵略者的呼吁。它其实是斯大林向苏联人民、全苏红军所作的一次成功的战争总动员。

　　演讲中,斯大林首先将苏联今昔情形进行对比,以鼓励战斗士气。面对德军闪电般的强大攻势和苏军的失利,很多人丧失了信心。自尊和自信是精神之源,要想战胜敌人,必须唤醒民族的自尊和自信。为此,斯大林把当前形式同24年前的十月革命时"内无粮草,外无援兵"的艰难处境相比,对比非常鲜明:现在我们不仅有精锐的陆海军,有良好的群众基础,有同盟国在并肩作战,而且还有强大的精神武器——列宁的精神和胜利旗帜。这一切都是克敌制胜的法宝。入情入理,深刻透辟,有很强的说服力和鼓动性,增强了苏联军民战胜敌人的信心和决心。

　　演讲中,斯大林接着又揭露了德军外强中干,以树立必胜信念。为了增强说服力,斯大林把剖析的矛头转向德军,拨开德军大肆吹嘘、狂妄自大的面纱,站在客观的高度,评析德军正面临崩溃的现状:饥饿和贫困笼罩着德国,德军损失惨重,人员后备枯竭,并且已陷入世界人民反法西斯战争的汪洋大海。"多行不义必自毙",这是亘古不变的真理。以希特勒为首的德国法西斯在不久的将来,必将自取灭亡。通过分析,形势豁然开朗,苏联军民拨开乌云见青天,战斗豪情和必胜的信心油然而生。

　　同时,演讲时多用呼告、反问,形成了昂扬磅礴的气势。演讲中多用反问,加重了语气,用确定无疑的语气表明了自己的思想,引起听众的思考。在演讲的最后,连续运用呼告形式,充溢着一种不屈不挠的斗争精神和必胜信念,形成昂扬磅礴的气势,具有极强的号召力。在这种精神鼓舞下的苏联人民,必将以排山倒海之势,展开对德国法西斯的全面出击,为消灭法西斯而英勇奋斗。

日本签字投降

◇[美国]霍默·比加特

读 点

寓观点于事实之中。

以细节描写表现人物的性格和心理。

[本报(注:原载 1945 年 9 月 3 日《纽约先驱论坛报》) 9 月 2 日电](发电地点:东京湾美国"密苏里"号战舰上)　今天上午 9 时 05 分,日本外相重光葵[注:重光葵(1887～1957),日本战犯,1943 年至 1945 年任日本外务相,是策划侵华战争的阴谋外交家]在无条件投降书上签字。日本终于为它在珍珠港投下的赌注[注:赌注,指日军偷袭美国在太平洋地区的主要海空军基地珍珠港。1941 年 12 月 7 日凌晨,日本未经宣战,突然袭击珍珠港,给美国太平洋舰队以重创。次日美国对日宣战,太平洋战争从此开始]付出了代价,失去了其世界强国的地位。

　　重光葵步履蹒跚,拖着木质假腿走到铺着粗呢台布的桌子旁,桌子上放着投降文件,等着他签字。如果人们不是对日军战俘营中的暴行记忆犹新的话,也许会不由自主地同情重光葵。

　　他把全身重量都压在手杖上,好不容易才坐下来。他把手杖靠在桌子旁,然而,在他签字的时候,这手杖倒在甲板上。

　　道格拉斯·麦克阿瑟将军致辞后,做了一个手势要重光葵签字。他们两人没有说一句话。

批:导语开篇直接道出日本签字投降的重大事件,极具新闻价值。"赌注""失去"等,非常到位地点出日本发动战争的巨大错误和为此付出的沉重代价。

批:对重光葵的细节描写,将观察与战争大背景连在一起,使得报道内涵颇显丰厚。在日本签字投降中,重光葵的谦卑态度与往日的不可一世形成了鲜明的对比。手杖倒地隐喻日本帝国的坍塌。

批:胜利者无须与失败者寒暄,失败者面对失败也无话可说。

麦克阿瑟代表对日作战的国家签字受降，乔纳森·温赖特中将和珀西瓦尔中将在他两旁肃立。温赖特中将在科雷吉多尔岛失守后被俘，长时期的战俘生活，把他折磨得憔悴不堪。珀西瓦尔中将在大战中另一个不幸的日子里放弃了新加坡，向日军投降。（注：科雷吉多尔岛是菲律宾领土，1942年5月失守；新加坡是1942年2月失守的）

批：写肃立的两个中将，自然引入新闻背景，揭示日本侵略者的侵略行径和惨无人道。

　　两位中将在场，使人们不由得想起，1942年上半年，我国（注：指美国）处于几乎无可挽回的失败的边缘。

批：扣合导语中所提及"珍珠港事件"，说明其对美国的危害。

　　日本代表团由11人组成，他们衣着整洁，表情悲哀。重光葵身穿早礼服大衣和带条纹的裤子，头戴丝质高帽，双手戴着黄色手套。在"密苏里"号军舰上，参加整个仪式的任何一方都没有同日本人打招呼，唯一的例外是日本外相的助手，有人同他打招呼，是因为要告诉他在哪里放日本请求无条件投降的文件。

批：神情沮丧！

批：人们还没从战争的噩梦中完全醒过来。人们对日本发动的残酷战争、残忍行为仍耿耿于怀，对日本人的暴行仍记忆犹新。

　　当重光葵爬到右舷梯顶端，登上"密苏里"号甲板时，脱掉了他的高帽子。

批：脱掉高帽隐喻其尊严扫地。

（高洁/译）

富有表现力的细节，言简意丰的隐喻意象

　　霍默·威廉·比加特（Homer William Bigart，1907年10月25日～1991年4月16日），美国著名记者。1929～1954年在《纽约先驱论坛报》做记者，1955～1972年在《纽约时报》做记者。1942年年底，报社派他到伦敦报道德国人的空袭，他的观察和写作能力才开始显露。1944年10月，比加特从欧洲战场转入亚洲战场。在太平洋战场上，他先后报道了菲律宾莱特岛、冲绳、关岛、硫黄岛战役，以及B-29轰炸机对日本的空袭和盟军对日本的占领等，成为第二次世界大战最后阶段重大事件的见证人。霍默·比加特两度以战地报道而获普利策新闻奖。

　　1945年8月15日中午，日本天皇向全国广播了接受《波茨坦公告》、实行无条件投降的诏书。9月2日上午9时，在停泊于东京湾的美国战列舰"密苏里"号上举行向同盟国投降的签降仪式。日本新任外相重光葵代表日本天皇和政府、陆军参谋长梅津美

治郎代表帝国大本营在投降书上签字。

比加特虽然生性腼腆而又有口吃毛病,却能笔下生花。《日本签字投降》这篇消息仅600余字,却为人们称道,除了它表现的是重大的历史事件外,可以说与富有表现力的细节、言简意丰的隐喻意象的运用不无关系。

"重光葵步履蹒跚,拖着木质假腿走到铺着粗呢台布的桌子旁,桌子上放着投降文件,等着他签字。"从"如果人们不是对日军战俘营中的暴行记忆犹新的话,也许会不由自主地同情重光葵"句中可以看出,重光葵的心情是沮丧的,其谦卑的态度可以说与往日的不可一世形成了鲜明的对比。

"他把全身重量都压在手杖上,好不容易才坐下来。他把手杖靠在桌子旁,然而,在他签字的时候,这手杖倒在甲板上。"这里的手杖具有象征性,可以说是"权杖",手杖倒地,象征着日本帝国的坍塌。

"当重光葵爬到右舷梯顶端,登上'密苏里'号甲板时,脱掉了他的高帽子。"这里的高帽子具有象征性,象征着尊严,脱掉高帽子,象征重光葵尊严扫地。

从这些细节可以看出,日本发动的这场战争不仅给人类带来灾难,也给重光葵自己带来不幸。作为战败国签字代表的日本外相重光葵,心情是沉重的、极其复杂的,表情是凝重的、伤感的,手足是失措的,是不得不承认失败的。

作者对手杖和高帽的描写可以说是有深意的,以上已作分析。细节描写与隐喻意象,如果一定要在这则新闻中分个主次的话,那么,可以这样说,不是细节描写成就了这篇名作,而是言简意丰的隐喻意象成就了它。当然,这种隐喻,这种意象,不是凭空捏造的,而是实实在在的,是从众多真实的细节中精心选取的。(子夜霜)

档案馆 日本无条件投降书

我们谨奉日皇、日本政府与其帝国大本营的命令,并代表日皇、日本政府与其帝国大本营,接受美、中、英三国政府元首7月26日在波茨坦宣布的,及以后由苏联附署的公告各条款。以下称四大强国为同盟国。

我们兹宣布日本帝国大本营及在日本控制下驻扎各地的日本武装部队,向同盟国无条件投降。

我们兹命令驻扎各地的一切日本武装部队及日本人民,即刻停止战事,保存一切舰艇、飞机、资源、军事及非军事的财产,免受损失,并服从同盟国最高统帅,或在他指导下日本政府各机关所要求的一切需要。

我们兹命令日本帝国大本营即刻下令日本的一切武装部队及不论驻在何地的日本控制下的武

装部队的指挥官,他们自己及他们所率的武装部队,无条件投降。

我们兹命令一切民政的、军事的与海军的官员,服从与实行盟国最高统帅认为实践这一投降所适当的一切宣言、命令与指令,以及盟国最高统帅及在他授权下所颁布的一切宣言、命令与指令,并训令上述一切官员留在他们现有职位,除非由盟国最高统帅或在他授权下特别解除职务者外,继续执行非战斗的职责。

我们兹担承日皇、日本政府及其继承者忠实实行波茨坦公告的各项条文,并颁布盟国最高统帅所需要的任何命令及采取盟国最高统帅所需要的任何行动,或者实行盟国代表为实行波茨坦公告的任何其他指令。

我们兹命令日本帝国政府及日本帝国大本营,即刻解放在日本控制下的一切盟国军事俘虏与被拘禁的公民,并给予他们保卫、照料,维持并供给运抵指定地点的运输工具。

日皇与日本政府统治国家的权力,将服从盟国最高统帅,盟国最高统帅将采取他们认为实行这些投降条款所需要的一切步骤。

品读

《日本无条件投降书》选自《反法西斯战争文献》(第323、324页,世界知识出版社1955年4月第1版)。

1945年7月26日,中、美、英三国共同发布《波茨坦公告》,促令日本无条件投降。7月28日,日首相铃木贯太郎表示对公告不予理会,期望通过苏联的斡旋,谋求在对日本有利的条件下结束战争。

8月6日,美国在日本广岛投下了一颗原子弹,引起日本国内巨大恐慌。日本看到苏联没有在《波茨坦公告》上签字,对苏联仍抱有幻想,铃木当天致电日本驻苏联大使佐藤,命令其"必须尽快澄清苏联的态度"。

8月8日下午5时,佐藤走进了克里姆林宫莫洛托夫的办公室。莫洛托夫直截了当地向其宣读了一份以苏联政府名义给日本政府的通知,宣布苏联对日本宣战。同时,苏联在《波茨坦公告》上签字。

8月9日零时,苏联百万大军迅速突破日军在中国东北的边境线,向日本发起进攻。中国军队亦向日军发起全面反攻。

8月9日10时30分,铃木首相召开"六巨头会议",结果形成了"一个条件论"与"四个条件论"相持不下的局面。东乡外相认为,只要能保证国体就可以投降;军部首脑阿南、梅津和丰田提出,除非盟国答应不改变天皇的地位、由日本自己惩办战犯、赋予日本自行解除日本武装的权利、同盟国不得占领日本本土这四个条件,否则就要进行本土决战、死中求活。会议进行中,美国在日本长崎投下了第二颗原子弹。日本国内一片恐慌,但两派仍互不相让。当晚11时

50分,天皇召开御前会议。最后,裕仁天皇决定按外相所述,"批准接受盟国的《波茨坦公告》"。

8月14日11时左右,日本最高首脑在日本皇宫防空室举行御前会议,讨论无条件投降的诏书问题。日本天皇裕仁考虑国内外形势和"彼我双方的国力、战力",表示如果继续战争,"无论国体或是国家的将来都会消失,就是母子都会丢掉",决定发出停战诏书,并且透过驻瑞士和瑞典的大使馆来向盟军发放消息。同日,日本天皇发布了《停战诏书》。

8月15日7时,中、苏、美、英四国在各首都同时宣布日本投降。蒋介石并为此发表告全国军民及世界人士书,指出"正义必然战胜强权"的真理又一次得到证明;并主张人民"不念旧恶",不要对日本人民进行报复。

8月15日日本标准时间中午12时,日本天皇裕仁向日本全国以录音广播的方式发表《停战诏书》,宣布日本政府决定遵从同盟国集团的无条件投降之要求,第二次世界大战在亚洲结束。中国经过艰苦卓绝的8年抗战,终于取得了胜利。

8月16日,重光葵任日本外相。8月28日,驻日盟军总司令开始接管政权且占领日本。

中国抗战8年,军队、平民伤亡2100万人,财产损失和战争消耗达1000亿美元。

9月2日上午9时,在停泊于东京湾的美国战列舰"密苏里"号上举行向同盟国投降的签降仪式。日本外相重光葵代表日本天皇和政府、陆军参谋长梅津美治郎代表帝国大本营在投降书上签字。

墨索里尼垮台纪实

◇［英国］乔治·肯特

读点

朴实的笔调、白描的手法，展现了惊心动魄的政治斗争。

客观的态度、公正的描写，尊重了世人瞩目的历史史实。

墨索里尼被枪毙了。他的尸体被用肉钩倒挂于米兰街头。这位统治意大利长达21年之久、对内实行残酷镇压、对外进行疯狂侵略的意大利法西斯头目、大独裁者，最后终于没能逃脱历史公正的审判。但墨索里尼垮台的最后七天，特别是导致他垮台的内阁会议的详细经过，则是鲜为人知的。

墨索里尼垮台的最后七天是指从1943年7月19日他在意大利北部的费尔特村与希特勒会谈到1943年7月25日在罗马威尼斯宫举行的法西斯内阁会议。这时，英美联军已在南部的西西里岛强行登陆，意大利法西斯政权已是日薄西山，岌岌可危。

会谈当天，同盟国飞机大规模空袭罗马。希特勒在会议中通告墨索里尼，德意条约业已终止，德军将占领意大利并把作战的指挥部设在意大利境内。他要求墨索里尼确保意大利全面投入战争，否则他将不得不迫使墨索里尼下野。

向德国无条件投降，拱手让出国土，这对当时反

批：平静中难抑心中的欢快之情。

批：评述客观，但客观冷静中难抑对墨索里尼的憎恶之情。

批：点出本文叙述的重点。

批：交代墨索里尼垮台的背景。

批：先交代会谈背景，再叙述会谈内容。希特勒计划德军占领意大利，要求意大利全面投入战争。如此要求怎么能答应呢？

德情绪日益高涨的意大利人民来说，无疑是难以接受的。为了掩人耳目，墨索里尼策划了一系列令人作呕的宣传。在他回到罗马后，报纸上出现了两幅照片，一张是墨索里尼袒露胸脯、手持雪橇的滑雪照。实际上墨索里尼体弱多病，当摄影师快门一合，他就睡倒了，整整睡了一天一夜。另一张是会议后，他与希特勒共进午餐的照片。在照片上，双方相互祝酒，谈笑风生，显示出两国关系极为融洽。其实墨索里尼根本不能暴饮狂食，他患有胃溃疡，平时只能喝牛奶吃流汁，烟酒更属严禁。所以当他乘火车返回罗马途中，腹痛难忍，最后竟滚倒在地，用双肘和双膝支撑，狂呼乱叫，呻吟不止。

　　7月21日，墨索里尼一回到罗马，即通知在星期六召开内阁会议。这一举动使得全体内阁成员十分吃惊，因为内阁从来就没有开过会。墨索里尼的目的无疑是想通过内阁作出决议支持他的卖国行径。

　　格兰蒂，这位曾任驻英国外交大使的意大利法西斯党羽，这两年来已对意大利的前途和命运进行了苦苦思索。他认为，要想维护意大利的民族独立和领土完整，只有退出德意条约。虽然眼下为时已晚，但并非断无可能。而要想退出条约，由墨索里尼掌权肯定是办不到的，唯一的办法是，逼墨索里尼下野。

　　7月22日，星期四，格兰蒂决定开诚布公地把想法告诉墨索里尼本人。虽然这不啻是与虎谋皮，但格兰蒂还是毅然地作出这项抉择。墨索里尼答应与他会晤。两人一见面，格兰蒂便把计划和盘托出，墨索里尼要求考虑一刻钟再行答复。可是过了15分钟，墨索里尼仍是默不作声。这时，格兰蒂在心里暗暗重复墨索里尼曾经说过的一句话："只要能确保意大利领土完整不受侵犯，即使取消法西斯党也在所不惜。"格兰蒂鼓起勇气向墨索里尼指出，意大利目

批：先总写，后面是分写。

批：漫画手法，故作健康之态，令人作呕。

批：欺骗，丑恶至极。照片和现实对比，突出了墨索里尼卖国求荣、欺内媚外的实质。

批：简叙简议，点出墨索里尼的罪恶目的。

批：连意大利法西斯党羽也认为只有退出德意条约，意大利才有出路，因此，逼墨索里尼下野已是必然的了。

批：可谓坦诚，意在希望墨索里尼能改弦更张。对墨索里尼仍抱有幻想。

批：表面默不作声，心里却在考虑如何对付格兰蒂。

批：即使"与虎谋皮"，也"毅然"与墨索里尼会晤，只因为了意大利国家的利益。

前的局势已是如履薄冰,万分危急,再不能有片刻迟疑。只有墨索里尼向国王交出军权,才有可能使国家免遭覆灭。

一个半小时过去了,墨索里尼仍然阴沉着脸,不停地摆弄着手中的铅笔,一言不发。最后,他站起身来:"今天谈到这里,以后再说。"

格兰蒂回到家中,他对内阁成员逐一进行分析。最终认定六个可靠人士,当晚逐一走访。结果格兰蒂发现,大家的意见不谋而合。当晚及第二天一整天,他们聚首研究对策。

7月25日,星期六。下午5时整,全体内阁成员准时乘车到达。通常宫殿的院子总是异常幽静,只有两名卫兵执勤,而这时却出动了一个旅的党卫军,并架起了上百挺机枪。寒光熠熠的刺刀更加渲染了这种森严恐怖的气氛,令人不寒而栗。

威尼斯宫殿长廊与墨索里尼的办公室是相通的,通常墨索里尼总是走出办公室来到长廊上向罗马人发表讲话。长廊上挂满了壁毯和文艺复兴时期名画家的杰作,顶端悬挂着各种精美的吊灯。长廊的另一端是会议厅,厅里摆着一张酷似皇帝宝座的大椅,大椅前排列着豪华舒适的沙发。

当墨索里尼进入会议厅就座后,所有内阁成员一起向他行法西斯举手礼然后坐下。墨索里尼宣布会议开始,他首先以战争为题发表讲话。他把战争的失败归咎于指挥人员的无能,特别是把对埃塞俄比亚战争的失败归咎于波努。这时,波努元帅怒不可遏,因为他早就被取消了对战争的指挥权,又如何谈得上是他的过错?

7点刚过,格兰蒂开始发言。他指出内阁无权过问战事,又转过头来对墨索里尼说:"我要讲的,早在两天前就告诉你了。"墨索里尼双眉紧锁,缄默不语。格兰蒂接着指出,目前墨索里尼对意大利已无能为力，所以只能按宪法第五条规定"国王享有最高决策权"，把军权移交国王。他据此建议由内阁进行表决。可墨索里尼仍然不动声色。格兰蒂高呼："立即进行表决！"

决定这样做。

批：阴险、顽固。

这时会议已进行了四个小时。因为墨索里尼不抽烟，所以谁也不敢抽。连茶也没有，更谈不上吃点什么了。

批：气氛异常紧张。

会议厅一片寂静，墨索里尼尽管恼怒交加，却也无可奈何。他歪坐在椅子上，双唇颤动不已，但手里仍是不停地摆弄着铅笔。

批：静反衬与会人员内心的激荡。

批：揭露其虚弱的本质，强作镇定，借摆弄铅笔掩饰内心的不安。

60名党卫军来到了会议厅门外，他们想冲进会场。这些党卫军只服从墨索里尼一个人指挥，他们都发誓要为保卫墨索里尼献出生命的代价。但只听墨索里尼轻声说了一句什么，这些党卫军便都悄悄退了回去。由于声音太低，谁也没有听清墨索里尼说了什么。可格兰蒂吓得再也不敢讲下去了。

批：威胁，阴森，恐怖。

众议院主席费让尼开始发言，他将埃塞俄比亚的两次战争作了比较，认为第二次惨败应由墨索里尼本人负全部责任。负责工会工作的波泰讲了工人对战争的不满情绪；最高法院院长用法律的观点指责了墨索里尼；前任财政部长斯塔凡尼分析了由于长期战争消耗掉大量财源，使得经济濒临崩溃；墨索里尼的女婿西阿努也勇敢地站出来支持格兰蒂，他指责墨索里尼凭借战争狂热，独断专横地把意大利投入战争深渊。

批：直言不讳指出墨索里尼的责任。

批：墨索里尼的独断专横、战争狂热，使他不得人心、众叛亲离。

这些话刺疼了墨索里尼。他暴跳如雷，大声狂叫："你们是醉翁之意不在酒，纯属图谋造反。"随着他的走卒也群起围攻，谩骂声不绝于耳。会场混乱达四小时。最后，墨索里尼不耐烦地站起身来："看来辩论不可能有任何结果，而且时间拖得太长，现在休会，明日再开。"

批：以前沉默，现在爆发了。

批：意图拖延。

格兰蒂坚决反对："我们在这里多花时间又算得

了什么！想想成千上万正在西西里岛战场流血呻吟的意大利士兵吧！"他提议立即表决，于是会议又得以继续。

墨索里尼无奈，只好接着发言。他脸色如土，声音嘶哑，活像一头受伤的狮子。他竭力为维护他的独裁地位进行辩护，坚持履行德意条约，声称想退出已为时过晚，只有打到底。他断言整个意大利会与他同舟共济、共赴国难。

格兰蒂大声反驳："这些都是空话。你向希特勒要3000架飞机，结果给了多少——只有300架！"前任法西斯党秘书费里纳西随即起身为墨索里尼辩护并大肆吹捧希特勒。他要求会议必须在效忠墨索里尼的条件下进行。现任秘书长斯考热则声称凡是反对独裁与战争的当以叛国罪论处。掌握军权的格尔比阿梯威胁道："我的军队会知道怎样来回答这伙叛逆。"特务头子卡萨努瓦更露骨，他叫嚣说："我看你们已经活得不耐烦了，我可以随时叫你们的脑袋搬家。"

会议局势急转直下，墨索里尼派占了上风。但他本人还是阴沉着脸，无一丝笑容。内阁虽有三名成员原是支持格兰蒂的，这时也纷纷站起来承认错误，表示放弃原来的观点。

时针已指向凌晨4点，会议仍在进行。大厅里晦暗的灯光平添了这种恐怖气氛。台阶下不时传来的枪托与石子撞击的咔嚓声，在提醒每一个与会者：门外墨索里尼的死党已是蠢蠢欲动了。

格兰蒂此刻疲惫不堪，但他仍振作精神，起身把头靠向墨索里尼。由于靠得太近，他的黑胡子几乎刺到了墨索里尼的脸上。"我们早已把生命置之度外了。现在最要紧的是：得出表决结果。"这时农业部长巴雷斯契吓得昏倒在地，他醒来时泣不成声地喊道："可怕呀！可怕！"但他抖动着双唇仍坚决地

批：困兽犹斗。

批：顽固至极。

批：企图将整个国家绑架在自己的战车上——可恨！

批：剑拔弩张，墨索里尼死党极力支持墨索里尼，对反对独裁与战争的格兰蒂等人不断发出威胁。

批：多处类似的神态描写，可见其善弄权术和阴险狡黠的本性。格兰蒂的支持者"承认错误"，这是强权下的屈服。

批：死亡的威胁，独裁者的恐怖。

批：格兰蒂明确告诉墨索里尼，他为了国家的命运早把生命置之度外。这是大义。

批：农业部长虽然害怕墨索里尼，但坚定地支持格兰蒂，精神极其可贵！

说:"我支持格兰蒂……"语音未落,他就被当场击毙。这时,墨索里尼用凶残的目光盯着格兰蒂,语气中充满着鄙夷:"国王一贯支持我的,如果把会上的一切告诉他,他也会说你们是造反。"

格兰蒂坚定地再次要求:"立即表决。"

墨索里尼脸上掠过一丝不易察觉的奸笑:"好,表决。"

表决正式开始,第一个斯考热,他表示反对。秘书立即做了记录。第二个是众议院主席,宣布弃权。轮到波努元帅表态,他"霍"的一声站起来说:"同意。"格兰蒂也表示:"同意。"波泰接着说:"同意。"最后,表决以 19 票赞成、7 票反对、1 票弃权结束。

墨索里尼遭到了惨败,他从宝座上走了下来,低着头缓缓离开了会场。格兰蒂将会议记录写成一式两份,并请赞成的人签名,一份留给墨索里尼,一份放进衣袋带走。按惯例这时要向墨索里尼行举手礼,现在免掉了。人们默默地向门口走去。

时间已是 7 月 26 日上午。当这些官员离开会场、钻进汽车的时候,每个人都是双腿哆嗦地瘫倒在座位上。

格兰蒂立即把表决结果报告了国王副官并递交了签字文本,请副官立即呈报国王。

墨索里尼当天还出席了一所农业学校的颁奖仪式,他装出一副若无其事的样子。殊不知国王早已在威尼斯宫等候他了。直到下午 5 点还不见墨索里尼露面,国王不得不派人把他召来。一见面,墨索里尼仍煞有介事地大谈其未来的计划。可回答他的是国王冷冷的腔调:"内阁会议已通过决议,意大利的事务你无权过问了。现在唯一要做的是:你当面签字认可。"墨索里尼愤愤不平,但他心里清楚,这回是彻底地垮了。

墨索里尼恼羞成怒,他随即指使特务暗杀 18 个

批:顺我者昌,逆我者亡,杀一儆百,凶残野蛮。

批:无惧生死,无惧威胁!

批:好似胜券在握。

批:恐怖威胁下的非同寻常的表决:一是决定祖国的命运,一是公开的当场表决——正义战胜了独裁!

批:描写墨索里尼对表决结果的沮丧心情。

批:说明墨索里尼专横凶残,会议气氛异常紧张。

批:前"若无其事",后"煞有介事",均是虚弱本质的表现。

批:丧心病狂,疯狂镇压。

成员,并判处一名成员30年徒刑。西阿努、巴雷斯契以及另外两人都被公开处死。没被暗杀和处死的其他成员则都逃匿到意大利北部的德国占领区、中立国或同盟国。墨索里尼丧心病狂地穷追不舍,设在意大利北部的墨索里尼电台声称要在一周内捕获全部逃犯。格兰蒂为了躲避追捕,剃掉了大胡子并改名换姓。就这样还是四次遭到暗算,但都幸免于难。他的财产被全部没收,但他却爽朗地说:"我已经心满意足了。那次内阁会议也许是我政治舞台上的最后一幕。"

1945年4月28日,墨索里尼及其情妇终于被推上断头台并陈尸米兰街头。当人们从街头经过时,或许会对那次内阁会议的历史价值作出某些有益的估价。

批:格兰蒂纵然遭到追捕,纵然"财产被全部没收",但他绝不后悔,因为他为拯救意大利作出巨大的努力,品格可谓高尚!

批:照应开头,结构浑然一体。
批:总结文章的主体事件。

(朱苞/译)

客观公正的纪实性描绘

贝尼托·墨索里尼(Benito Mussolini,1883年7月29日~1945年4月28日),意大利第40任总理(1922年10月31日~1943年7月25日),意大利法西斯党魁,独裁者,第二次世界大战的元凶。1925年1月,墨索里尼宣布国家法西斯党为意大利唯一合法政党,从而建立了意大利法西斯主义独裁的统治。1939年5月22日,墨索里尼与德国总理希特勒签订意德钢铁条约。1940年6月10日意大利正式加入轴心国进入第二次世界大战。1943年7月24日法西斯内阁会议通过了对墨索里尼的不信任动议,次日,墨索里尼被埃马努埃莱三世国王解职并逮捕。1945年4月27日,墨索里尼在逃亡途中被游击队发现并俘虏。此日,墨索里尼和他的情人克拉拉·贝塔西在科莫省梅泽格拉被枪决,后被愤怒的群众暴尸。

《墨索里尼垮台纪实》是一篇历史题材的报告文学。在这篇文章中。作者截取了导致墨索里尼垮台的最后七天,用朴实的笔调和近似白描的艺术手法,生动而又真实地展现了墨索里尼垮台前后意大利法西斯党内部惊心动魄的政治斗争。这篇作品的特点在于严格地遵循历史发展的脉络和尊重历史事实,进行不加粉饰和歪曲的客观公正的纪实性描绘。

英美联军在西西里岛强行登陆,意大利法西斯政权已处于岌岌可危的境地。墨索里尼为了保全自己的地位,不惜以拱手让出意大利国土,把意大利变成一座战争的坟墓为条件。为了掩盖他与希特勒会晤的真相，欺骗国民，墨索里尼策划了一系列令人作呕的宣传。在宴会上，他频频举杯，谈笑风生，以创造一种亲切友好的气氛。乘车返回途中，则丑态毕露，因腹痛而滚倒在地，狂呼乱叫，呻吟不止。从这些历史本身，不难看出墨索里尼卖国求荣、虚伪做作的本质。

格兰蒂向墨索里尼指出意大利目前万分危急的局势，要求墨索里尼向国王交出军权以挽救国家免遭覆灭。墨索里尼要求让他考虑15分钟，可过了一个半小时仍不了了之。墨索里尼曾经说过："只要能确保意大利领土完整不受侵犯，即使取消法西斯党也在所不惜。"不愿意交出军权，正反映出墨索里尼贪婪、狡诈、自私、多变的言而无信。

内阁会议召开，通常幽静异常的宫殿院子，此刻布满了一个旅的党卫军，并且架起了上百挺的机枪。当内阁成员指责墨索里尼的战争狂热，墨索里尼则暴跳如雷，大声狂叫，诬蔑这是"醉翁之意不在酒，纯属图谋造反"；当农业部长巴雷斯契说他支持格兰蒂，当场就被击毙；当墨索里尼派占了上风，墨索里尼用凶残的目光盯着格兰蒂，并且脸上掠过一丝不易察觉的奸笑。这就表现了墨索里尼凶残独裁、玩弄权术、一手遮天的本性。

同样，通过格兰蒂毅然与墨索里尼会晤，直面陈词要求墨索里尼下野，以及在内阁会议上格兰蒂正面和墨索里尼展开坚决斗争等一系列行动，我们也不难发现格兰蒂大胆、顽强和果敢的精神个性及置生死于度外的感人的爱国主义情怀。

在这篇作品中，作者写作技法的运用是很成功的。表现墨索里尼这一人物，作者刻意选择了他垮台前的最后七天，集中地通过法西斯党内部剑拔弩张的矛盾冲突，展现墨索里尼的多重性格和复杂的内心世界。在表现墨索里尼垮台的最后七天时，作者又集中笔墨表现导致墨索里尼惨败的内阁会议，因为内阁会议是导致墨索里尼垮台的关键一步。这样一来，由于作者准确地把握住整个历史事件发展脉络和分清这一历史事件发展过程中的轻重主次，因而在行文中便显得详略得当、主次分明。（子夜霜、吕李永）

芳草地　　　　　　　# 处决路易十六

不幸的路易十六已经意识到敌人的恶意会发展到什么地步，他做了最坏的打算。这时，他将目光投向我，如果他被宣判了死刑的话，希望我能在最后时刻给他以支持。他坚决不向新的统治集团提任何要求，在没得到我同意之前他甚至不提及我的名字。他的作为使我深受感动，他的言辞我永生难忘。一个国王，即使戴着镣铐，仍然有下命令的权力，但他不再使用这种权力。他希望我能留在他的身边，但应当是出于我的自愿和善意。因为这样做可能会给我带来危险，所以他只是恳求我

（如果我认为太危险的话）推荐一个值得信赖的牧师。但我绝不会离开他，因为那对我简直是莫大的耻辱……我的职责和良心都要求我在任何场合伴随着他，我决定在上帝召唤他的时候绝不背弃他。我告诉这位最不幸的国王，无论他是生是死，我都将是他最忠实的朋友。

他被送上一辆马车，我跟随着他，沉默了一段时间之后，我拿出《每日祈祷》呈送给他，这是我带在身边唯一的书，他十分乐意地接受了，他急着阅读。我告诉他一篇最适合现在情形的赞美诗，我们一起认真地阅读并背诵了它。车上的宪兵都缄默不语，国王的镇定和高贵，以及对上帝的虔诚都使他们感到慌张，对他们来说，和国王待得这么近也是生平第一次。

马车行驶了将近2个小时，街上都是些全副武装的人，他们手中拿着枪或长矛，我们的马车由一大队士兵押送，他们是巴黎人中间最激进的一伙。马车前还有一队鼓手，他们已经得到命令，用鼓声来淹没一切赞美国王的声音，但这不是多此一举吗？沿街的门窗边根本看不见一个市民，除了大街上武装的公民。正是这些公民，正迫不及待地准备犯下一个罪行——也许他们内心深处对这一罪行会感到厌恶。

马车驶进路易十六的王宫，并且停在一个大广场的中央，断头台早已安置在那里。广场四周排列着火炮，火炮后是密集的人群，我无法看到他们的尽头。国王发现马车停下便转身对我说："如果我没猜错的话，我们到了。"我默然。一个士兵过来打开车门，宪兵们正打算跳下车去，但被国王阻止了，他将手放在我的膝盖上，用庄重语气说道："先生们，你们必须尊重一个善良的牧师；我死后不允许你们加害于他——这是我的命令。"国王刚一下马车，3名士兵就围上来要帮他脱去衣服，但他用威严的神情阻止了他们：他自己脱去衣服并解开围巾，最后又解开了衬衣领子。国王威严而镇定自若的举止在一段时间里使宪兵们狼狈不堪，但接着他们就恢复了穷凶极恶的本性。他们冲上来抓住国王的手臂，但国王一下子就挣脱出来。"你们要干什么？"国王问。这些恶棍们回答说："要把你捆起来。"国王无比愤怒地说："要捆我？不！我决不允许这么做！你们可以干任何人命令你们干的事，但绝对不许你们捆我……"

这里到断头台还有一段路，国王靠着我的手臂一步步向前走去。有一阵子我担心国王会丧失勇气，但使我大为惊讶的是，最后一段路国王竟甩开了我的手臂，步伐坚定地径直走向断头台。一片沉寂，这是他的勇气造成的。这时，15或20个鼓手擂响了鼓，显然这是死刑的前奏，我听见他用十分清晰的声音说出了以下值得我们永远记住的话："我虽然得死去，但绝没有犯过任何指控我的罪行；我宽恕造成我死亡的人；我还要祈求上帝，在抛洒我的鲜血之后，法国的土地上再也不流血了。"

一个骑在马上的国民卫队军官又一次用残暴的喊叫声命令鼓手擂鼓。四周响起一片呐喊，要求刽子手尽快动手，刽子手们凶狠地抓住了我们最善良的国王，将他推到断头台的铡刀下，刹那间，铡刀就落了下来，他的头颅和身躯分开了。士兵中一个最年轻的人，看上去最多只有18岁，立刻走上前去拿起了那颗头颅并将它高高举起，向四周的人群炫耀。他的姿态和地狱里的魔鬼一模一样。开始时，寂静笼罩了一切，但"共和国万岁"的喊叫声突然爆发出来，喊的人越来越多，声音也越来越大,足足持续了10分钟,人们大概重复喊了1000次,每个人都把自己的帽子扔向空中。

[法国]德弗蒙/文,方永德/译

品读

路易十六(1754年8月23日~1793年1月21日),法国波旁王朝的国王(1774年8月3日~1792年8月10日在位)。1789年5月,他被迫召开三级会议,但拒绝第三等级制宪的要求,导致同年7月14日法国大革命的爆发。1792年8月10日他在巴黎众人革命中被捕。1792年9月22日法兰西第一共和国建立。1793年1月18日他被国民公会判处死刑,1月21日被送上断头台。

亨利·埃·德弗蒙(1743~?),法国路易王朝宫廷牧师。此文记录了法国大革命期间国王遭到革命者处决的情形。

对于路易十六被处死,在1989年7月14日法国庆祝革命200周年的庆典上,法国总统密特朗这样表示:"路易十六是个好人,把他处死是件悲剧,但也是不可避免的。"

"冰冻三尺非一日之寒",客观地说,历朝历代的兴盛与衰亡都不是一朝一夕的事情,更不是某一个人的是非对错能左右——即便你是帝王。1774年,当路易十六执政时,他所继承的是一个自路易十四时就已达到空前鼎盛的专制的王朝。然而,盛极必衰,国家此时已是暗流汹涌、危机四伏,很多积弊已久的矛盾在他执政不久爆发。与其说他是个昏庸的暴君,还不如确切地说他承担了先祖所有的错与罪,成为了历史的牺牲品。

本文以新闻报道的方式,站在客观公正的角度,用细腻的语言描写了路易十六生命最后几小时的言行举止。面对死亡,他没有愤怒、没有仇恨、没有报复,只有平静与坦然,也有一丝丝无力与无奈。因为他知道有很多事已经不是他一个人的力量能够改变的了:"我虽然得死去,但绝没有犯过任何指控我的罪行;我宽恕造成我死亡的人;我还要祈求上帝,在抛洒我的鲜血之后,法国的土地上再也不流血了。"一代君王,此情此景,可以看出,他的心中还是有一份大爱与善良,有一份常人难以企及的豁达。

政治博弈

美国提案被击败，中国将进入联合国

◇[英国]路透社

读点

以事实说话，坚持新闻原则。

用白描叙事，极具感人力量。

[路透社联合国 1971 年 10 月 25 日电] 联合国的代表们今晚击败了美国为保住台湾在联合国的席位所作的努力，从而为北京进入联合国铺平了道路。

> 批：导语高度概括事件，一目了然。"击败""铺平"，两相对照。

代表们在走廊里大声发笑，他们唱歌，欢笑，喊叫，拍桌子，有人甚至跳起舞来。

> 批：白描，未用任何修饰语，但欢欣鼓舞之状却力透纸背。

这次投票使美国与其主要盟国——其中包括英国和法国——分道扬镳。尽管美国大使布什为阻止台湾被驱逐作出了巨大的努力，但仍出现了这个表决结果。

> 批：客观评价这次投票结果。"分道扬镳"，说明结果；"尽管……但"，表明即使美国阻止，也毫无作用。

布什立即提出动议，要求已递交给大会的关于给北京以席位并驱逐"蒋介石集团"的阿尔巴尼亚提案中撤掉驱逐这一条款。

大会主席、印度尼西亚外长马利克裁定这个动议不合议事规程。

> 批：布什动议，遭到否决。未着半句评论，高度彰显新闻"让事实说话""多细节，少议论"的原则。

在早些时候，大会否决了沙特阿拉伯和菲律宾提出的要把所有表决推迟到明天的要求。

观察家认为，这个要求反映了美国的愿望。

> 批：追溯过去，联合国坚持原则一如既往，哪怕沙特阿拉伯和菲律宾的要求符合美国的愿望。

当代表们点名应答时，大厅中气氛紧张。

> 批：聚焦点名应答时的情景。"紧

电子统计牌上终于显示出结果,表明美国的建议被击败。这时,大厅里沸腾起来了。

当代表们在阿尔巴尼亚方面获胜后于今晚在表决程序方面斗争时,一些人士预测,使北京获得席位的提案将以三分之二的压倒多数得到通过。

张""沸腾",说明中国进入联合国是众望所归。

批:结语,点明主旨,有力收束。

（佚名/译）

用白描叙事,彰显新闻魅力

这是 1971 年 10 月 25 日,路透社关于联合国大会以三分之二的压倒多数票通过了阿尔巴尼亚向联合国递交的驱逐"蒋介石集团",恢复中华人民共和国在联合国的合法席位的提案的新闻报道。

报道严格遵循以事实说话的新闻原则,始终采用白描叙事,不附加任何修饰的元素,读来,不仅让人耳目一新,而且更具感人的力量。

下笔,作者精心打造新闻标题《美国提案被击败,中国将进入联合国》,将美国和中国对举,不但高度概括了新闻事件,而且旗帜鲜明,紧紧抓住读者眼球,让读者不用读正文,就能把握整个新闻事件。

正文部分,新闻的标题、导语、主体、背景、结语五结构和新闻的时间、地点、人物、(事件的)起因、经过、结果六要素一点不少。作者紧紧围绕整个新闻事件,采用照相手法,客观公正地记录下联合国代表、大会主席印度尼西亚外长马利克以及美国大使布什等人的表现,不着半句评论,只让事实告诉读者,不但使整则新闻极具真实性、现场性、可读性,而且更具史料性。

这则新闻很注意气氛描写。记者并没有用任何形容词描写各国代表对击败美国提案欢欣鼓舞,而是写他们"在走廊里大声发笑""他们唱歌,欢笑,喊叫,拍桌子,有人甚至跳起舞来"。外交官给人的印象总是比较庄重的,但由于高兴,居然在大庭广众前"失态"。这样写,比用任何修饰性的语言都更有力和更生动,这就是白描叙事的力量。(唐仕伦、京涛)

芳草地 ## 甘地被刺:······"已普死了！·"·

[合众社新德里 1948 年 1 月 30 日电(记者:詹姆斯·马可)] 莫·卡·甘地今天被一名印度

教极端分子行刺身死。噩耗使印度举国上下悲恸欲绝，惊恐不安。

甘地刚被刺，孟买就爆发了骚乱。

这位被人民尊为"印度的伟大灵魂"的领袖，于当天下午5时45分（即美国东部时间早7时15分）在他的16岁的孙女玛妮怀中死去，享年78岁。

就在半小时以前，一个名叫拉姆·纳托拉姆的狂热的印度教徒用左轮手枪向甘地连开三枪，子弹射进了他那由于多年苦行和经常绝食而变得衰弱不堪的身躯。

甘地是在波拉宫的华丽花园中遇刺的。当时在场的有他的1000名追随者。他正带着这些人来到一座小型夏塔前，这里是他经常做晚祷的地方。

甘地穿着平日爱穿的口袋一般肥大的土布印度袍。他在离那座小塔几步远的地方遭到枪击。

甘地当即摔倒在地。他用印度教徒常用的双手加额表示宽恕凶手。三颗子弹在近距离射穿了他的身体，一颗命中右腿，一颗击穿腹部，第三颗则射透了胸膛。

死前，他没有说一句话。然而，就在他遭到枪击前的一刹那间，他说："你来晚了。"有的目击者认为，这句话是他说给凶手听的。

这名凶手一直站在花园小径旁，双手合十，做出印度教徒顶礼的样子。然而，他的手中却藏着一支小口径左轮手枪。他向甘地连开三枪后，又开第四枪企图自杀。然而，这颗子弹只不过擦破了他的头皮。

枪声很像爆竹声响，片刻后，甘地的追随者才意识到发生了什么事情。他们立即像发了疯似的扑向凶手。如果不是警卫人员及时用步枪和刺刀把他们隔开，凶手早就被撕成碎片了。随后，警方把凶手带到了保护性拘留所。

甘地迅即被抬回波拉宫，放在一张床上。他的头枕在孙女的双膝上。过了一会儿，她对悲痛的人群——其中有印度总理潘迪特·贾瓦哈拉尔·尼赫鲁——说："巴普死了。"

这时，玛妮站立起来，又盘腿坐下去，坐到这位伟人的遗体旁——这位伟人为和平与人道事业献出了自己的生命。玛妮念诵起流传两千年之久的印度教经文。

圣雄甘地被刺的消息有如春风野火，迅即传遍印度。消息传到了孟买，那里立即爆发了骚乱，印度教徒向穆斯林发动攻击。一位吓得惊慌失措的穆斯林妇人喊出了她的千百万同胞的心声："真主啊，拯救我们吧！"

在夜幕和迅速积聚的忧伤所笼罩的新德里，这个消息使人们走上街头。

人们缓缓地迈着步子走上大街，离开摩肩接踵的市场，在波拉宫汇合了。成千上万的人站在那里，有的小声抽泣，有的号啕大哭。有人设法从高墙上爬过去，希望最后看一眼这位圣雄。大批军队赶来维持秩序。

当晚，在人民群众的一再请求下，终于让他们瞻仰了甘地的遗体。

波拉宫阳台的窗子被打开了，有人把甘地的遗体抬了出来。当遗体被安放在椅子上，面对人群时，人们像潮水般涌向前去。明亮的探照灯光，照射着甘地布满皱纹的宁静的褐色面容。他那血迹斑斑的长袍,被人用一块白布遮盖起来。

在波拉宫内,悲痛和哀悼至少暂时弥合了印度各宗派间的分歧,悲伤把印度教徒、穆斯林和锡克族人融为一体。

然而,忧心忡忡的人们因孟买发生暴乱而更加恐惧。他们担心失去了圣雄,无人能控制民众的狂热,整个印度就会陷入混乱。

[美国]詹姆斯·马可/文,佚名/译

品读

综合性新闻所报道的,多半是重大的政治、外交、军事等方面的新闻,或是在广大范围内引起强烈反响的事件。印度圣雄甘地被刺身亡,是在当时使世界受到震动的大事件,也顿时使印度陷入一片混乱。事情来得突然,情况错综复杂,消息来源众多,真伪虚实难辨。记者要在极短的时间内,理清头绪,把握重点,分辨真伪,权衡轻重;然后把各个成分安排得顺理成章,贴切适宜,读起来脉络清晰而毫无斧凿的痕迹,的确需要记者的过硬本领和认真的思索。

仔细分析这篇综合新闻,报道了三组新闻事实,一是甘地被刺时的现场和过程,二是民众的反响,三是印度的局势。记者将三组事实按重要程度以及读者的需求,有条不紊地陈述出来。不仅报道了甘地被害这一事件,报道了甘地被刺的现场景象、刺客的情况以及孟买、新德里所引起的反响,甚至还写了他对甘地死后整个印度局势和各派势力的估计与预测,从而构成了这篇完整的综合新闻。

副手辞职后撒切尔夫人能否控制权力令人怀疑

◇［英国］戴维·斯托里

读点

结构紧凑，衔接紧密。
逻辑推理，客观有据。

[路透社伦敦 1990 年 11 月 2 日电] 新闻分析：副手辞职后撒切尔夫人能否控制权力令人怀疑。

在英国政坛上叱咤风云 11 年的巨人玛格丽特·撒切尔首相，由于在欧洲共同体的政策上发生分歧和她的繁荣经济的计划崩溃而遭到严重的、也许是致命的损害。

她的副手杰弗里·豪爵士由于撒切尔对一个统一的欧洲态度冷淡而于星期四（11 月 1 日）突然提出辞职，这使人们纷纷议论她是否是带领保守党参加将于 1992 年年中举行的大选的合适人物。

反对党工党的经济问题发言人约翰·史密斯说，撒切尔夫人看起来"越来越受到围困，越来越疲于奔命，越来越是一位失败者"。但由于没有人对她的领导提出严重的挑战，因此她可能继续掌权。

根据保守党的规定，党的领袖是每年 11 月底或 12 月初由选举产生。但是分析家们说，目前尚没有哪个候选人能争到足够的支持来同她较量。

他们说，随着英国向海湾地区派遣军队、坦克、飞机和海军舰只，目前人们对这一地区可能发起战

批："能否""令人怀疑"，用语谨慎，体现新闻分析的客观精神。

批：撒切尔夫人形象受到损害的原因与"叱咤风云""巨人"关联。"严重""致命"说明损害程度之大，"也许"留有余地，是"令人怀疑"的证据之一。

批：副手的突然辞职是"令人怀疑"的证据之二。用事实说话，体现了新闻的真实性原则。

批：只是客观地引用反对党的言论，提出"令人怀疑"的依据。"可能"措辞谨慎，体出了新闻分析的特点。

批：引用分析家们的话，说明撒切尔夫人继续执政不是没有可能，紧扣新闻"怀疑"二字。

批：肯定撒切尔夫人的执政能力，客观公正。

争的担心可能将使政治家们现在不愿参加分裂党的选举。

今年 65 岁的撒切尔夫人只受到过一次挑战。去年知名度不大的议员安东尼·迈耶曾参加了没有希望获胜的、象征性的竞选。

批：照应上文，遥应文题"令人怀疑"。

迈耶的行动反映了包括保守党人在内的许多英国人对这位领导人的性格（如果不是其政策的话）感到灰心丧气的心理。迈耶说："她似乎深信她不可战胜和一贯正确。"

批：借迈耶的话表现撒切尔夫人的性格，照应上文的"叱咤风云""巨人"。

豪的发言人说，豪本人不会向撒切尔夫人发起挑战。但是评论家们说，这位非常受尊敬的老党员将会成为人们反对这个党的领袖的中心。

批：借评论家们的话，暗示豪也是撒切尔夫人的政治对手。

争夺撒切尔夫人首相宝座的另一人是前国防大臣迈克尔·赫塞尔廷。赫塞尔廷是在同首相激烈争吵后，于 1985 年退出内阁的。

批：表明赫塞尔廷也是撒切尔夫人的政治对手之一。

赞成欧洲统一的赫塞尔廷已明确表示赞同豪的立场，但坚持说他不愿与首相作对。赫塞尔廷在保守党的基层党员中得到了深厚的支持。

批：赫塞尔廷的赞同，表明他已与豪结成统一战线，使撒切尔夫人能否继续执政前途未卜。

豪是与撒切尔夫人共事多年的态度温和的元老，也是她的激进经济战略的早期设计师。他已明确表示，正是撒切尔夫人的咄咄逼人的作风和她对欧洲一体化保持缄默促使他辞去职务。

批：交代豪的身份与影响，突出撒切尔夫人的铁娘子性格。性格决定命运，这也是导致人们怀疑她能否继续执政的原因之一。

那种跋扈而固执的作风已为连续三届的撒切尔夫人政府定下了调子。其政府大大改变了英国的想法，并在这些年来给政坛带来了不少损失。

批："跋扈而固执"照应上文的"咄咄逼人"。可见，人们怀疑撒切尔夫人能否继续控制权力既有外部原因，也有其自身原因。分析客观又全面。

包括爱德华·希思在内的内阁内部对她的"分而治之"的战术提出批评的人认为，她在位的时间可能不多了。

批："可能"与"怀疑"异曲同工。

希思在接受电台记者采访时说："我们所拥有的不是一位使党团结一致并竭尽全力实现这一点的领导人，而是一位使党分裂的领导人。"

批：引用内阁人员希思的话，说明保守党内部对撒切尔夫人已经严重不满。撒氏可谓内忧外患。

评论家们说，豪的辞职将加强外交大臣道格斯

拉·赫德和财政大臣约翰·梅杰的政治力量,使他
们能够促使撒切尔夫人来取比较折中的方针。

批:"比较折中"意味深长,辞职?妥协?让读者自己去判断。

(张蕙英/译)

客观公正,用语谨慎

　　新闻的最大特点就是它的客观真实,不把作者自己的主观情感掺杂其中,而让读者自己去判断,得出合理的结论。

　　这篇新闻正是如此。无论是对撒切尔夫人执政能力的肯定,还是人们如今对她能否继续控制权力的怀疑,都用事实来说话。如用"英国政坛上叱咤风云 11 年"表明撒切尔夫人确实是一个女强人,用内阁成员爱德华·希恩的话表明保守党内部对她的不满,用副手的辞职和分析家的话,表明撒氏继续主政的可能已不大,等等。作者只是客观地不动声色地叙述和引用,把撒氏能否继续留任的结论让读者自己去判断。

　　此外,这则新闻的用语十分谨慎。作为英国最大的通讯社和西方四大通讯社之一的路透社,对撒切尔夫人能否继续掌权这一重大事件既不能装聋作哑,也不能信口雌黄。所以,除了客观公正的报道外,在用语上也十分谨慎。如,"目前人们对这一地区可能发起战争的担心可能将使政治家们现在不愿参加分裂党的选举",连用两个"可能"表明人们对英国面临的海外战争的担心,和政治家们对撒切尔夫人的态度;又如,"其政府大大改变了英国的想法,并在这些年来给政坛带来了不少损失",用"大大"表明撒切尔夫人主政对英国政府的影响,用"不少"表明这些影响给英国政府造成的损失之大;等等。

　　客观公正,用语谨慎,体现了路透社新闻报道的原则和高度负责的态度。(汪茂吾、屈平)

智慧树

赫鲁晓夫辞职

　　[**法新社巴黎 1964 年 10 月 15 日电**]　据可靠消息,赫鲁晓夫已辞去苏共中央书记、苏联部长会议主席两项最高职务。

　　虽然今年早有传闻,可是,直到 16 时 05 分才首次得到证实。当时驻莫斯科的外国记者被告知不要离开收音机,等候"重要消息"。

　　接着在 16 时 09 分,法新社驻莫斯科分社注意到,往常在下午出版的《消息报》没有出版。一分

钟后,一条电讯谈到了苏共中央领导机构将发生变动的传闻。这时,法新社记者注意到莫斯科苏共中央委员会所在地前面停了许多黑色轿车。

大约半小时后,即16时34分,法新社记者注意到赫鲁晓夫没有出席在克里姆林宫为古巴总统多尔蒂科斯举行的午宴。到7时47分,莫斯科宣布,《消息报》明天早晨才出版。

从16时55分起,情况更惊人:人们看到赫鲁晓夫的名字从《真理报》上消失了。17时45分,从赫尔辛基传来的消息说,赫鲁晓夫"可能辞去了他在苏联领导机构中担任的职务之一"。18时04分,法新社从巴黎发出的电讯证实他已辞去了两个职务。

虽然赫鲁晓夫下台已经肯定了,可是,人们还不知道下台的原因。最后,在8时45分,从莫斯科传来了半正式的消息:赫鲁晓夫辞去了他在党和政府的两个职务。

4分钟后,即18时49分,据同一消息来源的同一人士说,继承者已确定:党的首领是勃列日涅夫,政府首脑是柯西金。

从那时起,从莫斯科传来了各种各样的传说。18时53分的消息说,接替赫鲁晓夫的决定是在一次中央委员会会议上通过的,赫鲁晓夫参加了这次会议,他谈到了自己的健康状况,提出了辞职。

稍后不久,即18时55分,法新社驻莫斯科分社宣布,据消息灵通人士说,赫鲁晓夫肯定已辞职。

[法国]法新社/文,佚名/译

品 读

苏联塔斯社是1964年10月16日格林威治时间20时30分宣布赫鲁晓夫下台的,法新社在10月15日18时55分就宣布了这一消息。法新社驻莫斯科记者从15日14时05分起连续向巴黎的总社发急电,一直发到18时55分。法新社宣布了这一消息,比塔斯社的报道整整提前20多个小时。在争分夺秒的新闻竞争中,这20多个小时不能不令人咋舌。

应该说,这一事件来得相当突然。上面讲的那些细节,外国记者也不知道。这位法新社记者就是以"驻莫斯科的外国记者被告知不要离开收音机"引起警觉(要了解这一"告知"也需要灵敏的关系网),然后高度关注每一个细节。由不确定到确定,最后肯定赫鲁晓夫已经辞职。

福特总统遇刺　幸而无恙

◇［美国］合众国际社

读点

一篇独具匠心的突发事件报道。
悬念式的开头，散文化的写法。

[合众国际社 1975 年 9 月 6 日电]　**今天晴空万里，阳光明媚，那个娇小玲珑的红衣女郎同群众一道等待着福特总统从他们面前走过。**大多数前来欢迎总统的人都希望同他握手。

这个红衣女郎携带着一支枪。

勒奈特·阿丽丝·弗洛姆，27 岁，属于查尔斯·曼松那个恐怖主义团体。在那个团体中，她的代号是"雏鸽"。据目击者说，她一声不响地站在人群的后排，站在州议会大厦前等待总统光临。

她对人群中一位名叫凯伦·斯凯尔顿的 14 岁姑娘说："啊，今天天气太好了！"

事件发生后，凯伦说："她看上去像吉卜赛人。"

"雏鸽"身穿红色长袍，头戴红色无檐帽，同她的红头发很相配。

她的前额上有一个红色的"X"记号，这是 1971 年曼松及其三名女追随者因谋杀罪名成立在洛杉矶受审时她自己刻上的。

"雏鸽"特地从北加利福尼亚赶到萨克拉门托，从而步正在服刑的 41 岁的曼松的后尘。现在，她正

批：悬念式的开头：用清新的笔触将欢迎人群中的那位红衣女郎展现在读者面前，人们不由得急于想了解：这个神秘的女郎是谁？她想干什么？

批：背景材料：用散文笔法交代了这位红衣女郎的姓名、年龄、政治背景。

批：描写了她的外貌特征，追叙了她同人群中另一位姑娘的攀谈以及后者对她的印象。于是，这位神秘女郎的形象便跃然纸上。

批："携带着一支枪"的红衣女郎"特地"过来、"耐心等待"，读者

耐心等待总统的到来。

她的手提袋里藏着一支0.45口径的自动手枪。

太阳热辣辣地直晒下来,气温是华氏九十多度,人们热得不耐烦,不由得走来走去。

突然,欢迎人群振作起来了,原来福特出现在参议员大饭店门口,接着走上一条人行道,穿过州议会大厦前的停车场朝着人群走了过来。他的前后左右都是特工人员。

福特止步,向欢迎的人群挥手致意。

欢迎的群众被绳子拦在后面,他们纷纷向前拥去,同总统打招呼。

总统向左转过身去,他伸出双臂,去握欢迎群众伸出来的手。

每同一个人握手,他就说一句:"早晨好!"

"雏鸽"仍没有采取行动。

突然,她从人群后面挤到前面来,边挤边用双臂拨开周围的人。

警察说,她挤到离总统只有两英尺的地方时,突然拔枪瞄准总统。

凯伦·斯凯尔顿说,总统见到这支左轮手枪,"脸刷地吓白了"。

另一位欢迎群众、50岁的罗伊·米勒说,福特"大吃一惊,吓坏了,把脖子缩了起来"。

说时迟,那时快,特工人员莱瑞·布恩道夫立即采取措施保卫总统生命安全。他冒着生命危险,冲到"雏鸽"和福特中间。

接着他把"雏鸽"摔在地上,同警察一道缴了她的枪。

"雏鸽"尖声叫道:"他不是你们的公仆!"

她还对警察说:"别激动,伙计们,别打我,枪不是没响吗?"

四五名特工人员同时围了上来,把福特与群众

不仅为福特总统的命运而担心。

批:场景描写:淡淡的几笔,点染了当时平静、自然、欢欣的气氛,为下文作铺垫。

批:一静一动,静,蓄势待发;动,惊心动魄。

批:以两名现场群众之口形容福特"脸刷地吓白了""吓坏了,把脖子缩了起来",不仅写出了观众的现场观察,还使报道更具可信度。

批:歹徒的抗议与狡辩,使紧张的情势富有幽默感。

隔开,旋即簇拥着他离开。

福特的膝部一向有毛病,这次在惊吓中几乎支持不住自己,但他很快就站稳了。

批:惊恐中的镇静。

当警察给"雏鸽"戴手铐时,她喊道:"美国乱透了! 那家伙不是你们的总统!"

批:对福特政权及美国社会现实的不满和愤慨。

过了一小会儿,警车把她送走,这时,她的脸上浮现出一丝微笑,神情似乎很镇定。

批:神秘女郎被捕时从容自若的神态。

（佚名/译）

一篇独具匠心的突发事件报道

对于动态新闻、特别是突发事件的报道,人们通常注重信息的传递,一般采用倒金字塔的结构,将最重要的最引人注目的信息放在前头,以引起读者的关注,文字则但求简洁明了,较少讲究写作技巧。但这篇报道突破了传统的模式,采用散文化的写法,传播了一件震惊世界的突发事件。它把许多事后获知的信息,糅合在事态发展过程之中,像讲故事一般娓娓道来,写得生动精彩、耐人寻味。

这篇报道使用了一些表现手法,如悬念式的开头。报道开始写得非常宁静平和,"今天晴空万里,阳光明媚,那个娇小玲珑的红衣女郎同群众一道等待着福特总统从他们面前走过"。但随着文章的展开,读者了解到她携带着一支枪,是恐怖主义团体成员,额上刻着"X"记号。这就给读者设置了一个悬念:她究竟想干什么? 不由自主往下读,神经随之绷紧了。突然,读者猜测中的事件发生了,文章也达到了高潮。然后,记者抓住要害,一句话一个自然段地描述着事件发生的一系列过程。运用分段突出的写法,造成快节奏,给读者以急迫感,从而对读者感情上形成强烈的冲击力。由于这些手法和散文笔法的运用,整个报道写得一波三折,具有较强的可读性。

这篇报道在层层展开的过程中,多次提到红衣女郎的那支枪。从"携带着一支枪"到"手提袋里藏着一支……自动手枪",到"拔枪瞄准总统",到特工人员和警察"缴了她的枪",到"枪不是没响吗"的反问,等等。枪,是整出戏中的主要道具,用它来提供悬念、展开情节,贯穿始终,这也是作者独具匠心的手法。（陈锦才、屈平）

芳草地　　　　**危难中**

区别危难情景中的行为规则,和人类生存正常情况下的行为规则,是相当重要的。这并不意味着有双重道德标准：标准和基本原则是相同的，但它们运用于其中的情景需要精确的定义。

危难情况是无法选择、出乎意料的事件。在这种情景中，人们的生存是不确定的——如水灾、地震、火灾、沉船等。在危难情况中，人们的基本目标是与灾难抗争，以逃避危险，恢复正常状态（到达陆地、扑灭大火等）。

"正常"是一种形而上的情况，指处于事件的自然状态，并与人类的存在相协调。人可以生活在陆地上，不能生活在水中或熊熊大火中。由于人并非全能，所以，他不可能预知灾难。在危难情况中，唯一的目标是恢复到人类能够继续生存的常态中。而且，从本质上来说，危难情况是暂时的，假如一直是这种情况，人类将会毁灭。

只有在危难境遇中，人们才应该帮助陌生者，只要这是在他能力范围之内。例如，一位水手珍视生命价值，在遇到沉船事件时，他就应该帮助他的乘客。但是这并不意味着在脱离了危险之后，他还要尽力帮助这些人摆脱贫困、无知、神经过敏或任何其他的麻烦。

再举一个例子。假如你发现隔壁邻居正在生病并且身无分文，虽然从形而上的观点来看，疾病和贫困并非特殊的危险状况，但由于他暂时处于无助的状况，人们应该给他食物和药品，只要支付得起（这是一种善意，而不是义务）。也可以在周围邻居中募捐，以帮助他摆脱困境。但是这并不意味着从此以后你一直要资助他。

在正常的生存情况中，人们必须选择自己的目标，筹划这些目标，并通过努力来追求和达到它们。如果一个人太多地怜悯困境中的人们，以及为他们牺牲，他是不可能成功的。特殊的危难情况中的行为规则，不能用来指导他的日常生活。

帮助处于危难情景中的人们这一原则，不能引申为把所有遭受痛苦的人看成危难情况，不能首先保障这些不幸的人而牺牲其他人。

贫困、无知、疾病和其他类似的问题，并不是形而上意义的危难情况。根据人类及其存在的形而上意义，人们必须通过自己的努力生活。他所需要的价值（财富和知识等）是不会自然地被赋予的，它不是自然的馈赠，是必须通过自己的思考和工作来发现、达到的。在这一方面，人对他人的唯一义务是维护社会系统，以让他自由地去达到、获得和保持其价值。

[美国]爱因·兰德/文，佚名/译

品 读

爱因·兰德（Ayn Rand，1905 年 2 月 2 日 ~ 1982 年 3 月 6 日），原名阿丽萨·济诺维耶芙娜·罗森鲍姆，俄裔美国哲学家、小说家、伦理学家。她的哲学理论和小说开创了客观主义哲学运动，她同时也写下了《源头》《阿特拉斯耸耸肩》等数本畅销的小说。危难无法选择、出乎意料，我们应对危难，应当要有一定的行为规则。我们应当帮助危难境遇中的陌生者，但要在自己的能力范围之内。我们帮助处于危难之中的人们，不能首先保障这些人而牺牲其他人。只有这样，才能更好地应对危难。

匈牙利事变

◇[匈牙利]山多尔·科帕奇

读 点

匈牙利民族一段屈辱的记忆。

简练的语言,平静的叙述,无尽的悲愤。

我们穿过旁边的街道,一直沿着房檐向前走。在就近的一条主要街道上行驶着约瑟夫·斯大林型坦克,其履带发出可怕的响声,机枪向马路两边射击着。迷漫的烟雾向我们这支古罗马式的小小的队伍扑面而来。伊姆雷·纳吉(注:伊姆雷·纳吉,匈牙利政治家,1953 年 7 月 4 日~1955 年 4 月 18 日、1956 年 10 月 24 日~1956 年 11 月 4 日任匈牙利人民共和国部长会议主席。1956 年 11 月 22 日被捕,1958 年 6 月 16 日以叛国罪之名被处决。1989 年匈牙利民主化后,在匈牙利被视为自由的先驱与英雄)会下达回击的命令吗?

> 批:开篇制造紧张气氛,也为全篇奠定了低沉、感伤的情感基调。

40 天以来,伊姆雷·纳吉是共产党的领袖。他在苏联受过扎实的教育和训练,对形势也比其他任何人都了解得透彻,也许他还在希望谋求妥协。

> 批:纳吉以为局势还没有到最恶劣的地步,抱有抗争的希望。

他自己没有流过一次血。由于他的政治观点和他的热情,他被开除出拉西的政治局,所以也没有参与过杀害无辜者的活动。

但是对国际形势他终究比我们大家了解得更透彻。他必定知道我们所不了解的情况。国际舆论无疑是错综复杂的。但是同人们所告诉我们的情况相

> 批:表达对领导者坚定的理解与支持。

> 批:匈牙利人民的斗争已经陷于孤

反,西方政府对正在布达佩斯酝酿之中的屠杀事件未敢采取任何行动。

"但愿我们马上能同老头子谈话!"

在议会的院子里,我们看到凯奇凯梅特团的坦克全部集结在那里。**我们外观美丽的、带有科苏特徽记的 T－34 型坦克关闭着炮塔盖,并已在政府驻地周围作好战斗准备。它们三辆或四辆一组地把炮口对准了街口和可以被敌人用作掩护的科苏特和拉科西**(注:拉科西,匈牙利人民共和国在 1945～1956 年期间的实际领袖)铸像的巨大基座。

战争开始了!
我们在抵抗!
我率领着我的警察踏进议会大楼。

布置这一守卫阵势的 F 中校证实了这一情况。

"**卡达尔**(注:卡达尔,即卡达尔·亚诺什,匈牙利政治家,1956 年 10 月 25 日～1988 年 5 月 27 日任匈牙利社会主义工人党的第一书记;1956 年 11 月 4 日～1958 年 1 月 28 日、1961 年 9 月 13 日～1965 年 6 月 3 日任匈牙利人民共和国部长会议主席)和明尼赫(注:明尼赫,即明尼赫·费伦茨,匈牙利革命家、政治家、军事家,1956 年秋平息匈牙利事件的政治、武装斗争的领导人之一,在争取稳定政局、重建党和国家的斗争中起到了重要作用)在苏联坦克后面已组成了一个反对政府。**"

我没有提其他问题,而是急步向总理办公室走去,门如以往一样地敞开着。

我听到了老头子独特的声音,我走近了一步,然而我没有看到这个有血有肉的人。我的目光落到了广播喇叭上,喇叭里以一种悲伤的音调重复着政府首脑伊姆雷·纳吉的最后宣告:

我是部长会议主席伊姆雷·纳吉。**苏联军队已于今天早晨开始进攻首都,公然企图推翻匈牙利的合法民主政府。我们的军队在战斗。**

批:立无援的地步,给人们心中留下不祥的阴影。

批:匈牙利人民已经做好为自由而战斗的准备!

批:简练、干脆的语言,表达出坚定的战斗决心。

批:形势不妙,人民内部出现了矛盾,已经有人屈从苏联倒戈相向了。

批:揭露外国势力对匈牙利内政的武装干涉。

批:表达斗争的勇气,同时希望能

政府依然存在。我向匈牙利人民和全世界报告这一情况。

布达佩斯议会与著名的伦敦威斯敏斯特相比不见得小多少。但对国家的命运和对我们孩子的担心折磨着我们，我们带着这种心情，头脑发昏地走遍了上一世纪建造的这一巨大迷宫。我踏进作为特别事务部的房间，并在那里遇到了作家哈伊和他的妻子。

哈伊早年是布尔什维克，近来又是革命者（暴动分子），他和贝托尔特·布莱希特是朋友。这时，录音机里正传来这位著名作家的激动人心的呼吁：

"我向全世界……向全世界的知识分子……呼救！……请帮助我们吧！……"

我们观察着惊慌失措的哈伊和他的伴侣，他们脸色苍白而憔悴。他们同我们握了手，就像临死前的最后告别一样。这时，又传来另外一盘磁带的声音，一位军人在说：

国民政府主席伊姆雷·纳吉在呼唤国防部长帕尔·马勒特尔、总参谋长伊斯特万·科瓦奇以及其他昨天22点去苏军总司令部的代表团，但是代表团成员现在还没有回来。他命令他们返回，立即行使他们的职责！……

可怜的马勒特尔，可怜的国民警备队的总参谋长和我们大家，可怜的受骗者！他们"立即行使他们的职责"的希望已不大了。这完全是一种奥斯曼时代扣留人质的做法。如果我没有说错的话，当时只有我的朋友贝拉·基拉伊及其部队还是自由的，他是当时看到布达佩斯遭到袭击的唯一的军事领导人。

我又从遐想回到现实中来。一位议会警卫部队的军官在叫我。

"请您到国务部长佐尔坦·蒂尔迪那里去，他要找您。"

够得到国际社会的支持。

批：面对复杂的国内斗争形势，每个人内心都很沉重，不免有些迷茫。

批：对外界的援助仍抱有希望。

批：简练的笔墨，勾画出人们身心疲惫的痛苦。

批：帕尔将军率领的匈牙利代表团在与苏方谈判过程中被抓捕了。

批：表达出对苏联干涉匈牙利内政的强烈不满。

蒂尔迪的名字和脸全国人都熟悉，作为抵抗时期的新教牧师和小农党的领袖，他曾当过共和国主席。后来，拉科西利用职权将他逮捕，并判了他几年软禁。他是个幸存者。后来，他作为小农党的代表当了伊姆雷·纳吉政府的国务部长。他刚同警卫部队的那位中校指挥员谈完话。

"我不知道您是否已听说，苏联坦克部队正接近议会。"

坦克车队确实已越过玛格丽特桥，其他部队正从各大街开来。此外，我们还从面向多瑙河的窗户里吃惊地看到对面的布达城有很多炮兵中队，它们以港口码头作为阵地。

"我的军界朋友，我们必须下决心了。"这位部长说。

我问政府首脑现在何处，因为我认为，他一人就可以作出决定。但是蒂尔迪部长不知道他在哪里。

我又问，还有哪些其他政府领导还在议会。回答是，只有山多尔·罗奈——一位曾屈服于拉科西的老社会民主党人，还有农民党的国务部长伊斯特万·比博和伊斯特万·道比——拉科西和格罗的稻草人，以前是小农党人，现在是"共和国主席"，特别喜欢喝酒。蒂尔迪把他们叫进他的办公室。比博满脸怒色，他正在抓紧时间写他对1956年匈牙利事件问题的声明。

"你们可以尽量为所欲为！我希望全世界和将来的人都知道，在1956年这幸运之年，布达佩斯究竟发生了什么事，这是我唯一的任务。如果你们能推迟占领议会的话，那么就万事如愿，否则我将在占领者面前继续写下去。"

前社会民主党领袖和嗜好酗酒的"共和国主席"都说，人们会听从蒂尔迪和军人们的意见的，于是我们作出决议：任何抵抗都是毫无意义的。如果移交

批：介绍国务部长佐尔坦·蒂尔迪的情况。

批：简要交代了苏联军队的情形，于平淡的叙述中揭示出当时政局的紧张。

批：流露出人民对政府首脑消极应对紧张局势的不满，也突出政局的动荡。

批：明白表达对政府内阁组成的不满，揭示出应当时革命斗争形势而改选的政府并非真正是代表人民利益的。

批：徒有其表，虚张声势，缺乏真正的斗争勇气和智慧。

批：意识到失败的大局已无法挽

工作推迟几小时，议会大楼将毫无疑问会被摧毁。

N 中校和我是议员。第一批苏联坦克车队的先遣部队已到达，我的任务是用白旗同它们的指挥员取得联系。

我吻了一下伊波尔娅，然后同 N 一起下楼到院内。作为议会卫队指挥员，N 必须通知我们的坦克部队，移交业已决定。

当士兵们见到我们和我们的白旗时，发生了一些意想不到的事。坦克的炮塔打开，坦克兵从里面爬出来，他们吼着：

"不能投降！你们疯了！我们要歼灭伊万，让他们锅底朝天！"

批：人们被军事移交所激怒，对苏联干涉内政深深不满。

一些坦克转动炮塔把机枪瞄准了我们。局势一触即发，我们迅速撤回到议会大楼里。

批：描绘紧张的局势，矛盾一触即发。

蒂尔迪含着热泪看到了这一幕，他失望地摇了摇他那白发苍苍的头说：

批：表达对蒂尔迪的同情与理解。

"时局已不可收拾。你们必须说服士兵们，他们必须理解这一点。"

我们重新向这些坦克走去。我们摘下军帽，N 讲了几句话。这是一个最简短的，也是我当时所听到的最令人伤感的讲话。士兵们蹲伏在这些钢制的庞然大物上，很多人哭泣着。

批：描写出匈牙利士兵内心深深的悲愤。

我的 50 名便衣警察不带手枪，手中举着白旗走出院子。他们组成一个扇形的队形。苏联坦克越来越近，然后停下，只有一辆直接开到议会大楼的大门口。炮塔盖启开，一个坦克兵跳下车来，后面跟着一位苏军上校。其他坦克的大炮对准着我们的坦克部队。

批：武力威胁下的屈服。

有三四位苏联军官跟在这位上校身后，上校走上台阶，进入议会大楼。他向翻译打听广播大厅在什么地方，然后直奔那里。

"前进！"

回，流露出无奈、悲伤之情。

他没有必要叫喊，也没有必要用冲锋枪对准门。一位坦克兵一脚把门踢开，一切都好像战争影片中所描写的那样。当这位上校进门后没有见到匈牙利的政府首脑，而只是听到伊姆雷·纳吉的声音时，他该有多失望啊！

他使劲地关上了录音机。

冲锋枪威胁着我们。

"伊姆雷·纳吉在哪里？"

"不知道。"

上校让伊斯特万·道比，就是那位"共和国主席"走过来。他喝得满脸通红，摇摇晃晃。上校命令他签署国家武装力量的移交声明。道比以最后的一点尊严小声说："如果苏联代表想同我谈话的话，那么我可在我的办公室里奉陪。"说完便转身走了出去。他尽力克制着自己以走得稳一点。

这位苏联上校通过译员向我们下达下列命令：

"请你们到院子里去，并命令你们坦克的大炮对向天空，然后坦克乘员下车放下武器。只有军官可以保留武器。请你们对他们说：如果移交按照规定进行，每人都可以避免受罚，所有人都可以毫无阻挡地离开这里。"

我们服从了。突然间，我国的历史活生生地重现在我眼前。我完全理解祖国的保卫者，当时的匈牙利国防军的心情。在1848年至1849年反对奥地利的解放战争中，他们在齐本比根，在奥地利皇帝叫来进行援助的沙皇俄国的骑兵部队前，曾不得不放下武器。他们怎么忍心缴出那些摸着冰凉，但无疑能给人以安全感的武器呢？

士兵们好像要用冲锋枪对着俄国人扫射似的愤怒地吼叫着，随后便静了下来，只剩放下武器的响声。武器像座山似的越堆越高……

我也不得不站起身走近这座武器的坟地，取出

批：描写出苏联士兵的跋扈与嚣张。

批：用冲锋枪借代手持冲锋枪的苏联士兵，表露出对苏军的不满及无奈。

批："共和国主席"在国家命运存亡的关键时刻居然喝成这样，这样的政府怎能让人民信任？

批：明知局势无法扭转，还装出一副不卑不亢的姿态，更显丑态百出。

批：联想起匈牙利过去解放战争中的遭遇，这一幕多么相似，都是被干涉他国内政的俄国逼迫，备感屈辱。

批：士兵们压抑着对俄国人的愤怒，这一场景描写饱含难以言尽的屈辱。

手枪内的弹夹,把它扔到武器堆上。我只能保留这<u>支无子弹的手枪,我把它放进上衣口袋里。</u>

批:将无子弹的手枪作为民族屈辱的记忆予以保存,传达出无尽的感伤与悲愤。

(佚名/译)

反对外国势力干涉内政的一曲悲歌

匈牙利事变发生于 1956 年 10 月 23 日至 11 月 10 日,是匈牙利民众对苏联的傀儡匈牙利人民共和国政府不满,从而自发进行的全国性革命。最初以学生运动开始,以苏联军队入驻匈牙利并配合匈牙利国家安全局进行镇压而结束。由于《雅尔塔协议》所规定的势力范围、美苏间的核平衡,所以西方国家没有军事介入。苏联随后逮捕并以反革命的罪名处决了纳吉等几名主要领导人。

关于匈牙利事变,冷战时期有两种基本的看法。西方认为这是一场革命,是匈牙利人民对苏联的控制和共产党领导的社会主义制度的反抗,是为了实现从"集权制度"向"民主制度"的回归;社会主义国家则认为,事件是匈牙利国内敌视社会主义制度的反革命势力与国际帝国主义相互勾结、里应外合的结果,目的是要颠覆社会主义制度,复辟资本主义。在匈牙利本土,这一事件在 20 世纪 70 年代之前被定性为由拉科西等领导人"严重错误和罪行"引发的"反革命案件",但在东欧剧变(注:东欧剧变,是指在 1990 年前后东欧及中欧的共产主义国家发生推翻共产党统治的急剧政治变化。最先在波兰出现,后来扩展到东德、捷克斯洛伐克、匈牙利、保加利亚、罗马尼亚等前华沙条约组织国家,最后以苏联解体告终)后又被称为"人民起义"。1989 年 1 月底,匈牙利宣布 1956 年事件不是反革命事件,而是一场人民起义;伊姆雷·纳吉是在当时特殊的环境下,为拯救国家而斗争的;匈牙利政府还为伊姆雷·纳吉举行了国葬。

这其中,涉及一个重要的政治敏感话题。凡是干涉他国内政的行为都必然激起强烈的反抗。尽管匈牙利事件以卡达尔与苏联的联合镇压的悲剧结局收场,但匈牙利人民为争取独立自主发展、反对一味模仿苏联的斗争勇气赢得了全世界的尊重。苏联模式和苏联控制带来的痛苦和怨恨刺激着匈牙利人,南斯拉夫的工人自治吸引着他们,波兰的成功鼓舞着他们,苏军的坦克威逼着他们,多年来压抑在心头的民族屈辱感在激励着他们。尽管最终失败,但不失为一曲为自由而战的壮歌。(陈学富、京涛)

芳草地　　烧吧,宝贝,烧吧!

[本报 8 月 15 日讯(注:此文刊发于 1965 年 8 月 15 日《洛杉矶时报》)] 纵火的黑人驾驶着

车辆横冲直撞地穿过行人稀少的洛杉矶市大街,挨门逐户地往商店里扔燃烧瓶,狂呼乱喊着从电台播放的迪斯科乐曲中学来的嬉皮士口号:

"烧吧,宝贝,烧吧!"

星期五晚上,市内到处呈现一片可怕的景象。就在头天晚上,成百上千的骚乱者拥上街头;可现在,街上除了乱七八糟的废墟外,就不见人影了。大多数窗户都是漆黑一团,整个城市像一片鬼蜮。

但是,火焰还在继续蔓延。汽车穿梭般地疾驶过这一地区。汽车上的人伸出所熟悉的一个、两个或三个指头互相致意,狞笑地狂呼着口号:

"烧吧,宝贝,烧吧!"

(一个指头表示他是瓦茨人,两个指头表示康普顿人,三个指头表示来自威洛布鲁克地区。)

就像疯子有时也会伤害自己一样,骚乱者正在焚烧自己所在的城市。

洛杉矶市大部分地区都淹没在火海之中,谁不回答他们那发疯的口令,谁就会遇到危险。

在好几发子弹朝我射来后,我也学会了喊叫:"烧吧,宝贝,烧吧!"值得庆幸的是,我的车没有被子弹击中,我身上也没有挨上子弹。

在霍尔姆斯大道和帝国公路上,我看到一个商店在被抢劫一空后已经烧毁。

在第120街和中央大道上,一处市场在大火中燃烧。

在靠近曼彻斯特大道和百老汇的地方,也有一些商店着了火,但并未引起人们的注意。附近根本就没有人。

就在弗农大道和中央大道,好几座商店吞没在大火之中,火焰由南到北蔓延到六个街区。商店都被抢劫一空。

[美国]罗伯特·理查森/文,佚名/译

品读

这是一篇关于瓦茨骚乱的目击记。1965年夏天,美国洛杉矶市瓦茨黑人区爆发了美国历史上最为严重的骚乱事件,持续了五天五夜。从8月11日到16日,至少35人死亡,成百上千人受伤,好几千人无家可归,瓦茨区大部分房屋被烧毁。

这是一篇素描式的特写。短小的篇幅,事件却写得如此真切、形象,具有强烈的现场感。读过后眼前有一幅骚乱的街市图景:骚乱的呼号、被抢劫的商店、横飞的子弹、焚烧的火焰、横冲直撞的车辆……令人不寒而栗。

战争和平

德军炸毁格尔尼卡

◇[西班牙]诺尔·蒙克

读点

真实的体验讲述了令人震惊的灾难真相。
细腻的刻画揭露了法西斯的残酷暴行。

下午 3 点 30 分左右(注:这一天为 1937 年 4 月 26 日),我驶过格尔尼卡。时间是估算出来的,其根据是我离开毕尔巴鄂时为 2 点 30 分。格尔尼卡一派繁忙景象。那天正值赶集。我们穿过城区,驶上一条安东说会使我们接近马基纳的道路,而据我所知,前线就在马基纳。前线就在那儿,这不错,但是马基纳却不复存在了,它已经被敌机炸成了一片废墟。

当我们行驶到格尔尼卡以东约 18 英里处时,安东把方向盘向路边急转,猛地踩住车闸,大声叫喊起来。他拼命地挥着手朝前指,我抬头一看,心立刻提到嗓子眼里来。在前面的山巅之上,出现了一群飞机。十余架轰炸机飞得老高老高。但是,在低空,6架容克 52 战斗机掠过树梢飞来。轰炸机向前飞往格尔尼卡,但是那些出来相机行动的容克战斗机发现了我们的汽车,它们像一群信鸽飞旋着,与道路和我们的汽车拉成了一条直线。

安东和我扑进了路旁 20 码的一个弹坑。弹坑里有半坑水,因而我们便伏在泥水中。我们半跪半站,头贴着弹坑油乎乎的坑壁。我只看了这些容克

批:袭击前的繁忙与遇袭后的凄惨形成鲜明对比。

批:惨烈的轰炸。

批:对安东的一连串动作描写,表明他发现了紧急情况。

批:写出战斗机的气势汹汹。

批:躲避敌机轰炸。

批:写感觉上的时间漫长,表现的

战斗机一眼,便埋头隐蔽等它们飞去,我觉得那时间足有好几个小时,但实际上可能不到20分钟。飞机沿着道路俯冲了好几次。机枪子弹嗖嗖地打在我们前面、后面和四周的泥土里。我吓得直哆嗦。就在前一天,斯蒂尔(他现在已是个老手了)简短地告诉了我如何应付空袭。伏倒不动,身子要尽量低平。千万别爬起来奔跑,要不你准会被一梭子撂倒。

批:是难挨感受。

批:生命悬于一线,惊心动魄。

当容克战斗机离去后(我想大概是打光子弹了),安东和我奔回到我们的汽车。附近,有一辆军车在熊熊燃烧,两具尸体被打得弹痕累累,我们把他们拖到了路旁。这时我浑身直打战,有生以来第一次尝到真正恐惧的滋味……突然,颤抖消失了,我感到了一阵振奋。在这些战地采访的日子里,个人的亲身经历尤受欢迎,因为无战事的时间已达18年之久,那些经历过上一次战争的人们对战争的印象已经淡化忘却了,而那些对战争一无所知的一半人则对之颇感兴趣。我们过去通常把这称为"第一人称"故事,当西班牙战争于1939年结束时,我们写这些故事已经写得发腻了,而读者想必也同样读烦了。

批:敌机轰炸不达目的不罢休。

批:残酷的敌人,残酷的战争。

批:为自己找到新闻素材而振奋,这是记者的新闻敏感性。

批:淡忘战争是要付出代价的,居安必须思危。

在通向格尔尼卡的群山的山脚下,我们离开了主道,上了另一条路返回毕尔巴鄂。在我们的左侧,从格尔尼卡那个方向传来了炸弹的爆炸声。当时我想,德军一定是发现了从桑坦德而来以阻止退却的增援部队,我们继续向毕尔巴鄂驶去。

批:敌机在轰炸格尔尼卡。

在总统府,斯蒂尔和霍姆正在写电讯稿。他们要我和他们一道在斯蒂尔下榻的旅馆吃饭……

我们吃完了第一道菜豆子,正在等着上罐头牛肉,这时一位政府官员冲进了餐厅,他泪流满面,失声哭喊着:"格尔尼卡完了! 德国人没完没了地狂轰滥炸,格尔尼卡被炸成了一片废墟。"

批:从政府官员的动作、神情、语言表现德军轰炸的惨烈。

当时大约是晚上9点。罗伯特上尉猛地一拳砸在桌子上说:"这些嗜血成性的猪猡。"5分钟以后,

批:"嗜血成性"概括了侵略者的残忍和贪婪。

我们一行人乘着几辆蒙迪古伦大轿车,朝格尔尼卡飞驶而去。我们离格尔尼卡还有10英里之遥,老远就看见格尔尼卡上空火光冲天,我们驶近时,道路两旁坐满了神情麻木的男女老少。我看见人群中有个牧师,便停下车,向他走去,"怎么回事,神父?"我问道。他满脸乌黑,衣服烧得破破烂烂。他说不出话,只是手指着4英里外的火光,嘴里喃喃地念着:"飞机……轰炸……猛烈,猛烈。"

批:细节描写表现了格尔尼卡所遭受到的猛烈打击,突出了战争给人类带来的巨大灾难。

按照当时"第一人称"的传统,我是第一个到达格尔尼卡的记者,于是一群正在搬运和集中焦尸的人立刻围了上来。有些士兵像孩子一样地啜泣着。到处是火光、浓烟和废墟,空气里充满了人肉烧焦的气味,让人恶心。房屋纷纷在这一片地狱的火海中倒塌。广场上,在一道火墙的包围中,有约百名幸免者,他们在痛苦流泪,捶胸顿足,一位中年人会说英语。他告诉我说:"4点钟,集市尚未散,许多飞机便来空袭了。它们又是扔炸弹,又是俯冲扫射。阿诺那特圭神父太令人惊叹了,当炸弹纷纷落下的时候,他领着人们在广场上祈祷。"就我所知,这人并不知道我是谁。他向我叙述的是发生在格尔尼卡的事实。

批:惨不忍睹的场景描写揭露了德国法西斯的罪恶。

批:借中年人的叙述,描述当时格尔尼卡被德军空袭的具体情况。

批:强调了事件的真实性。

格尔尼卡的街道,大多是在广场开始或终结的。由于街道成了一道道火墙,许多街道不能通行,瓦砾一堆堆积得很高,有的尚可见残墙断壁,有的只剩下一堆灰烬。我在幸存者中穿行,走到了广场的底端。他们说的都是一个相同的故事:飞机,扫射,轰炸,大火。

批:描述格尔尼卡被轰炸的场景。

批:德军空袭给人们带来了不可磨灭的恐惧和印记。

不到24小时,这一悲惨的故事传遍了全世界,而佛朗哥则将把这些经受震惊无家可归的人们称之为说谎之徒。在几个星期之后,等到人肉的焦烟味被莫拉部下四下撒泼的汽油味冲淡时,所谓的英国专家们将抵达格尔尼卡,宣布他们那自以为是的断

批:蔑称受害者为说谎之徒,无耻的与德军狼狈为奸的佛朗哥政府!

批:英国专家们的谎言表明英国政府对德国法西斯的袒护与纵容

言:"格尔尼卡是赤匪故意纵火烧毁的。"

的立场。

（杨小洪/译）

反思历史，珍爱和平

1937 年 4 月 26 日，一个风和日丽的下午，在西班牙佛朗哥政府的指示下，德国轰炸机竟然对西班牙巴斯克地区古老的风光旖旎的格尔尼卡小镇进行了持续数小时的轰炸。当时恰逢集市，造成几千名手无寸铁的平民身亡，格尔尼卡被夷为平地。这一事件震惊了整个欧洲，震撼了全世界。正在西班牙的新闻记者诺尔·蒙克亲眼目睹了这一惨剧，写下了《德军炸毁格尔尼卡》这篇新闻。

"飞机,扫射,轰炸,大火"这些亲历的灾难控诉"这些嗜血成性的猪猡"。这些灾难距离我们已经很远了，但在恐怖与快乐、战争与和平、历史与现实的反差中，它召唤起人们关于灾难的记忆，关于生命的思考，关于人性的自省。本文充分体现了一个新闻记者的使命感，以迫人的力量震撼读者的心灵，成为新闻史不朽的名篇。我们应该珍惜这来之不易的生活，不让战争的阴霾再次笼罩在我们头上。和平与发展是当今时代的主题。维护和平，拒绝不义的战争。和平的环境有益于经济发展，维护和平需要全人类的协同努力。维护和平需要实力，但对战争的深远检讨也有益于维护世界和平。（京涛、周波松、肖优俊）

芳草地　希特勒匪徒们嫌热了

寓言家克雷洛夫的骗子手对俄国的天气讨厌得厉害。他抱怨说：

"这是个什么鬼地方？不是太冻人，就是热得慌，不是云遮日，太阳就大亮。"我们的天气，希特勒骗子手们也不喜欢。他们一个劲儿地责骂冬天——太冷，秋天——雨多，夏天——太热。真是个害人的天气啊！

只好盼望俄国的春天了。整整一个冬天，法西斯的报刊和广播电台就用这对春天的希望来安慰着德国人。可是，现在已是五月的末梢了，德国那卖唱的风琴儿又要奏起那早已听厌了的歌，说什么俄国的天气对希特勒有害了。德国在哈里科夫前线失利，德国的电台说由于气温"不正"。它对痴心的德国人报道说："哈里科夫前线方面气温不正，业已超过三十摄氏度。"

攻击俄国的"热"，是要说明统帅希特勒没有什么错儿。但是事实上，德国的电台要使听众接受的，是对"元首"的战略天才的一种极其奇怪的想法：他能顺利地在冬天作战，当冬天像春天的时候；

他能在春天打得好,当春天像秋天的时候;在秋天打得好,当秋天像夏天的时候;在夏天——当夏天像冬天的时候。

一句话,希特勒需要的,正是克雷洛夫的骗子手叫嚷得那么迷人的天气呢:

"活上一百年,也不知什么叫黑夜,一年到头,你看见的只是个五月。"

在哈里科夫前线,德国人嫌热了。不需要去看寒暑表,在前线制造天气的,是红军。

[苏联]萨斯拉夫斯基/文,佚名/译

品 读

20世纪40年代初,第二次世界大战进入了决战阶段。铁蹄踏进苏联国土的德国法西斯,遭到了苏联红军的沉重打击。法西斯宣传机器为了掩盖失败的真相,不惜进行欺骗宣传,把战争的失利归咎于苏联天气恶劣、"气温不正"。这篇"政论小品"对敌人的欺骗宣传进行了辛辣的讽刺、无情的揭露。

为了揭露谎言,作者主要采用了这样一些战术:

一、迂回包抄,暗伏奇兵。文章的开头似乎"离题",不正面进攻敌人,却巧妙地引用了克雷洛夫寓言中的骗子手咒骂俄国天气的话,看似漫不经心,实则暗有所指,为文章后面的正面出击埋下了伏笔。这可以说是"暗伏奇兵"。

二、借题发挥,攻其要害。紧接着,作者借"骗子手咒骂天气"这个"题",(实际上通篇都在"借"天气问题为"题"),加以引申发挥;笔锋一转,"我们的天气,希特勒骗子手们也不喜欢","他们一个劲儿地"咒骂,把战争的失败归咎于气温"不正"。这就一语破的地攻向了敌人的"要塞"——法西斯宣传机器制造的谎言。

三、冷嘲热讽,直指元凶。"攻击俄国的'热',是要说明统帅希特勒没有什么错儿"。作者抨击的矛头直指法西斯元凶。接着,对"元首"的"战略天才"进行极其辛辣的嘲讽:"他能顺利地在冬天作战,当冬天像春天的时候……(他能)在夏天(打得好)——当夏天像冬天的时候。"这种"元首"幻想中的"四季皆宜"的作战天气,这种根本不可能的、"天方夜谭"式的"极其奇怪的想法",把帝国"元首"的"战略天才"挖苦得淋漓尽致,也把德国电台的欺骗宣传揭露得体无完肤。

萨拉热窝的枪声

——第一次世界大战爆发

◇［美国］汉森·鲍德温

读点

写实的手法再现了大战开启前的秘闻。

典型的细节描写渲染了战前紧张气氛。

第一次世界大战的开始不同于第二次世界大战。实行征兵制的国家的庞大军队错综复杂的动员过程，意味着任何国家都需要一定的时间才能集结其全部兵力；甚至动员的开始（这是不可能保密的）就标志着大战临头，表明战争的爆发已成定局。

批：说明"山雨欲来风满楼"的国际背景，表明即使没有"萨拉热窝事件"，第一次世界大战也是迟早要发生的。

尽管没有多少人想要打这场大战，但从1900年以后，战争的准备就越来越加速了。危机接踵而至，1905年摩洛哥危机（法德两国的殖民野心在该地相冲突）；1908年的波斯尼亚和黑塞哥维那危机（两地均为塞尔维亚斯拉夫人聚居的省份，当时被奥匈帝国并吞，因此激怒了塞尔维亚和俄国）；1911年在摩洛哥又发生了阿加迪尔事件（德国玩弄炮艇外交，但是，在戴维·劳埃德·乔治发表一篇措辞激烈的演说之后被迫退却，劳埃德·乔治是位杰出的、情绪不稳定的威尔士人，当时任英国财政大臣）。迨至1914年那个决定命运的夏初，威尔逊总统的密友和顾问M·豪斯上校声称："只需要一颗星星之火，就会闯下滔天大祸。"

批：帝国主义国家之间的日趋尖锐的矛盾冲突、战争准备的加速、各种危机的接连不断，都预示着世界大战即将来临。

批：通过美国总统的密友和顾问的话，说明当时的国际局势异常紧张，任何一个事件都可能会引发战争。

一个半疯癫的18岁肺病患者，醉心于狂热民族

批：一战的导火线竟由他点燃！

主义剧毒的加弗利尔·普林西波,点燃了这颗火星。1914 年 6 月,奥匈帝国皇帝弗朗茨·约瑟夫的侄儿和皇位继承人弗朗茨·斐迪南大公,对波斯尼亚进行该省被奥匈兼并以来的首次视察,陪伴他的是平民出身的妻子。事先有人警告他,说当地塞尔维亚居民有举行反对他的示威游行的危险,但他置之不顾。

　　6 月 28 日,在波斯尼亚首府萨拉热窝(当时除学者和旅行者之外,很少人知道这个地名),举行对大公的正式欢迎仪式。他受到了炸弹的欢迎。塞尔维亚"黑手党"(党魁是塞尔维亚总参谋部的一名上校——德拉古廷·迪米特里耶维奇,人称阿匹斯,是"首屈一指的欧洲政治谋杀专家")雇用的 7 名刺客部署在必经之路上。头一名刺客未获成功,炸弹从大公的汽车顶篷上滚落下来,炸伤了几名旁观者,另 5 名刺客逃之夭夭,其中一名被捕。普林西波留在那里。他用塞尔维亚总参谋部情报局局长给他的那支白朗宁手枪,砰砰几枪,声震全球。普林西波击毙了大公——奥匈帝国皇位继承人和他的妻子。他的同谋者立即向贝尔格莱德发报:两匹马高价卖出。

　　普林西波给"巴尔干火药桶"扔进了一颗火星。这个刺杀事件给维也纳提供了迫使塞尔维亚屈膝的机会。但是,俄国是斯拉夫塞尔维亚人的朋友。因此,奥匈外交大臣利奥波德·冯·贝希托尔德伯爵和总参谋长康拉德将军还得谨慎从事。他首先派了一名密使到柏林去谋求德国的支持。1914 年 7 月 5 日这一天,按温斯顿·丘吉尔的说法,"威廉二世拿德帝国的全部资源作抵,(给维也纳)开了一张随意使用的空白支票……"他保证全力支持,然后无忧无虑地乘他的游艇驶向挪威,从而在随后三周的危机期间摆脱了国务负担。

　　和平的希望仍然存在,因为当时世界并不知道

批:斐迪南大公对警告的"置之不顾"在一定程度上也促成了此次事件的发生。

批:此地的闻名世界,可见此事件所造成的后果是多么的严重。

批:这就是震惊世界的"萨拉热窝事件"的经过。

批:战争机器就这样被狂热的好争分子随意地开启了。

批:威廉二世虽然开的是"空白支票",却无疑给了奥匈帝国发动战争的信心。

批:战争与国际形势密切相关,偶

由于威廉二世的轻率支持而使战争成为定局。即使如此,直到7月中旬,弗朗茨·约瑟夫老皇帝才用两个字表示赞成对塞尔维亚开战:"Dann ja(那就打吧)。"

接着(奥匈向塞尔维亚)发出一份苛刻的最后通牒,7月25日塞尔维亚除微小的保留外,表示接受,但时辰已到,世界大决战的日子已经破晓,人世间四大瘟神(注:四大瘟神,指战争、饥荒、时疫和死亡)都会降临。塞尔维亚实行动员;欧洲大陆上笨重的战争机器轰隆隆地开动起来;德国怂恿它的盟邦奥匈迅速出击,在全世界面前造成既成事实。

到此已无回旋余地了;这场冲突再也不可能通过调停解决,也不可能局限在一定范围之内了。人物和事件都卷进了这命定的历史洪流,一往无前,向着无法改变的劫难迈进。7月28日,奥匈向塞尔维亚宣战;第二天,炮弹就落到贝尔格莱德。7月30日俄国开始总动员;德国向俄国提交最后通牒,稍后又向法国提交最后通牒。

8月1日,德国对俄国宣战。当天夜间,德军侵犯卢森堡以夺取西线部队运输和补给所需的铁路。8月3日,德国向法国宣战。8月4日晨,在事先发出最后通牒后,德国通知比利时,为了"安全"目的,德军将开进这个小国。阿尔贝国王呼吁援助;同德国、法国、奥地利、匈牙利和俄国一起尊重比利时中立的英国,则谋求各方的保证能够兑现。德国首相莫里茨·冯·贝蒂曼·霍尔韦格,"一位和蔼可亲但软弱无力的人",对于伦敦将不惜为"一片废纸"而战,仅仅表示惊讶。1914年8月4日午夜,英国参加了这场正在扩大的冲突。

在英国下议院首相室内,(赫伯特·亨利)阿斯奎思先生独自坐在那里,这时他的妻子玛戈特进来。

然事件往往会成为战争的导火线,战争与和平往往就是决策者的一念之间。

批:战争的脚步一步步地来临。

批:德国才是战争的幕后推进者。

批:议论表明战争已无法避免,劫难开始降临。

批:第一次世界大战就此爆发。

批:"安全"不过是军事占领的借口而已。

批:把协议当作废纸,好战分子是多么无信而又无耻啊!

批:通过以上两段的一系列时间的列举写出了战争在迅速扩大。

"这么说，一切都完啦？"她说。

他头也不回地答道："是啊，一切都完了。"

……"我站起来，我的头靠着他的头，"她说，"我们眼泪盈眶，说不出话来。"

就这样，一场大灾难开始了，按福洛顿的格雷子爵（他的光荣日子已经结束）的说法："全欧洲的灯就要熄灭了；在我们有生之年，将再也看不到它们重放光明。"

批：细节描写突出了人们对战争开启的失望。

批：战争就是熄灭和平之灯的飓风。

（佚名/译）

错综复杂的矛盾，简明扼要的叙述

汉森·韦特曼·鲍德温（Hanson Weightman Baldwin，1903 年 3 月 22 日～1991 年 11 月 13 日），美国著名军事记者、军事评论家，《纽约时报》主编。

本文选自汉森·韦特曼·鲍德温所著的《第一次世界大战史纲》（1962）。

第一次世界大战是一场主要发生在欧洲但波及全世界的大战，是欧洲历史上破坏性最强的战争之一。战争过程主要是同盟国和协约国之间的战斗，中国也于 1917 年 8 月 14 日对德奥宣战。第一次世界大战以协约国的胜利而告终，并最后促成国际联盟的成立。

大战爆发前各国矛盾错综复杂，冲突危机接踵而至。有英德之间的矛盾、法德之间的矛盾、俄德之间的矛盾。而著名的萨拉热窝事件是第一次世界大战的导火线。本文对大战爆发原因的叙述简明扼要，有条不紊。

本文与其说是一篇新闻，不如说是一篇语言生动的叙事散文。它不像历史学家那样去全面叙述与评判第一次世界大战的历史，而是再现大战前最重要的时刻和最精彩的细节，使人们从中看到历史大事件是怎样展开和演变的，可以感受到历史脉搏的跳动。

本文记录了大战爆发前的重要场面和历史人物最具个性的瞬间，提供了生动的历史细节，呈现了无法比拟的真实性和证言性。把读者引入到一个真实的历史环境中，去感受历史的风云变幻，沧桑浮沉。

文章语言生动精彩，"只需要一颗星星之火，就会闯下滔天大祸""一个半疯癫的 18 岁肺病患者，醉心于狂热民族主义剧毒的加弗利尔·普林西波，点燃了这颗火星""普林西波给'巴尔干火药桶'扔进了一颗火星""全欧洲的灯就要熄灭了；在我们有生之年，将再也看不到它们重放光明"，这些句子都极富表现力。（子夜霜、周流清、肖优俊）

那天夜里，我看见了巴黎

我们的飞机，在澄澈的天空上，穿越透明的夜色，在高高地飞翔。通过内部电话，驾驶员宣布："我们恰好处于巴黎北部边缘地带。"

我远远地望见城市：在一片如同黑丝绒的地方，中间有一条河流闪动着微弱的光辉。这就是塞纳河畔的巴黎的阴影。

这片阴影，很小，那道闪光，也若有若无。但我了解河水的每一个起伏，了解巴黎的每一道曲线，它们将永远珍藏在我的记忆中，珍藏在我的心上。我知道，在沉沉的夜色中，在那道闪光周围，是码头、街道、广场、历史遗迹和沉睡的人民。我不禁颤抖了，但此时已经不是因为寒冷了。

驾驶员的目光离开闪着磷光的仪表，由于戴着氧气面罩而走形的脑袋向伟大城市的阴影歪了下去。

"巴黎。"他说。

"巴黎。"后面的机枪手也说。

和我同一机组的战友都是英国人，然而他们的声音里有一种发自内心的激动和敬意。我可以肯定，世界上没有任何其他城市会使他们如此怦然心跳。我回忆起，即使远至中国，人们每逢提起巴黎，也不无崇拜之情。

我望着这座伟大城市的阴影，随着我们的飞机急速向东方飞去，它很快地越来越小，颜色也越来越淡。但在那一小块如同黑丝绒般的阴影中，我看见了，是的。我的确看见了香榭丽舍大街和卢浮宫，拉丁区和大学城，蒙巴纳斯和蒙马特，奥特依和格勒奈尔，圣德尼和蒙鲁热。所有这些地方，如同各省千差万别一样，都有各自的面貌，都有它们的色彩，它们的声音和它们的气味。我同时看到了居住在这些地方的居民，他们有各自的习惯，各自的工作，各自的活动和各自的快乐。通过那些给人以强有力的启示的盛大聚会，我仿佛明白了为什么那些从未到过巴黎的人，那些生活在远方的人，如此热爱这座城市。那小小的中间有一道光辉水流的黑影，乃是地球上最为自由的所在。

对一代又一代的人来说，就全世界而言，巴黎是人类自由的源泉，庇护所，乃至标志。街垒和歌曲，论战和微笑，时装和绘画，知识和爱情……在世界上的任何地方，人们都无法像在巴黎那样自由地著书立说，畅所欲言，调侃戏谑，那样自由地工作、娱乐和谈情说爱。

德国人想在巴黎消灭的正是这种自由的传统、自由的激情和自由的本能，但这是无法战胜的，他们只能自取灭亡。

我回忆起我最后一次逗留在巴黎的日子。我偷偷潜入巴黎，无法接近我的家。为了见到我的母亲，我不得不采取复杂和秘密的办法同她约会，犹如一个罪犯之于他的同谋。

在最为宝贵和最为辉煌的建筑物上,到处都飘扬着 N 字旗。到处可见巨大的标志牌,上面用德文写着:协和广场,奥尔良门,军人电影院。整条整条的大街和许多广场禁止法国人通行和进入。饥饿的女人和孩子在商店门前排着长队,但德国士兵却穿着咯咯作响的皮靴,迈着沉重而僵硬的步伐,昂然而入,强拿强要。香榭丽舍大街,每天都有军队,在军乐队的引导下,耀武扬威地走过。坦克滚过布洛涅森林。到处张贴着辱骂盟军或处死者名单的布告。

然而所有这一切,只能刺激和加剧这座世界最为自由的城市里的人们对自由的渴望。渴望自由,为自由而战,改变了巴黎人民,或者说,巴黎人民转过身来,面向这种渴望,面向这场战斗,并为之贡献自己的力量。

一座巨大的城市必然是五方杂处之地,可是当它是一座古老的、充满力量和活力的城市的时候,它便会使它的儿女们具有某些共同的性格。巴黎人民是天性活泼,爱开玩笑,无忧无虑和敏感的人民,他们容易冲动,爱笑,并且很少有什么事情使他们真正放在心上。

在这样的一种外表下面,隐藏着一种发自内心深处的自豪,他们对出色的工作有一种高雅的鉴赏力,对正义有一种有机的需要,对他们的城市和祖国有一种无限的热爱。不过,必须有伟大的历史机遇,才能使这些感情爆发出来。

德国人把这种最好和最伟大的机遇给予了巴黎。

于是巴黎进行了一场长达四年的战斗,它面对的是德国军队和盖世太保,以及依附于德国军队和盖世太保的维希政权,它没有武器,没有面包,没有火,没有酒,没有香烟,它的战斗武器是它的微笑,它的智慧,它的勇气和它的鲜血。

我们的飞机向东方飞去,我的回忆在继续。

我回忆起那位维埃特屠宰场的伙计。一天,一名德国军官前来说要征调冷库内的所有存肉。

"那巴黎人这个星期吃什么?"伙计问道。

"把腐败的肉给他们吃就足够了。"那军官回答。

这是占领初期,当时,杀德国鬼子的事还不多见。结果这个后勤军官成为最先丧命者之一。人们在一座冷库里发现了他及另外三个人的尸体。

我回忆起那位老男爵,他只要看到一个男人或女人的衣服上戴有黄色的星形标志,就立刻走上去同他们握手。回家之后,他叹息着说:"德国人剥夺了我的一切,甚至包括排犹主义情绪。"

我回忆起那位犹太房主,他也是一位老人。当有人请他借一套房子给爱国者,以备在那里设置一个地下电台时,他竟哭起来。因为此事关系到他的生命,人们以为他害怕了。不料他却说道:

"已经两年了,我一直盼着能有这样的机会。"

我回忆起那位女大学生。她简直像个小姑娘,实际上却是一个战斗小组的联络员。她不停地笑,对一切都不以为然。有一天早晨,人们看到她走在香榭丽舍大街上,背上挂一块牌子,牌子上有一个大大的"V"字。

牌子仿佛是被一个喜欢恶作剧的人别在了无辜者身上。女大学生于是带着挑战的意味,背着它到处走了两个钟头。行人们纷纷露出微笑，德国人也跟着笑。后来，一名德国军官走近姑娘，善意地对她说：

"不知道哪个蠢货在拿您开心，小姐，请允许我把牌子给您取下来。"

"谢谢。"女大学生十分庄重地说。

我回忆起那位共产党工会的书记。他第二天早晨就要被处死了，一个叛徒来到牢房，代表德国人向他保证，他只要写一份脱党声明，就可以避免一死和获得自由。然而他选择了死亡。

我们的机组结束了它的任务。我们顺着来的路线返回西部。我在这片暗影之中看到了桑特监狱，牢房里一定弥漫着受害者身上的伤口化脓的味道。我还辨认出瓦莱里山，无数爱国者和人质在那里被枪杀。

解放的大军已经势不可当地扑向巴黎的郊区，最后的一批受难者是否还在这些地方备受折磨？

[法国]约瑟夫·凯塞尔/文，赵坚/译

品读

约瑟夫·凯塞尔(1898年2月10日～1979年7月23日)，法国小说家。1915年当了一年新闻记者和演员，1916年投笔从戎，在空军部队服役。1923年发表了一部出色的小说《机组》。第二次世界大战时，参加了抵抗运动，战后又做新闻记者。1950年写了长篇巨著《倒霉的遭际》。他1962年当选为法兰西学院院士。他的优秀著作还有传记《梅尔莫兹》和以第二次世界大战为主题的小说《并非人人都是天使》。

《那天夜里，我看见了巴黎》记述的情形是在德国军队占领时期，他和他的机组在一个夜里飞越巴黎上空时的心境，写得深情动人，让人读了心颤，热爱巴黎，首先是热爱自由。炽烈的感情激发了清晰的回忆，地方、人物、事件无一不在回忆中透出对自由的渴望。

漫步在无人区

◇[美国]理查德·克雷默

读点

优美的文笔、流畅的文字，闪耀着文采的亮点。

运用对比、衬托、比喻等修辞手法，富有表现力。

行文脉络清晰，展现了残酷的战争。

[本报(注:本文发表于《费城问询报》1978 年 3 月 17 日)从被占领的黎巴嫩巴雅达角发出的通讯] 死一样的寂静笼罩着无人区。走过了两英里的大道，阒无一人。这时才深深感到，人是不可少的，人像房屋、篱笆和田野一样，是风景的组成部分。

批:紧扣新闻主题,简明概括战争中无人区的特点。

这里，距黎巴嫩南部边界只有 8 英里，介于法塔赫突击队最后一个哨所和以色列的前沿阵地之间，在路上迎接你的只是跳跳蹦蹦的鸡群。就在 48 小时前，人们还在院落里向它们撒过谷粒。

批:只有鸡在这里活动,它们不怕也不理解人们为何发动战争。

这里，就像被火山埋掉的庞培一样，只不过没有岩浆而已。一切都静止不动了。就在空空的房屋旁，堆着一筐筐橘子，没有任何人去碰它们。打断的电话线乱糟糟地盘在电线杆上，已毫无用处。一个自来水龙头正在往外淌水，流出来的水在地上形成了小溪，然后一直流到一块曾经是花园的低洼地里。

批:比喻形象,引人深思。

批:简明的语言,简笔勾勒战火洗礼后无人区的惨状。

这里，微风擦过树叶发出的沙沙声也会使你吓一大跳，赶快隐蔽起来，等到你钻到橘林里，仰望天空，察看是否有飞机之后，你立即会觉得自己太蠢，

批:树叶声就能把人吓得这样,可见战争的频繁。

神经过分紧张。

确切说来，这里也有声音，而且十分嘈杂。附近就有真正的飞机和高射炮。当炮弹砰砰地落到山坡上时，羊群四处逃窜，一个劲儿地叫唤，沟里的青蛙也呱呱呱呱，叫声不绝。

但是，只有人的声音，如小孩的哭声、机器的喧嚣声，或是人们的笑声，才能打破这死一样的寂静。没有人，在两个世界之间的这块天地里，死一样的寂静永远也不会消失。

就在法塔赫最靠近前线的一个哨所后面，一群挎着克拉什尼科夫冲锋枪、带着流行的贝雷帽的不到20岁的小伙子正在安详地聊着天，他们已在这里紧张地度过了好长时间。

人们对以色列人的恐惧是显而易见的。他们不时地监视着空中的动向。就在这48小时内，他们不时地在街上和田野里轮班站岗放哨。

他们随时都在移动，有时也参加战斗，但多数时候是移动，而且越来越往后撤。

按以色列人的说法，这里是法塔赫的天下。在这里，每个人都是突击队员，10岁的小孩也会使用半自动步枪。这样，法塔赫的天下由北向边界推进，现在已靠近古代地中海的港口泰尔。尽管行动和谈话有些混乱，但仍然是有组织的。

两天来，面对以色列的强大进攻，巴勒斯坦武装力量不得不边打边撤。

"我们无法对付这样强大的炮火，"在泰尔的一位突击队军官说，"抵抗没有用，如果那样做，就太愚蠢了。"

在海岸附近的村庄和营地里，突击队员们的复仇心理还是十分强烈的。"他们每向前一步，都要付出代价，"军官说，"以色列人将付出他们从未付出过的巨大代价。"

批：形象描写无人区里连羊群和青蛙都不能幸免于难，只能以叫声来回应枪炮声。

批：死寂只因无人。

批：表现战争之余小伙子们的自我放松，表达了对和平的向往之情。

批：打仗不多了，实际上是无人区在扩大，战争更可怕。

批：孩子也卷入了战争，可见战况是多么的严峻。

批：以军官的话表明以色列进攻的强大。

批：战争之所以长期僵持不下，都源于彼此的复仇心理。

在最靠近前线的一个哨所，每张脸上都满是恐惧。谁也不知道以色列人是否会卷土重来。

老百姓已开始转移。最近两天来，一车车难民都相继离开。昨天晚上往北开的一辆轿车上装了十六个人，三个人在前面，座位中间是四个小孩，后座上挤了五个人，车后的行李箱上还露天坐着四个人。

人们在街道和田野上不停地移动。

最后一道关卡的突击队员听到脚步声感到十分惊异。"不行，请不要向前走，"他们说，"以色列人就在附近，他们见谁都杀。"

然后，一切都过去了，寂静开始降临。我一个人孤零零地漫步着，到处都是48小时以来暴力留下的纪念品。

一辆轿车斜停在路边上，除了车胎没有气外，毫无损坏。车为什么会停在这儿？当车门打开，那一摊摊血迹就是最好的解释。

再往前走，是五辆着火的汽车，燃烧发出的臭味说明了以色列空中袭击的准确性。烧得发焦的车身就架在光光的车轮上。轮胎在车爆炸后就全烧光了。

灌木丛中长满雏菊，空气里散布着忍冬的芳香。东边山坡上传来爆炸声，间或夹杂着小鸟的欢叫声。

突然，在前面拐弯附近，有一个短波无线电天线伸向空中。再往前走，两辆以色列重型坦克屹立在道路两侧，炮口直指法塔赫土地。

坦克组成了一个新世界的门户，一种纯几何的严密结构形式。在大道两旁，地里的庄稼已收割完毕，美国制的小型运输车在原野上驶来驶去。以色列人已迁了进来。他们带来了新秩序。

记者的出现使他们有些狼狈，他们不知道该怎么办。"往那边走。"坦克上面的一个士兵讲道。他指了指路上一处地方，然后就再也不回答任何问题。

批：最前线最为危险，战士心中也最恐惧，从而表现在脸上。

批：细致刻画难民转移中的一个典型画面，表现战争给人们带来的不是满足，而是灾难。

批：记者的到来令他们惊讶，当然也有紧张，并不忘善意的提醒。

批：记者漫步无人区，近距离感受。

批：带着疑问，亲自查看。

批：脉络清晰，按行踪把所见详细记录下来。

批：景色优美，鸟语花香，而爆炸声就显得极不和谐。对比鲜明。

批：战场上记者有心表现这种几何结构，意在表明以色列人以武力支配着一切。

批：见到记者为何狼狈？他们是怕他们的暴行被揭露。

"上级不让我们讲话。"他说。

以色列的武器装备闪闪发亮。又大又新，地道的美国货。这里的通讯是靠无线电，没有人声，只有隆隆的机器声。

批：装备先进。

机器周围约有五十名士兵。他们默默不语地从我身旁走过，有几名士兵呆若木鸡，有一名士兵微笑着。在一块地中间，一群步行的士兵还在收听以色列电台播放的摇摆舞音乐。

批：描述不同士兵的不同表现。

路那头，巴勒斯坦人脸上满是恐惧，而这里的以色列人则是愁容满面。"他们在这儿将我们团团包围。"一个长着雀斑的士兵说。他朝西望了望橘林，地中海离这儿只有150码远。"我没法告诉你，就在那边树林里是否有恐怖分子。"

批：战争双方处于胶着状态，双方都很紧张。

另外一名士兵抱怨小型运兵车没有铁甲。"它们是铝制的，"他说，"就连一粒普通子弹也能穿透。"

批：记者采访士兵，士兵们都很谨慎，不敢多说。

第三位士兵打断了他俩的话。"别吭声了。"他说。

一位少校开着吉普车过来了。他臂上佩戴着联络官的臂章。他们在研究是否强迫记者离开这里。谁也不会料到会有人在法塔赫土地上步行穿过橘林。

少校说，以色列军队今天不会到什么地方去。"如果你问我，我不是总理，"他说，"但是，我要说，就是这些了。"

他车上的报话机中有人喊叫，他草草回答了几句话，就上车了。

"你还要回去？"他朝路那头望了望，怀疑地问道，"你真是发疯了。"

批：表达着担心，也预示着战争随时会发生。

（佚名/译）

记者是社会的良心

　　以上报道，是美国记者理查德·克雷默不顾以色列政府的阻挠，冒着生命危险深入到死一般寂静的无人区——被以色列占领的黎巴嫩巴雅达角后，根据亲身经历和细致观察撰写的国际报道中的精彩部分。

　　报道的一开头就突出无人区"死一样的寂静"。随着记者继续前行和眼光掠过处，一幕幕以色列空中袭击后留下的痕迹在读者眼中尽显无遗，作者以细致敏锐的观察力向读者形象地描绘了巴勒斯坦人和以色列人截然不同的表情，揭示出他们各自的心态："巴勒斯坦人脸上满是恐惧，而这里的以色列人则是愁容满面。"

　　记者克雷默不去报道错综复杂的战事和军事进展情况，而是将视角投向了普通百姓，报道中东连绵不休的战争对他们生活产生的严重影响。这样的报道，往往能给人心以更大的震动。

　　行文中，记者采用了对比衬托的表现技巧。通过对比的写法，描绘出美好与丑恶、创造与破坏共存的不和谐气氛与情景，从而造成强烈的反差，给读者以震撼，使人越发厌恶战争、渴望和平。而这，正是记者的用心所在，体现了记者是社会的良心。这篇报道以其鲜明的特色、深刻的洞察力获得了 1979 年普利策国际报道奖。（聂琪、屈平）

芳草地

我要你生活下去

　　[莫斯科 1942 年 8 月 8 日专电]　在战争里面，每一个勇敢的士兵都必须准备去死亡；但是他在打仗的时候并不是为了去死的，而是为了去征服敌人的。他是为了要生活下去，为了要保护他自己的生命，为了要保卫那些亲近和亲爱的人们的生命而战的。

　　当法国人决定拿一切代价来拯救他们自己的生命时，他们失掉了一切。他们被毁灭在德国炸弹之下，或者成了战时俘虏。在当时冒充贤明的法国人曾这样说过，他们"想把巴黎从毁灭中拯救出来"。他们让德国人进入了巴黎。德国人掠夺了这个城市，把它的居民都变成奴隶，抢劫了它的财产和艺术品，毁坏掉它街头的纪念铜像，并且还把巴黎变成他们的一个军事工业墓地，这样一来就使得这个城市成了新的轰炸目标了。

　　当你想生活下去而又不敢冒险和害怕牺牲的时候，你就失掉一切。这个原则对于每个民族和每个人都是适用的。

　　红军已经向世界显示出"勇敢"是什么意义。但是红军并不是因为受了无足轻重的观念的鼓励而去作战的。红军是因为对于生活的挚爱的温暖而去作战的。俄罗斯人民作战，已经是一年多了。在这期间，他们早已患了怀乡病，怀念他们的故乡，怀念他们的家庭。那些在军队里的青年人，是怀着他们的初恋的爱情到前线去的。这种初恋的爱情正像纯净的火焰在燃烧着。这种纯真的和炽热的爱更增强了他们的勇气。他们在生活中第一次这样感觉到："我是一个男人，我必须保护她，保护我那心爱的人，去抵抗德国人的入侵。"

在我们军队里有着许多当父亲的。人们都曾讲起过母爱，而很少讲起父爱：这是种羞怯的爱，它为男性的坚强所掩盖了，并且是不很容易觉察的。但是在前线上，父爱创造出了许多奇迹。男人们知道，孩子们是怀着信任在问母亲："爸爸马上就回来吧，是不是？爸爸会杀光德国人，是不是？"在他们看来，战争好像是一场游戏。他们对于自己的父亲，有着无限的信任："世界上没有一件事情是父亲不能做到的。"假如父亲到战场上去打德国人，他就会把他们都消灭得精光。在战士们的双肩上，都担负着对于孩子们的游戏，对于那睡在摇篮里的小宝贝的平静的呼吸，对于生活、对于维持整个家庭的温暖的全部责任。

我们的人民要生活下去。他们是为了生活而去迎接战争的。

我们的人民要生活下去。当他们激烈动荡的生活还没有脱离危险时，他们是不会放下他们的武器的。

我们的人民要生活下去。当我们的战士坚强地去迎接死的时候，这种感情就激励了他们的心。他所要追求的并不是死，而是生。

很多人都死在战争中了，每个人都知道这件事，但是那种对于生活的普遍的挚爱，把每一队人、每一连人、每一团人、每一军人都像水泥似的凝结在一起了。世界上有一种死，这种死是无用的和浪费的；但是在世界上还有另一种死，这并不是死，这是一种凯旋，这就是垂死的人对于死的搏斗。英勇的哥萨克人在防卫他们祖先们所留下的土地以防止污秽的德国人入侵时，他们这样说道："我们不要死。我们要征服敌人和生活下去。"这样，他们就杀死了很多的德国人。

俄罗斯要生活下去。整个俄罗斯，从西伯利亚一直到喀尔巴阡山，从长在奥涅加河岸上的细长的白杨，一直到那充满了芳香的长在高加索山地的木兰。

俄罗斯在向她的每一个士兵说道："我要你生活下去！坚强地站立着和征服敌人！"

[苏联]伊里亚·爱伦堡/文，佚名/译

品读

伊里亚·格里戈里耶维奇·爱伦堡（1894 年 1 月 14 日～1967 年 8 月 31 日），苏联作家、社会活动家。

爱伦堡是苏联一位资深的记者。到苏联卫国战争时，他已参加过对第一次世界大战、西班牙内战、巴黎沦陷的报道。卫国战争开始后，热爱祖国的爱伦堡又以其睿智、沉着、富有激情的笔力感染了一代人。他是苏联对敌宣传的圣手，爱伦堡在这一时期发表了大量的战地政论，揭露法西斯主义的政策和道德，呼吁世界各国人民奋起斗争，并鼓舞他们必胜的信心。《我要你生活下去》即是其中的一篇。这些政论揭露和控诉了法西斯的暴行，号召各国人民奋起抗争。

新闻《我要你生活下去》采用了散文式结构。作为战时的政论性文体，作品的结构与通常的报道有很大的不同，它的内容不涉及具体的事件或人物，而是在剖析一种现象，肯定一种情绪。因此，不可能按照事件的逻辑顺序或时间顺序安排材料，只能采用散文式结构。用一条道理的主线串联起情感的片段，达到形散而神不散的效果，找到情绪的共鸣点。

《我要你生活下去》表达了深沉的情感。真正能打动人的作品必须饱含深情。哪怕是不得不打的战争，也回避不了死亡。更何况这保卫家园的战斗，牺牲流血是必然的。爱伦堡对死亡有着深刻的认识。他用一种对比的智慧向战斗着的人们进行精神抚慰，给硝烟弥漫的生活增添一丝明朗。让人们对这个世界爱得更深、活得更有意义，死得其所。当生与死如此矛盾地交织在一起时，他用自己的笔激发了人们生的勇气、死的豁达。珍惜生命与奉献生命同在。

诺曼底登陆纪实

◇[英国]伦纳德·莫斯利

读点

为了报道实况,战地记者如士兵般身临战地前沿。

战地记者需要意志、忠诚、忍耐、激情,还有勇气。

今天早上 1 点 2 分,在我们的海运部队开始大举进攻之前 6 点半钟,我跳伞在欧陆降落。

我落在海岸附近,躲避着纳粹的巡逻队,我注视我们的第一批部队在 7 点 15 分由海上登陆的时候,我看到数千跳伞部队和滑翔部队占领桥头阵地,攻击希特勒的军队,虽然众寡悬殊,仍作战达 16 小时以上,我认为他们是我所知道的最勇敢而最坚强的部队,我相信我们在诺曼底区登陆的成功几乎应完全归功于他们的努力。

我脱下降落伞站起来,揩掉涂有褐色颜料的面孔上的汗珠的时候,我知道我绝望了。我敢到农场上去问路吗?这是当我在树林里向前爬行的时候在我脑子里萦回的问题,我决不会知道这个问题的答案,因为突然间我的鼓起的跳伞衣被划破了,机关枪"嗒嗒"地响起来,我连忙伏在地上。

突然一阵静寂,接着又是两下爆炸的响声,这一次是两个手榴弹,你没有携带武器,在这种情况之下

批:精确的空降时间,真实的历史记录。

批:空降地点有巡逻,险象环生。

批:胆大心细,认真观察,真实记录当时的战斗情形。

批:新闻评价,表达了一个战地记者敏锐的判断能力及对空降部队的信赖与赞美。

批:身陷敌后,孤立无援。

批:伞衣被划破,机枪在扫射,危险无处不在。

怎么办？

现在我能看到一些黑影在月光下潜行，我决定设法躲开，我钻进一丛荨麻之中，艰苦地穿过一些纠缠有刺的铁丝网，爬到附近的开阔地上，开始弯着身子跑。

忽然间，远远的又有两个黑影向我走来，我能看出他们带有武器。

可能发生的事是我的一生中的许多"假定"之一——但是斯顿式枪响了，那两个人都在离我不到15码远的地方倒下来。有5个人偷偷摸摸地走过来盘问我——我又遇到我们自己的跳伞部队了。

在敌人向我们的桥头司令部发动猛烈的反攻的时候，我无暇详述作战的情形。我所知道的只是我们在郊野里徘徊了整整两个钟头，疲乏极了。我们在法国人的谷仓里躲避德方的巡逻队，我们打翻了在小路上疾驰而下的一辆德方卡车。

有一次，我们正躺在一座村庄外面的壕沟里的时候，一个青年人拿着一只装满了诺曼底酒的德国瓶子来了，我们喝完酒之后，他引导我们由一条迂回的道路避开敌人，刚在早上3点钟的时候，我们到指定的地点集合。

我们抛下较重的装备，向桥头走去。这里的战斗已停止了。在河流和运河两旁的低地已在我军手中，由跳伞部队的机枪手坚守着，只在西面郊野那边，能看到追踪弹，听到枪炮声，我军正在击退纳粹的反攻。

但是局势是严重的，当我回到桥头司令部的时候，知道确实是如此的，我们的攻击出乎纳粹意料之外，但是现在他们知道发生了什么事，他们的坦克随时可以来到。

我们在可以俯瞰河流的丛林中的桥头司令部里，提心吊胆地注视着我们的表上发光的分针。在

批："钻进""穿过""爬到""弯""跑"一连串的动词，是为求生急中生智的正确选择。

批：危险步步逼近，就在"我"即将遭遇灾难之时，遇到救兵，情节紧张，描述惊心动魄。

批：躲避敌军的巡逻，时刻精神紧张，弄得身心疲惫。

批：战争是残酷的，困境中能得到他人的帮助最为难得，"我们"得到一个青年人的引导，终于避开了敌人，达到了指定的地点。

批：胆大心细，战地观察，忠实记录战地的战况。

批：盟军的攻击虽然猛烈，而德军的反扑也将是激烈的，战局异常严峻。

我所离开的低地上，工兵们在河对岸的德国炮兵猛轰之下忙碌地赶筑阵地。

早晨3点20分，在"大西洋防线"后方的每一个盟军跳伞队员，听到轰炸机的吼声的时候，发出了一声安心的叹息，轰炸机慢慢地飞来了，轰炸机拖着滑翔机向降落地点飞去。

我们看到他们在灰白色的月光和高射炮火的闪光中脱钩，然后直向地面俯冲而下。我们看见一架飞机被高射炮击中着火，一团火球似的在空中飞绕了三四分钟之久。

当滑翔机砰然落在山岩上，向还没有毁坏的阵地疾驶的时候，我们听到压断火柴木的响声。但是我们很难抑制欢呼的冲动，因为兵士们、反坦克的炮弹都从滑翔机里倾泻出来——我们知道纵令现在德国的坦克车开上来，我们也能抵住他们了。

在东方开始微明的时候，我们却翘首西望，因为听到西方有一阵吼声，迅即变为隆隆的巨响，而没有停止。

我们知道登陆战的第一步现在快到顶点了，轰炸机像蜜蜂似的成群飞来，在我们的海军部队正式登陆之前，给纳粹的海岸防御以最后的软化。这是多么惊心动魄的场面，我们大约相隔两英里远，但是爆炸的震撼使我们从地上跳起来。

最后我们到达了俯瞰海岸的高地。一直要等到7点15分。

在7点15分之前几分钟，有一阵惊天动地的爆炸声。登陆艇在军舰掩护之下驶近海岸，同时向海岸射击，炮火异常猛烈，一定已将海岸上的防御完全摧毁了。

然后船舶开始靠近海岸，我们知道进攻毕竟开始了，互相握手称贺，自从那时候起，我们便不知道进攻是如何进行的，因为我们的任务大多仍是暗地

批：从视觉上写战火硝烟。战地月光、炮火闪光，飞机中弹燃烧之光，生动地描述了战场激烈的情形。

批：主要从听觉上写盟军战士们的自信心。

批：用比喻的修辞，写出了轰炸机的密度之大。

批："惊心动魄""震撼"写出了盟军对纳粹攻击的神威。

批：浩浩荡荡的登陆场面，摧枯拉朽的作战气势。

作战。那天早上我们真兴奋极了，因为纳粹迅即向我们登陆部队反击。以装甲车、自动枪炮和成群的狙击手渗透我们的阵地。

上午10点钟，我们设立司令部的地方受到炮弹和炸弹的轰击，你从一所建筑物到另一所建筑物，必须快跑以避免隐藏在周围树林里的狙击手的袭击，我们的巡逻队在四处搜索他们，但是很难找到，也很难将他们杀死。

我走到村子里去和一个本地人共饮一杯苹果酒。"谢谢上帝，现在你们来了，先生，"他说，"你们来的恰好适时，下星期这一区所有的男子都得被征去，在你们降落的阵地对面布设有刺的铁丝网。"他拿自己农场里的牛奶鸡蛋供给我们而不愿取费。"我有三个儿子关在德国集中营里，我恨那些德国人。"他说，"我们等待解放的日子等太久了。"

还有些孩子们在街上玩耍，毫不注意在几码以外进行的战争。

就在城外，沿着通克恩的路上，我们的一支降落伞部队还在与有两座老虎坦克的德国装甲部队作殊死的战斗，我们的阵地有一处被突破，反坦克炮也被击毁了。但是我们在各处拼命地战斗着。

因为炮弹、炸弹和枪弹在司令部的四周爆炸，在司令部里面你几乎不能听到人们谈话的声音，但是司令官很镇静。他说："一切都好，完全依照计划进行，不必担心，我们会守得住的。"

由于司令官的吩咐，我又回到桥头去，与守着对面的桥头以待海运部队到达的一支部队取得联络，这是一段艰险的路程。

路上几乎不能通过，因为狙击手太多，你必须由海岸避风的一面的壕沟中曲着身子向前走，每走几百码远你都得快跑，狙击手的枪弹击着你四周的泥土。

批：车、炮、狙击手渗透攻击，让战场进入更为惨烈的境况。

批：战斗异常激烈，即使盟军司令部也遭到德军狙击手的袭击，盟军将士的生命受到了严重的威胁。

批：写德军占领区民众对德军的痛恨，说明德军的占领是长久不了的。此地暂时的平静与前线的紧张形成鲜明的对比，一张一弛，行文有变化。

批：习惯于战争的孩子的镇定表现，也给了战士们沉着自信的启思。

批：司令官的镇定给众人以安慰；司令官的话语表明此次战役盟军必将取得胜利。

批：写德军狙击手的伏击，突出了战场的危险，也展现了战士的智慧。

沿途到处可以嗅到死尸的气味，因为德国人和英国人的尸体并卧在泥地里，他们为占领桥头阵地曾在黑夜里在泥地上作战，第一次冒险降落安然占领阵地的滑翔部队中，有几个人的残骸撞碎在墙脚上。在半途上我遇见一个腹部受伤的德国士兵呻吟而来。"他运气好还活着，"一个伞兵含恨地说，"他也是一个狙击手，今天早上他射死我们三个同伴，但是我们毕竟捉到他了。"

狙击手的枪弹飞萤似的在运河桥上嘶嘶地飞过，但是你过桥时所冒的危险与跳伞部队占领桥头时所遭遇的危险比较起来便不足道了。德国人每隔几分钟便反攻一次，一阵阵大炮的轰击真可怕极了。

但是这些兵士们在死守着，虽然他们的人数在逐渐减少，他们仍继续支持，但在下午以前，我们仍是孤立无援的。

那一支跳伞部队继续作战到西北方的抵抗渐渐停息为止，他们看到一大批穿绿制服的军队开上来，他们异常高兴而且安心了，那一群军队是一支有名的突击队。

无疑地，德国人对我们反攻的力量逐渐加强了。更多的手榴弹和自动枪集中在我们的南面侧翼。我们这些空运部队的兵士们又开始看我们的表，注视着天空。

这一天晚上6点钟左右，德军开始全力反攻，我们所有的部队都竭力应战，炮弹时常落在司令部附近，炸弹和炮弹击伤了正在与司令官谈话的三位军官，我们大家都在想，援军会来吗？不是期待海运部队的援军，因为我们还不能希望他们有实际的援助，而是期待由空中来的援军。

他们没有让我们丧气，正在晚上9点钟的时候，天空中突然充满了飞旋着的战斗机，在战斗机的下面有一大队轰炸机和滑翔机在我们的头上慢慢地飞

批：写敌我死尸杂陈，表明战斗的激烈和残酷，死神像秃鹫一样在双方将士头上盘旋着。

批：写德军狙击手射杀盟军人数，表明狙击手对盟军的威胁之大。

批：比喻、摹声，有声有色地再现了战场的可怕。

批：坚守、死守、坚持、支持、抗击，才能取得最后的胜利。

批：预示战斗将更加激烈和残酷。

批：不是期待海上援军，而是期待空中援军，说明盟军的全面进攻尚未到来，先头部队仍要经受敌军强大的压力。

行。

滑翔机脱钩的时候，它们由我们四周的德方高射炮所发的成堆的炮火中滑驶而下。向地面直冲，这一次来的是一些较大的滑翔机，当它们俯冲而下，德军的机关枪向它们射击的时候，我们能看到飞机的破片飞散着，但是它们平滑地飞下，发出一阵低微的呼呼的风声。这是多么灿烂的美景，即使我们不知道它对我们有什么好处，这种景象也是辉煌灿烂的。

降落时间有半个钟头之久，德国人无法阻止它们，它们成为叱咤风云的劲旅。我只看见一架拖曳飞机被击中了。滑翔机都落在降落地上，更多的兵士和武器从机身里拥出来。

一位军官对我说："唔，一切都满意，都是依照计划进行的。"当我写完这篇通讯时，仍在依照计划作战。

我们相信将来会继续依照计划进行的。

(佚名/译)

真实描述诺曼底战役的实况

本文原载于 1944 年 9 月 1 日英国《星期日快报》。

伦纳德·莫斯利(Leonard Mosley，1913 年 2 月 11 日～1992 年 6 月)，英国记者、历史学家、传记作家和小说家。1936～1939 年他先后任该报团驻曼彻斯特和伦敦记者、专栏作家，报道过西班牙内战。从 1939 年二战爆发起，他先后任驻欧洲、埃塞俄比亚、远东和北非首席战地记者，采访过在这些地区进行的所有重大战役。

诺曼底登陆是第二次世界大战中盟军在欧洲西线战场发起的一场大规模战役。1944 年初夏，苏军在东线战胜德军已成定局，盟军为履行美、英、苏首脑在 1943 年 11 月德黑兰会议上达成的关于在西线开辟欧洲第二战场的协议，决定在法国诺曼底地区登陆，向德军发起反击。战役在 1944 年 6 月 6 日 6 时 30 分打响，7 月 24 日战役结束。此次战役，盟军共投入 288 万人、5300 多艘战舰和 13700 多架战机。德军投入的兵力达 51 万人。战役中，盟军共消灭德军 11.4 万人，击毁坦克 2117 辆、飞机 245 架。盟军方面有12.2 万将士献身疆场。此后，盟军继续向欧洲腹地推进，在 3 个月的时间里相继解放了法国和比利时等国,并攻入德国本土。盟军的胜利开辟了欧洲的第二战场,加速了法西斯德国的灭亡。

诺曼底登陆是二战史和军事史上辉煌的篇章,莫斯利的《诺曼底登陆纪实》真实地描绘了诺曼底登陆的原貌,让未曾亲历此次战役的人们见到了极其真实的一面。

诺曼底大战之初,莫斯利先期随跳伞部队在前沿降落,实地观察和报道了先遣部队殊死战斗的实况。作者以写实的笔法,描绘了这场殊死战斗的最初瞬间,以独有的视角向人们描述了这场惨烈但却成功的登陆战役。这场被后人称为"伟大的战争"的战争,并不像电影、小说描述的那样神奇。莫斯利是个诚实的战地记者,他笔下的这场战役,开始时就像平日里的战斗一样,不管指挥官在沙盘上演练了多少次,当战斗真的打响时,形势还是瞬息万变。当空降到诺曼底的盟军脚落大地时,战士的心里依然是怦怦直跳。如,"我脱下降落伞站起来,揩掉涂有褐色颜料的面孔上的汗珠的时候,我知道我绝望了""忽然间,远远的又有两个黑影向我走来,我能看出他们带有武器"……这些真切的感受、瞬间冒出的一连串问题都不是预先设计好的。莫斯利没有回避战士的恐惧、突发的情况、他们对陌生环境的适应、为求生存的下意识心理活动和急中生智的选择。真实的战争是避免不了这些的。

作为战地记者,要真实报道战地实况,是要具备多种素质的。这是一场极其重要的战役,莫斯利事先不可能知道很多情况,能够随军作战已属幸运了。所以,要记录实情,只能凭自己的本事了。不可能有采访本,不可能让打着仗的指挥官或战士停下来接受你的采访。莫斯利的战地采访经验很丰厚,记忆力惊人。"我们在可以俯瞰河流的丛林中的桥头司令部里,提心吊胆地注视着我们的表上发光的分针""狙击手太多,你必须由海岸避风的一面的壕沟中曲着身子向前走,每走几百码远你都得快跑,狙击手的枪弹击着你四周的泥土"……如此危险的战地,是需要一定胆量的。但是,胆大固然重要,心细才能成就报道。如果不能准确地描摹出当时的地貌、战术、气氛、战士们的状态,那么,再勇敢的记者也会遗憾很多。莫斯利的这篇报道,纵向以时间为线索,叙述了从早晨1点2分到晚上9点的战斗过程;横向以事件为线索,从空降、与德军接火、激烈交战、等待援军、援军空降,每一个过程都交代得清清楚楚,其中有伤亡,有焦虑,有遗憾,有信心。而莫斯利真实准确而层次清晰的记录,展现给读者一种活生生的史实。(子夜霜、周波松)

芳草地　　　　　**新生命的降生**

那汉子站住,粗重地喘着气,他暴躁而慌张。

"找到你们，真是困难得要命。这样乌黑黑的，会连自己的家也认不到，"他一边说，一边拍落帽子上的雪，"这里是产科医院吧?"

"是的，"他得到了回答。"什么事呀?"

"什么事? 还不是一条冷街上有一个女人要生孩子来了，就是这么一回事。"

"那么你是什么人呢?"

"我不过碰巧路过，我夜班下来正要回家。咱们赶快，我指给你路，这真是! ……我跑了不少路，那女人躺在路边，除了我，连鬼也不见半个……我怎么办呢，可我又不是接生婆。"

一分钟以后，伊丽娜、医院里的一个服务生和那不相识的汉子，就冒着风雪跌跌撞撞地一同去了。天黑得很，街边房屋高耸如峭壁，一点儿火光都看不见。烈风穿街而来，积雪被吹起在空中旋舞，眼都被搅花了，好像哨兵的影子在街上滑过，飘然栩然，一闪而逝。

猛然地，他们三个都蹲下了，伏在雪地上，鼻子贴着脊背互相紧紧靠拢。一个轻微的可是越来越响的声音一步近一步，他们的脑袋拼命缩下。左近不知何处，红光直冒，接着是震天动地的一声爆炸，隆隆然滚过了街道，屋檐头的冰柱都震了下来，豁琅琅地掉在阶沿石上。

"我希望这一下不会伤了她，"伊丽娜透了一口气说。

"不会的，她在那一边。到那一边去找她，"那汉子说，"你走过那路灯杆，就可以找到她了。我可要走了，今晚的炮打得真厉害，半路上吃着一下，我可不大情愿。"

伊丽娜不是一个受过训练的接产医生，她是那产科医院候诊室的一个看护。但现在，她不得不摸黑去找到那个女人，而且替她接生。不能耽误时光，她找不到别人帮忙，这是深夜，冷得要命，风又猛，炮弹又是"嘘烈烈——轰"的一个一个从头顶飞过。伊丽娜和那个服务生爬过了一个又一个的雪堆，站住，侧耳听一下，再爬，再听。

从右首传来呻吟声，他们直奔那地点。可不是，在那路灯杆的那边，正如那不相识的汉子所说，背靠在谁家的上了锁的大门近旁的墙上，一个女人坐在雪地上。伊丽娜立即蹲下，那女人伸手一把抓住了伊丽娜的手。女人的手抖着而且发烫。

来不及把这个产妇抬回医院去了，孩子马上就要落地了。她就要在这雪地，这墨黑的冬夜，又是时时闪过炮弹爆裂的红光的冬夜，生下她的孩子来了。伊丽娜转身回顾，一切都像是在一个恐怖的噩梦里。雪渗进了她的衣领，一阵一阵可怕的猛风扑面打得她喘不过气来，她的手开始僵硬，而她的心跳得那么猛，她听得到那怦怦的心跳声。好像没有了列宁格勒，只是一片凄凉阴森的荒野，扫过了严冬的风雪，敌人大炮的哀嗥。去敲那些紧关着的大门是徒然的，呼援也是徒然的——街上没有人的踪迹，不到天亮这条冷街上不会有过路的人。

然而在这里，在这阴森黑暗的露天，在这朔风猛扫的地点，一个新生命诞生了。这新生命必须被救护，必须被从这寒冷，这阴森黑暗和这些炮轰中救护出来。对于炮弹爆炸的声音，伊丽娜的耳朵早已听而不闻。她为那女人接生，就好比女人是躺在整洁舒适的病房里，就像产妇分娩时通常的情形……

……伊丽娜高高举起那初生的婴孩，像是在夸耀给这一片阴森的伟大的城市观看。她把这暖烘烘的呱呱啼哭的小东西窝在衣服里边，贴肉紧抱在胸前。她踏着雪走，那是一片洁白无瑕、人类足迹未至的雪。

在她身后，像一只张开翅膀的巨大的鸟，服务生扶掖着那产妇，困惫地跟了上来。产妇在积雪中时时绊跌。她的焦干的嘴唇有声无气地说："我自己能走……"也是疲乏了而且发窘了的服务生则老是反复说道："咱们快要到了，现在不怎么远了……"

狂风吹雪，一把一把地洒到他们脸上来。每一次一颗震动远近的炮弹的爆炸之后，就是一阵玻璃碎片的急雨。但是他们朝前走着，像一群胜利者——克服了那黑夜，那寒冷，那炮弹而前进的胜利者。如果必要，这一行列是会踏遍了全城的街道的。这一行列，带着那新生的小小生命，这新生的嫩芽是在这惊风险浪的时刻出现在我们这城市的。

那产妇已经知道生了个女孩，她时时将手伸向前面的抱着婴儿的伊丽娜，好像要招呼她，但又默然让手垂下。

他们到了那产科医院。已在床上躺好，而且被招呼得什么都很舒服的时候，那产妇唤来了伊丽娜，用率直的差不多是严厉的口气低声问道："你叫什么名字？"

"你为什么要知道我的名字呢？"伊丽娜反问。

"我一定要知道。"

"我的名字是伊丽娜。可是你问这干吗？"

"我要用你的名字来叫我的女儿，让她记得你，你救了她的命，我从心底里感激你……"于是她吻了伊丽娜三次。伊丽娜转过身去，忽然落了眼泪。为什么落泪呢，她自己也不知。

（1943 年 8 月 4 日记）

［苏联］吉洪诺夫/文，茅盾/译

品　读

尼古拉·谢苗诺维奇·吉洪诺夫（Никола́й Семёнович Ти́хонов，1896 年12 月 4 日～1979 年 2 月 8 日），苏联诗人、作家，第二次世界大战中任战地记者。

本文原载《青年文艺》新 1 卷第 3 期（1944 年 10 月 10 日）。这篇特写写于德国法西斯入侵苏联、列宁格勒军民与之进行英勇战斗的背景之下。故事情节非常简单：极度寒冷的风雪之夜，一个可怜而无助的孕妇倒在路边雪地上，即将生产。未受过训的女看护伊丽娜闻讯后，冒着严寒和炮火，为她接生了一个女婴，最后母婴均告平安。

这篇特写的立意新颖，独具匠心。其最大的特点是以小见大。从全篇说，在艰难的苏联卫国战争岁月里，会发生许多可歌可泣、感动人心的事，但本文抓住卫国战争时期后方的一件小事，似不经心，实则刻意地撷取了这一朵浪花，从一个侧面反映了苏联人民团结、坚毅的精神品质;从文中说,善于以细节描写和象征手法表现困难的强大和克服这种困难的信心。

这篇优美的特写,流畅的文字中所涌动的真情,感动着读者,牵动着读者的心。在那寒冷、危险而又艰难的漫漫长夜中,新生命的降生不啻为黑暗中的一丝曙光,给人们带来了光明,给人们带来了新的希望,暗示着战斗虽然艰难,但一切就要过去,希望就在前头,最后的胜利终将属于苏联人民。这件事本身就挺感人,加上它发生在那战火连天的苏联卫国战争中,就格外显出温情。文章由此反映出苏联人民不畏艰险、沉着镇定的精神面貌,表明了苏联人民顽强抗战、誓死不屈服的决心。

喀布尔机场见闻

◇[德国]扬·弗里泽

读点

运用所见所感,再现喀布尔机场的军事状况。
不放弃一切机会,抓住点滴材料揭露事件真相。

陡峭、险峻、盖满白雪的、由岩石构成的山峰像庞大的堡垒围墙围绕着喀布尔机场,给到达阿富汗首都的人以适当的思想准备。印度航空公司的波音飞机在着陆到停稳的几分钟之间,经过一长排苏联战斗直升飞机。在起飞跑道上,一架重型安东诺夫运输机正在飞起。

在到机场大楼的短距离步行中,我看到机场边上有一大批装甲战车和运输车。机场前厅已经是旅行的终点了。在这里,6小时前乘第一架来自印度的飞机到达的同事们欢迎我们。人们把他们的护照收走了,并把他们关在这里,直到可以把他们送回去为止。

愤愤的官员 记者不可以进入阿富汗首都,因为如一位内政部官员向我们说的那样,"阿明追随者的恐怖主义集团还在喀布尔到处活动"。一个阿富汗人生气地嘟囔着:"你们这些该死的能说会写的人,为什么不带飞机和炸弹来。"看来他对占领军的恼怒同对西方无能的恼怒是同样的厉害。

一位波兰记者及一名德意志民主共和国女记者

批:白描手法突出了喀布尔机场的险峻。

批:苏联否认侵略,但事实是,喀布尔机场有苏联的战斗直升飞机和军事装备车辆,记者揭露得很巧妙、很有力量。

批:苏军限制乘客在阿富汗的行动自由,是为了封锁消息,不让外界了解其侵略真相。

批:写阿富汗人的生气,突出了民众对机场被禁和对西方国家对苏联入侵阿富汗无所作为的不满。

批:苏军同意这两个记者留下是因

可以留下。一名荷兰人在激烈争吵后被拘留了。另外的人就是"返回印度"。

在不自愿的返航中，我同一位印度出口商谈了话，他是在圣诞节的第一天，在喀布尔禁止民用飞机进入以前，乘最后一架飞机来的。

低飞的米格飞机　他说，通往喀布尔的一切道路以及较大的十字路口和场地都有苏联部队和坦克把守。苏联守卫者还站在所有重要的建筑物前。苏联的米格飞机一次又一次地从城市上空掠过。

商店和市场是开业的，但人们只买最必需的东西。拿着自动手枪，戴着白色袖章，有特别身份证的青年人——新总统的"民主人民党"的民兵——是首批武装的阿富汗人，他们是除苏联人以外在街上出现的人。

苏联用飞机调动部队的活动减少了，然而在喀布尔的陆路上出现了第一批苏联载重卡车和装甲车。

推翻阿明的这场政变，看来仅仅是由苏联士兵进行的，搞得极其精确，在12月27日晚上数小时之内完成。只损坏了少数几座建筑物。在清晨，战斗声就沉默了。

最激烈的战斗发生在占领达鲁拉曼宫时，阿明在政变前几天，据说在苏联人劝告下"出于安全原因"把他的总部搬进了这个宫。在喀布尔市宫（在此以前几乎所有被推翻的阿富汗统治者都在这里丧命），也对入侵的苏联人进行了短暂的抵抗。

榴弹炮损坏了普什图尼斯坦广场的邮电局，喀布尔的所有电话仍不能使用。

电视只播一次，10分钟，电视中只出现塔拉基的老照片，伴随着颂扬这位被害国家首脑的爱国主义歌曲。迄今还没有人见过新的总统卡尔迈勒。

关于新首脑的谣传　由于这一点，也由于他的

为其身份特殊，他们所属国家当时与苏联关系很好。

批："我"利用一切机会了解苏军入侵的事实真相。

批：通过印度出口商了解到自己未能进入的喀布尔市区的情景，说明苏军实际上已经侵占并控制了阿富汗的首都喀布尔。

批：战争的受害者永远都是民众。

批：说明在苏军的支持参与下喀布尔发生了政变，政变者在武装维持首都的秩序。

批：形势更加严峻，苏军已经在喀布尔展开军事行动。

批：补充介绍政变的情况，让读者进一步了解事情的真相。

批：战斗虽然激烈却短暂，表现苏联侵略军的强悍。交代阿明搬进达鲁拉曼宫的原因，说明苏军要推翻阿明政权蓄谋已久。

批：对通讯基础设施的破坏，实际也是苏军对消息的封锁。

批：实则暗示苏联参与了阿富汗的

录音讲话由苏联电台转播这一事实,就有谣传说,他根本就没有到喀布尔。迄今为止露过面的新政权的唯一部长,是新的商业部长贾拉拉尔。据这位消息提供者向我说,这位部长曾同一位阿富汗商会成员谈话,设法安定首都的商界,不久一切都"如平时一样"了。

政变。

批:突出了苏联对阿富汗的武力干涉,所谓的"如平时一样",是对民众的欺骗。

阿富汗新政府离任何"正常化"还远得很,估计苏联占领军将是今后"正常状态"的一个固定组成部分。新政府试图以推翻谁都痛恨的阿明的解放者身份出现,并给人以一种开明的印象,而苏联人将负责对反叛者和任何反对派进行战斗。

批:苏联扶持阿富汗新政府,但战争给阿富汗人民带来的将是永远的痛。

各种来源可信的报道说,苏联人已在阿富汗北部和东部的一些重要地点集中了军队。估计他们在此期间派人的部队总人数已达2万至4万人。与莫斯科的断言相反,几乎不能认为他们会在最近的将来撤出他们在西南亚的新的堡垒。

批:进一步突出苏联占领阿富汗的真实阴谋。

(佚名/译)

用自己的眼睛和耳朵来采访

卡尔迈勒1988年4月帮助塔拉基发动政变,推翻不愿完全听命于苏联的达乌德政府。在亲苏的塔拉基政府中,塔拉基派卡尔迈勒出任驻捷大使。1979年9月16日,阿明推翻了塔拉基政权。阿明上台后试图摆脱苏联控制,声称要与美国实现关系正常化。阿明要卡尔迈勒回国,但他拒不从命。喀布尔电台12月27日晚上宣布,阿富汗总统阿明被革命法庭判处死刑,已经枪决,卡尔迈勒被任命为阿富汗政府总理,阿富汗新政府要求苏联提供"包括军事援助在内的政治、道义和经济援助",苏军应阿富汗政府邀请进驻阿富汗。

本文原载于1980年1月2日联邦德国《科隆城新闻报》。

1979年12月27日阿富汗发生政变后,联邦德国记者扬·弗里泽即迅速乘印度航空公司的波音飞机进入阿富汗采访。但是,苏军在阿富汗实行严密的新闻封锁,不让外界了解事情的真相,因而弗里泽的采访受阻,最后不得不乘机返回印度。虽然他没有达到预期的采访目的,但也没有虚此一行。

弗里泽充分调动自己的眼睛进行采访。他到达喀布尔机场后,行动受到限制,但眼睛却是限制不了的。他把自己的视线所及如实报告给读者。"经过一长排苏联战斗直升飞机""一架重型安东诺夫运输机正在飞起""我看到机场边上有一大批装甲战车和运输车"等,记者对苏联的飞机、装甲战车和运输车没有作任何评论,只是客观地叙述自己的所见。但读者已明白苏联已入侵阿富汗。这种揭露既巧妙,又很有力量。

弗里泽不放过采访的任何机会,用自己的耳朵进行采访。"在不自愿的返航中",弗里泽与同机的一位印度商人谈话。这位印度商人目睹了在苏军参与下喀布尔发生政变前后的一些情况。这样,尽管扬·弗里泽没有可能进入喀布尔市区,他还是获得了不少重要材料,这些材料便成了他写《喀布尔机场见闻》的重要内容。(子夜霜、屈平、肖优俊)

俘虏全遭杀害

日军在南京的暴行扩大,一般市民亦遭屠戮;美国大使馆遭袭击;蒋介石战术拙劣,守军将校逃跑,致使首都失陷

(12月17日发自上海)

许多市民遭惨杀

对一般市民的杀害日益扩大。15日,广泛巡视市内的外国人,看到所有街巷内都有市民的尸体,其中有老人、妇女和小孩。特别是警察和消防队员,更成为枪杀的对象。死者很多是用刺刀刺死的。有的是用极其野蛮的残酷手段杀害的。由于恐惧慌忙逃跑的和日落后在大街小巷被巡逻队抓到的,不问是谁,都被杀害。很多屠杀是当着外国人的面干的。日军的掠夺可说是对整个城市的掠夺。几乎是挨家挨户都被日本兵闯入,而且往往是日本军官看着干的。日军夺取任何所想要的东西。日本兵往往强迫中国人搬运掠夺到的物品。

最初所要的显然是粮食,接着其他有用的东西和贵重物品都被掠夺。特别可耻的是日本兵掠夺难民。对难民收容所进行集体搜索的士兵,夺取金钱和贵重物品。有时把难民随身携带的所有东西全部抢走了。

美国传教团的大学医院(鼓楼医院)的职员,被抢走了现金和钟表。护士的宿舍也被抢劫,抢走了一切随身携带的东西。日本兵侵入美国人办的金陵女子文理学院的事务处,掠夺粮食和贵重物品。

上述医院和金陵女子文理学院,建筑物上都悬挂着美国国旗,门口张贴着美国大使馆印的汉语布告,写明这是美国人所有的建筑。

美国外交官私邸被袭

连美国大使的私邸也遭到了袭击。记者和派拉蒙影片公司摄影师阿瑟·门肯(Arthur Mencken)得到惊慌失措的大使馆工作人员的报告,说日本人闯进来了。在大使的厨房里,我们同五个日本兵对峙,要他们出去。这些日本兵满脸不高兴地出去了。他们抢走的是一支手电筒。

许多中国人每当他们的妻子和女儿被拉走强奸,就立即向外国人求助,但外国人大体上要帮助也无能为力。

对俘虏的集体屠杀更增加了日军在南京制造的恐怖。日军屠杀了抛弃武器投降的中国兵以后,在市内到处搜查被认为原来是中国兵而现在换上便衣的男人。

在难民区[注:难民区,当时留在南京的外国人在南京建立了难民区(也称安全区),以使未能逃离南京的难民在最危急的时刻有一个躲避的处所。难民区南以汉中路为界,东至中山路,西至西康路,北至山西路]的一个建筑物里,被抓走了400个男人。日本兵把他们50人一排,绑成一串,由拿着步枪、机关枪的日本兵部队押往屠场。

记者在登上开赴上海的轮船的前一刻,在江边马路上看到200个男子被屠杀。屠杀只花了10分钟。日本兵使男人们在墙壁前排成一列,加以枪杀,然后许多拿着手枪的日本兵,乱七八糟的在中国人尸体周围毫不在乎地用脚踢着,如果手脚还有动的,就再给一枪。

干着这种使人毛骨悚然的勾当的陆军官兵,喊停泊在江边军舰上的海军观看这种情景,一大群官兵看了感到非常有趣。

日军对南京街道和居民的掠夺,使中国人十分憎恶。这种被压抑的憎恶,化为各种形式的反日态度,也许将继续若干年。然而,东京却公然声称,正是为了消灭中国这种反日情绪而战的。

南京陷落的惨祸

南京的被占领,是中国军队遭到的大失败。在近代战史上,也是一次最悲剧性的军事毁灭。中国军队企图保卫南京,结果是自己陷入包围,接着被有组织地屠杀。

这次失败,造成了几万训练有素的军队和几百万美元装备的损失,使长江流域中国军的士气低落。在战争初期,凭着勇气和力量,中国军队在上海周围遏止住日军的进攻近两个月之久。可是不听德国军事顾问团的一致劝告和军事委员会副参谋长白崇禧将军的意见,批准白费力气的南京防卫的蒋介石委员长要负一大半责任。

更直接的责任,要由唐生智将军及其麾下的师团指挥官来负。他们抛弃部队逃走了。对于日军先头部队入城跟着产生的绝望状态,他没有想竭尽全力地加以处置。

对众多的中国士兵来说,只有两三个逃走的出口。指挥官没有使部下固守阵地,没有在若干战略据点上配置部队,以阻止住侵略军掩护其他部队撤退。很多指挥官逃走了,使部队发生了很大的混乱。

通过去下关的城门逃出而没有能渡过长江的,都被俘虏屠杀了。

南京的陷落,在日军入城二周以前,就完全估计到了。日军在广德周围和北方席卷装备拙劣的中国军。在南京入城的几天以前,就突破并占领了南京上游的芜湖等地。这样,日军就切断了中国军的上游退路。

一开始,守备的力量也很强

南京周围几英里中国军表面上的防线,没有多大困难就被突破了。12月9日,日军到达光华门城墙。5万中国军被赶到城内。最初,进行了坚决的抵抗。中国军依靠城墙,并在城外几英里抵抗日军的入侵,日军死伤很多。

可是,日军立即用重炮和飞机轰击城内的中国军。特别是榴散弹,炸死了很多人。这时,日军已达城墙周围,并第一次从西面威胁下关门(挹江门)。

星期天(12月12日)正午,在密集的弹雨掩护下,侵略军从水西门附近攀登城墙。中国军随即崩溃,第88师新兵首先逃走,其他部队也立即跟着逃走。到傍晚,大军拥向下关门,下关门还在中国军手中。

将校们没有采取措施来对付这种局势。部下抛弃枪支,脱掉军装,穿上便衣。

记者在星期天傍晚驱车巡视市内,目击一个部队全体成员脱掉军装,简直到了滑稽可笑的程度。很多士兵在逃向下关途中脱掉军装。有的走进小巷换上便衣,其中有的士兵把一般市民的衣服剥得精光。

有几个团星期一(13日)还在顽强抵抗日军,但守军大部分陆续逃走。几百个士兵恳求外国人保护。胆怯的兵队把十几支枪硬交给记者。他们希望的是无论如何要摆脱越来越近的日军。

许多士兵围着安全区委员会总部交枪。过于慌忙想脱掉军装,甚至有从门外把枪支扔进院子里来的。安全区外国人委员会接受了投降的士兵,把他们收容在安全区建筑物里。

中国军三分之一成了瓮中之鳖

日军占领下关后,出口就完全被切断了。这时城内中国军队至少还有三分之一。

中国军由于失去联系,许多部队星期二(14日)正午还在继续战斗。他们大多数被日军包围,不知道打也没有希望了。日军坦克部队有组织地对他们进行扫荡。

星期二早上,记者想驱车到下关去,遇到一组大约25名情景凄惨的中国兵,他们还据守在中山(北)路宁波同乡会大楼里。后来他们投降了。

无数俘虏被日军屠杀。安全区收容的中国兵大部分被集体枪杀了。肩膀上有背负背包的痕迹,或有其他记号,说明他们曾经是当过兵的男人,被挨家挨户一个不漏地搜查,凡是可疑的人都被集中起来屠杀了。

很多人在发现的现场就被杀死了,其中也有与军人毫无关系的人,有伤兵和普通市民。15日,记者在12个小时中,就三次目击集体屠杀俘虏。有一次是在交通部附近防空壕那里,用坦克炮对准一百余中国士兵开炮屠杀。

日军乐于采取的屠杀方法是使十几个男人一起站在自己挖掘的坑边,加以枪杀,尸体落在坑内,加上一些土就埋掉了。

日军自开始包围南京,市内就呈现出恐怖的情景。中国方面看护伤兵的设施不足,简直到了悲剧性的地步。甚至在一个星期以前就常常在街头看到负伤者,或一瘸一拐地走着,带着渴望治疗的神情在街头彷徨。

一般市民死伤很多

一般市民死伤的也很多,达几千人(注:德丁记者15日离开南京,没有看到日军暴行的全过程。但他所目睹的最初几天的情况,就已经是十分骇人听闻的了。后来,他在另篇报道中说:南京大屠杀"好像是遥远的过去野蛮时代所发生的事情那样"),唯一开门的美国人经营的大学医院(鼓楼医院),其设备只够容纳一部分负伤者。

南京马路上尸首累累。有时要先移动尸体,汽车才能通行。

日军占领下关门后,对守备队进行了大屠杀。中国兵的尸体在沙袋间堆积如山,高达六英尺。到15日深夜,日军还没有清扫街头,两三天中,军车来往频繁,常常在人、狗、马的尸体上碾轧而过。

日军似乎想把恐怖尽可能长时间地延续下去,以便使中国人有一个深刻的印象,如果抵抗日军,就会有这样可怕的结果。

整个中山北路,遍地都是丢弃的污物、军服、步枪、手枪、机关枪、野炮、军刀、背包。有的地方,日军不得不特别出动战车来清理马路上的污物。

今天,在恐怖政策威胁下的居民,在外国人的统治下,担心死亡、折磨、抢劫而生活着。

[美国]弗兰克·蒂尔曼·德丁/文,高兴祖/译

品 读

弗兰克·蒂尔曼·德丁(Frank Tillman Durdin,1907 年 3 月 30 日~1998 年 7 月 7 日),美国记者、作家。

南京大屠杀是日本侵华战争初期日本军队在南京屠杀中国人民的暴行。日军 1937 年 12 月 13 日侵占南京后,开始大规模屠杀、强奸、纵火、抢劫达 6 周之久,中国平民和被俘士兵被枪杀、刺杀、焚烧、活埋及其他方法处死者,达 30 万以上。

1929 年 7 月 17 日,日内瓦国际会议订立了《关于战俘待遇的公约》,简称《日内瓦公约》,明文规定:敌对双方对战俘生命的任何危害或对其人身的暴力行为均应严格禁止,尤其不得加以谋杀或消灭。它标志着人类战争行为告别了中世纪的野蛮,走向现代的人性与法治,体现了人类社会的进步与对基本人权的尊重。日本政府代表当时参加了会议并在公约上签字。然而,日军进入南京后的大规模的暴行却血腥践踏了《日内瓦公约》,表现了人类历史上前所未有的、法西斯的凶残、暴虐、野蛮、丑恶。

1937 年 12 月 13 日起的两三天内,美国《纽约时报》记者德丁与留守的为数不多的外籍人士一起,成为南京大屠杀的直接见证人。德丁亲眼目睹了侵华日军在城内大肆屠杀、焚烧、抢劫、强奸等滔天罪行。作为一名记者,迫切的使命感让他急于想把这一事件报道出去。然而,当时的南京其实已经成为一座孤城,没有水、没有电、没有报纸,也没有广播,一切可能的发稿渠道都被切断。

12月14日,德丁乘车去上海。然而,才到句容,那里的日军把他挡了回来。日军攻陷南京后展开血腥屠城,一方面他们不愿意消息外露,另一方面又不想看到外国人继续留在南京。12月15日,德丁终于乘上了美国的瓦胡号炮舰离开南京去上海。17日一到上海后,他赶紧将他的新闻"专电"拍发给《纽约时报》。

1937年12月18日,这篇报道便登在《纽约时报》的头版。这篇报道主题为《俘房全遭杀害》,副题为《日军在南京的暴行扩大,一般市民亦遭屠戮;美国大使馆遭袭击;蒋介石战术拙劣,守军将校逃跑,致使首都失陷》。由于《纽约时报》影响范围大,这篇关于日军南京大屠杀的报道引起了世界舆论更强烈、更巨大的震动与反响。

尽管德丁15日便离开了沦陷后的南京,他所目击、记录的仅仅是日军进城后最初几天的暴行,但这已经是十分骇人听闻的消息。这是世界上最早的有关"南京大屠杀"的报道,它向全世界人民揭露了日本法西斯禽兽般的残暴行径,具有重要的史料价值。

镜头聚焦

末日即将来临

◇［美国］威廉·L·劳伦斯

读点

精确地捕捉一幅幅瞬息万变的景象。
逼真地再现人类第一颗原子弹爆炸的场景。

1945年7月16日清晨，当地战时标准时间5时30分整，在离新墨西哥州阿拉马戈多直线距离为50英里的一片半沙漠地带，在黎明即将降临在地球这一部分的时候，原子能时代开始了。

在这个足以与人类在悠远的古代首次点燃火焰，从而向着社会文明迈开第一步相媲美的伟大历史时刻，随着地球上前所未有的一股烈焰的爆发，被锁闭在物质原子核中的巨大能量首次解放出来。这火焰转瞬之间把大地和天空照得通亮，宛如众多永不熄灭的超大型太阳同时升起。

这不同寻常的烈焰是第一颗原子弹爆炸的结果，是地球上的第一股不是由太阳燃起的火焰。这次爆炸，又是用这种炸弹轰炸广岛、长崎以及其他日本军事目标的一次全面预演——如果日本拒不接受《波茨坦宣言》无条件投降的话。

在新墨西哥州阿尔布克基西南125英里处。阿拉马戈多空军基地的西北角，沙漠之中的一个小山坡上，我目睹了"原子能时代"的诞生。为了这个重大时刻的到来，这座无名小山被命名为"康珀尼亚

批：原子能时代从何时开始，新闻一开始就作了精确的交代。"当地战时标准时间""黎明即将降临"作进一步强调。以时间开头，表明第一颗原子弹爆炸具有划时代的意义。

批：点出首颗原子弹爆炸的意义。

批：火焰比作超大型太阳，可见原子弹能量之巨大。

批："第一股"，强调试验意义非凡。

批：表明此次试验是有军事目的的，要迫使日本无条件投降。

批：写"我"的亲历，增添新闻的真实性，强调原子弹爆炸的意义。

山"。它坐落在"零号地区"西北 20 英里的地方——"零号地区"是个代号，指的是被选为点燃地球上第一堆原子之火的那个地方。

那枚炸弹被安装在一座 100 英尺高的结构钢塔上。在它西南 9 英里处是试验基地营地，即这次科学试验的总司令部。哈佛大学的肯尼斯·T·贝恩布里奇教授是现场总指挥。

倒计数进行到负一分钟的时候，随着无线电传来的一道命令，基地营地里所有的观察人员——他们约 150 人，都是科技界和军界的知名人士——同时在预先分配好的掩体里"就地卧倒"，"面部朝下，头部背向零号地区"。

在零号地区以南、以北和以西，设有三个点，各距零号地区 10000 码（5.7 英里）。它们就是所谓南—10000、北—10000 和西—10000 点，简称 S—10、N—10 和 W—10。

这些地方的掩蔽部都是精心设计的木质结构，墙壁都用水泥加固过。它们深藏于地下，上面厚厚地盖着一层土。

S—10 点是控制中心。J·罗伯特·奥本海姆教授是这儿的科学大军的总司令，他同他的现场司令官贝恩布里奇教授一道发布命令，协调各个岗位的行动。

信号已经发出，一个复杂的系统开始运转，从而使人类迄今在地球上所能释放的最大能量爆发出来。人们既没有拉开关，也没有按电钮，却正在将这地球上的第一堆宇宙之火点燃。

倒计数还有 45 秒，即离 5 时 30 分还差 45 秒，加州大学年轻的约瑟夫·L·麦基本博士按照贝恩布里奇教授发来的信号，启动了一台主导机器人，从而使一系列机器人动作起来。进行连续操作的"电子手指"不断发布指令，直到处于关键位置上的电子

批：介绍原子弹安装情况，也意在说明原子弹爆炸的巨大威力。

批：介绍爆炸前的人员安全工作，说明人们已经认识到原子弹爆炸将会产生巨大威力和发生核辐射。

批：数字给读者以具体的方位感。

批：三个掩蔽部安全工作很到位，防辐射、坚固、深藏地下。

批：特别介绍 S—10 点，是因为它在这三个点中地位特殊。

批："第一"意义非凡，"宇宙之火"形象说明了第一颗原子弹试验划时代的意义。

批：引爆第一颗原子弹的过程机械化、电子化，既表明了当时科技的进步，也表明原子弹试验融会了当时世界最尖端的科技。

在预定的分裂时刻各就其位。

5时29分50秒，我们正挤在电台周围，突然，黑暗中传来一个响亮的声音，那声音似乎来自云空：

"负10秒！"

一颗绿色信号弹穿过云层，扶摇上升，缓缓降下，发光、变暗、消失在黑暗中。

那个响亮的声音再次从云空中传来：

"负03秒！"

又一道绿光落下了。寂静笼罩了整个沙漠。我们三五成群地向着零号地区的方向走去。这时，东方已露出第一道微微的曙光。

说时迟，那时快，只见地球的肚腹中射出了一道光芒——这绝不是地球的光芒，而是众多太阳合而为一的光芒！

这是这个世界前所未有的一次日出：一轮巨大的绿色超级太阳在转瞬间就爬上了8000多英尺的高空，它扶摇直上，直达云端，其光辉灿烂，映彻天际。

这个直径为一英里的巨大火球在向上升腾，其色彩不断变化——由深紫色变成橘黄色——其体积不断膨胀，在膨胀中又不断升腾。被禁锢了亿万年的大自然的能量终于获得了自由。

在短暂的一刹那，这火球呈现出一种人间没有的绿色，很像日全食时日冕的颜色。

此时此刻，天崩地裂。人们似乎感到，自己在有幸目睹世界的诞生——在这创世的时刻，上帝说："发光吧！"（注：这是《圣经》中的一句话）

此刻，一切都进入永恒。时间静止了，空间凝成了一点。

对另一个目击者、哈佛大学的乔治·B·基沙科斯基教授来说，这幅景象不啻是"人们想象中的世界末日"。

批：细致描绘原子弹爆炸前10秒内的情景，观察非常细致。其中对光线的描写尤为细致，这也是为了衬托原子弹爆炸之光。

批：原子弹爆发的速度之快，光亮之大，令人震惊。这的确是"这个世界前所未有的一次日出"。

批：描写原子弹爆炸后火球的体积及颜色变化，观察仔细，画面动感强。

批：这一刻，原子弹爆炸试验成功了，时间永远定格在这一刻，时间永远凝固在这一刻。

批："世界末日"可见原子弹爆炸的威力之大。科学是一把双刃剑，原子能可以造福人类，但也

"我敢肯定,"他说,"在世界末日到来之时,也就是在地球存在的最后一毫秒间,最后一个活着的人所看到的就是我们刚才看到的那幅景象!"

一朵巨大的云团紧跟在这巨大的太阳之后拔地而起。

开始,它只是一根巨大的烟柱,随即又变成世间未有的蘑菇状,转瞬它又变成自由神塑像的形状,不过体积要大许多倍。

它向上升腾着,在激烈的震颤中越升越高,在几秒钟内就生成了几百万年才能生成的高耸的峰峦。

它直上五彩缤纷的云端,其峰顶穿过云海,不停地升上去,直达41000英尺的高空,这比地球上最高的山峰还要高12000英尺。

这一切都是在让人感到十分漫长的短时间内发生的,在这个过程中,人们听不到任何声响。我能够看见一小群一小群的人纹丝不动的身影,看上去就像黑夜中的沙漠植物。

在远方,那巍峨壮观的新生的山峰使塞拉奥斯克罗斯山脉相形之下成了一连串土丘。它斜靠在云间,宛如一座向苍天喷吐烈焰的活火山。

这时,从沉寂中突然传来了一阵巨响,这巨响是伴随着我们所见的奇观传来的,像是上千枚巨型炸弹同时击中一个目标。

巨响在沙漠上回荡,被塞拉奥斯克罗斯山脉反射回来,形成阵阵回声。我们脚下的大地像地震似的震颤不已。

在爆炸之前,我们许多人都感到了热浪。它警告我们,爆炸即将来临。

隆隆的巨响是在烈焰升腾后约100秒钟才传到的——这是一个新生世界呱呱坠地的哭声。它给生命带来了安宁和静止的黑影,赋予它们以音响。

人们的呼喊声在空中回荡,顷刻间,像沙漠植物

能毁灭世界。

批:原子弹爆炸之际的形状。

批:"烟柱""蘑菇状""自由神塑像的形状",抓住瞬间变化,描写形象逼真,真实可感。

批:"几秒钟""几百万年"相对照,写出原子弹爆炸的威力,给读者以极强的震撼力。

批:用数字和地球上的最高峰比较,突出原子弹爆炸的巨大威力。

批:"十分漫长""短时间"看似矛盾,实则写出原子弹瞬间的威力给人们带来的震撼。以人的渺小突出原子弹爆炸的巨大。

批:写原子弹爆炸声,"上千枚巨型炸弹同时击中一个目标",可见原子弹爆炸声响之大。

批:以"地震似的震颤"写出原子弹爆炸引发的冲击力之强。

批:形象地写出了原子弹爆炸对于世界的影响。

批:试验成功了,人们欢呼,人们欢

似的鹄立于地面上的三个一群、五个一伙的人们跳跃起来,就像欢庆春天到来的原始人那样激烈地跳跃着。

他们忘情地鼓掌、跳跃,像是欢庆羁因于地球的人们获得了新生的自由,欢庆一种新的力量的诞生。这种力量,使得人类有史以来得以战胜地球的引力,从而使自己获得自由。

原始人的舞蹈只跳了几秒钟。然而,在这短暂的几秒钟内,人们似乎用电子显微镜看到了一个长达一万年的进化的缩影。原始人变成了现代人——他们互相握手、拍背而贺,就像孩子似的乐开了花。

当我们的车队动身返回阿尔布克基和洛萨拉莫斯的时候,太阳才刚从地平线上升起。它将看到一个新事物,将看到人类生活的一个新纪元。

我们透过墨镜看着太阳,把它同我们刚才所见到的相比较。

"和它比起来,这太阳还顶不上一支蜡烛。"我们当中的一个人这样说。

(佚名/译)

喜,场面描写,形象可感。

批:这是人对于自然的胜利。

批:庆贺试验的成功是人的本能反应。

批:人们庆贺的姿态可见原子弹爆炸的意义非凡,这一刻,人类期待已久。

批:太阳照常升起,只是它将看到一个新的时代已经来临。

批:和太阳比较再次强调原子弹的巨大能量和威力。

聚焦核问题：历史性场面的忠实记录

1945 年 7 月 16 日 5 时 30 分第一颗原子弹试验成功;1945 年 8 月 6 日 8 时 15 分在日本广岛投下第一颗实战原子弹;1945 年 8 月 9 日 11 时 2 分在日本长崎投下第二颗实战原子弹;1945 年 8 月 15 日日本宣布无条件投降,且于 9 月 2 日举行投降仪式并正式签字投降,自此第二次世界大战宣告结束。报道人类第一颗原子弹试验情况的观察性新闻报道《末日即将来临》直到 1945 年 9 月 26 日才在《纽约时报》刊发,主要是军事保密的需要。

第一颗原子弹爆炸具有划时代的意义,如何真实地再现这一历史性的场面? 读了这篇报道,我们仿佛是亲临现场目睹了这一伟大的历史时刻。

为了增强报道的现场感,让读者有如身临其境之感,记者采用了编年体(即按时间顺序)的文章结构,把原子弹爆炸前、爆炸中及爆炸后整个过程的每一个细节,爆炸时的每一幅景象都准确、生动、传神地描写了出来。

记者的眼睛简直像一部摄像机，精确地捕捉到了那一幅幅瞬息万变的景象，从火球升腾的高度、颜色及体积的变化，甚至连绿色先后之间的细微差别都给读者描述得清清楚楚。这一切发生得是那样快，一般人恐怕看都还没看清楚呢，而本文记者却靠着自己的"电子眼"和生花妙笔，把这短短几秒之内发生的景象定格成一幅幅生动的画面，栩栩如生地向读者展现了出来，满足了读者对世界第一颗原子弹试验爆炸的神秘现场一睹为快的心理，使文章具有了相当强的现场感。

人类首次原子弹爆炸，是一件让世人关注的全球性的大事，具有划时代的历史意义。记者非常清楚这一点，因此文中不时点出这一点，并穿插着从历史高度对这一事件的议论和评价。如，"我目睹了'原子能时代'的诞生""将看到一个新事物，将看到人类生活的一个新纪元"等，在对各景象作种种比喻和联想时，记者也不断暗示这件事情的空前意义，引得读者也随之浮想联翩。

本文记者凭着敏锐的观察力、高超的写作技巧，形象地再现了爆炸现场，为后人留下了这历史性场面的忠实记录，因此获得了普利策奖。（陈百胜、子夜霜）

世界十大核事故

切尔诺贝利事故
1986 年 4 月 26 日(7 级)

此次事故是人类历史上最严重的核事故，被国际原子能机构划分为 7 级核事故等级（INES），世上仅此一次。位于苏联乌克兰普里皮亚附近的切尔诺贝利核电站曾经被认为是最安全、最可靠的核电站。1986 年（注：1986 年 4 月 26 日 1 时 23 分）一声巨响彻底打破了这一神话，核电站的第 4 号核反应堆在进行半烘烤实验中突然失火，引起爆炸，其辐射量相当于广岛原子弹爆炸的 400 倍。起初，苏联试图隐瞒这一事实，但爆炸使机组完全损坏，8 吨多强辐射物质泄漏，尘埃随风飘散，致使俄罗斯、白俄罗斯和乌克兰许多地区遭到核辐射的污染。瑞典 Forsmark 核电厂工作人员发现有异常的辐射粒子粘在他们的衣服上，使这一事件被曝光。（注：在事件过了差不多一周后，莫斯科接到从瑞典政府发来的信息）截至 2006 年，根据官方统计，事发后已有 4000 多人死亡。但根据白俄罗斯国家科学院的数据研究，在过去 20 年间切尔诺贝利核事故受害者总计达 900 多万人，随时可能死亡。

克什特姆核事故
1957 年 9 月 29 日(6 级)

此次事故是在苏联克什特姆市附近的核燃料处理厂发生的，为世界第二大核事故。第二次世界大战后苏联核武器装备被美国赶超，于是苏联开始大规模兴建玛雅可这类核燃料再处理工厂。

玛雅可工厂储藏了 70 吨~80 吨的核废料,冷却装置过热,最终导致核爆炸。放射性物质随风飘散,至少污染周边 800 平方公里土地。有关当局最初并没有重视此事,但事故发生一周后该地区居民皮肤开始被腐蚀,政府这时才下达躲避令。估计至少 200 人因直接污染而死于癌症。

英国核弹工厂事故
1957 年 10 月 10 日(5 级)

第二次世界大战后,英国开始加速制造原子弹。位于坎伯兰郡附近的一个英国原子弹工厂在加热铅粉时,由于核反应堆过热,导致燃料起火,随后整个系统失去控制。管理者担心用水灭火会引起爆炸,所以一直没有采取行动。直到大量核辐射物质流出危及到周边地区,才不得不注水灭火。当时英国首相麦克米伦担心该事故会使英国政府和核计划授信度下降而想隐瞒该事故。事后调查显示,因核泄漏导致患癌的事故约有 240 起。

戈亚尼亚核事故
1987 年 9 月 13 日(5 级)

在巴西的戈亚尼亚,一家肿瘤医院搬迁时将放射性的治疗仪器遗落在该地。小偷将仪器里的放射性氯化铯挖出并卖给了一名船工。其后氯化铯粉末几经人手,还有人被氯化铯发出的耀眼绿光所吸引而将粉末涂抹在脸上。半个月后该地区群众集体病倒,才证实该物质为氯化铯。瞬间城市被放射污染的恐惧所包围,先后有 13 万余名群众接受了辐射污染检查。调查结果显示,8 个地区的 250 余人受到放射性物质污染、4 人死亡、20 人入院接受治疗。

三里岛核泄漏事故
1979 年 3 月 28 日(5 级)

美国历史上最大的核事故,发生在宾夕法尼亚州萨斯奎哈河附近的三里岛核电站。由于核反应堆的压力过大导致阀门无法打开,随着冷却液的流出反应堆骤然升温。而且由于当时监测反应堆状况的机械出现故障提供了错误信息,导致没有及时注入冷却液。在管理人员还没弄清事故原因的时候,一半以上的核反应物融化并泄漏出 1300 万居里[注:居里(Ci),以著名的波兰科学家居里命名的放射性强度的单位。自 1985 年起国际单位正式改用贝可勒尔(Bq)新单位,简称贝可。换算关系为:1 居里 =3.7×1010 贝可]的放射性气体,导致事故进一步严重。万幸的是在全部反应物质融化以前事态得以控制。

东海村核事故
1999 年 9 月 30 日(4 级)

日本茨城县东海村的小型铀回收厂,混合高浓缩铀物质时由于操作不当导致事故爆发。将二氧化铀粉末融入醋酸中时,应该将它们在单独的容器中充分融合后再一点点导入沉降槽中。但是当时的 3 名操作人员没有遵守操作规则,将二氧化铀粉末倒入醋酸后就直接将其一股脑导入了沉降槽。由于铀浓度远远高于临界值导致发生了核链式反应。而后产生大量伽马射线和中子,受到辐射的 3 名工作人员中 1 名 12 周后死亡、2 名 7 个月后死亡。

捷克斯洛伐克 Bohunice 核电站事故

1977 年 2 月 22 日(4 级)

Bohunice 是苏联时期捷克斯洛伐克的第一个核电站。虽然之前设备就有很多问题,但 1977 年的事故是最严重的一次。进行燃料转换时没有及时移除燃料棒上的除湿器,部分热量传导至冷气体中,导致燃料过热而引发事故。反应堆受到严重损毁并向周边地区释放出大量放射性气体。由于苏联有关当局对事故进行了隐瞒,已无法核实事故的破坏程度。两年以后,Bohunice 核电站倒闭。

美国内华达州丝兰山脉核试验事故

1970 年 12 月 18 日

事故发生在美国内华达州丝兰山脉的 4 个地下核试验基地的其中之一。这次核事故是对地下核试验进程造成的一次冲击性打击,事故爆发后释放出的放射性气体对大气造成了严重的污染,共有 86 名工作人员受到核污染。

"K – 19"事故

1961 年 7 月 4 日

事件始发于 1961 年 7 月 4 日,当时正在北大西洋上进行军事训练的苏联核潜艇"K – 19"的冷却回路发生核泄漏,而且调节冷却回路的管道已经移动到无法触及的区域。潜水艇中没有供给冷却液的装置,因此无法控制反应堆内温度的升高,随时有爆炸的危险。所以,乘务员们强制打开了密闭的反应舱门并进入其中。由于吸入大量毒气和遭受辐射,8 名乘务人员全部遇难。

"K – 431"事故

1985 年 8 月 10 日

苏联"K – 431"号巡航导弹核潜艇在符拉迪沃斯托克港加油时发生事故。加完油后,由于反应堆油盖箱没有盖好导致蒸气爆炸。控制设备失灵后,新燃料和放射性物质全部扩散到空气中。该事故造成 10 余人死亡,49 人被发现有辐射损伤,10 人患辐射性疾病。

[韩国]《时事杂志》/文,美子/编译

品读

核事故是指核设施发生的意外事件,可能造成厂内人员受到放射损伤和放射性污染。严重时,放射性物质泄漏到厂外,污染周围环境,对公众健康造成危害。如,1986 年苏联切尔诺贝利核电站,由于核反应堆起火爆炸,泄漏出大量放射性物质,致使事发后已有 4000 多人死亡,受害者总计达 900 多万人。

按核设施与核活动分类,核事故有核反应堆事故、核燃料循环设施事故、放射性废物管理设施事故、核燃料或放射性废物运输和贮存事故。

国际核事故分级标准(INES)制定于1990年。这个标准是由国际原子能机构(IAEA)起草并颁布,旨在设定通用标准及方便国际核事故交流通信。核事故分为7级,灾难影响最低的级别位于最下方,影响最大的级别位于最上方。最低级别为1级核事故,最高级别为7级核事故。

　　核泄漏一般情况对人员的影响表现在核辐射,也叫作放射性物质辐射;放射性物质以波或微粒形式发射出的一种能量就叫核辐射。核爆炸和核事故都有核辐射,它有α、β和γ三种辐射形式。α辐射只要用一张纸就能挡住,但吸入体内危害大;β辐射是高速电子,皮肤沾上后烧伤明显;γ辐射能穿透人体和建筑物,危害距离远。宇宙、自然界能产生放射性的物质不少,但危害都不太大,只有核爆炸或核电站事故泄漏的放射性物质才能大范围地对人员造成伤亡。

　　本文叙述了世界十大核事故的基本情况,其中1986年4月26日发生的切尔诺贝利核事故最为严重。叙述核事故意在警钟长鸣。

日内瓦湖的污染

◇[法国]莱尔

读点

新闻信息全面而充分，报道准确翔实。
借助权威的数据、权威的结论，科学严谨。

　　[法新社日内瓦1981年8月25日电] 如果一名大夫把日内瓦湖当作病人，那他下的诊断是："严重的慢性消化不良和呼吸道感染。"

　　据生态学专家说，日内瓦湖仍可以从"因污染导致的死亡"中拯救出来，不过要立即采取措施。日内瓦湖周长176公里，是西欧最大的湖泊。

　　日内瓦湖的污染物主要是含磷物。此外还有汞、硝酸盐、氯化物、铅和锡等，但在数量和危险性上就小得多了。

　　磷污染主要来自三个方面——农场的化肥、家庭用的清洁剂、工厂的废物。

　　要想从湖水里排除磷，另有一种办法——完全禁止使用清洁剂。因为湖中60%的磷污染是清洁剂所致。但是禁止家庭妇女使用清洁剂几乎是办不到的。或者另想办法，不让家庭的废水流入湖中，但这却要建设一项耗资颇大的工程。

　　日内瓦大学的一位生物学家贾奇说，美国和斯堪的纳维亚国家正在深入细致地研究湖泊污染问题。

批：导语运用了假设，既准确表达日内瓦湖的污染病症的严重，又生动形象，有幽默感。

批：此段总起，专家指出日内瓦湖污染非绝症，但要采取措施，下文介绍污染原因和治理办法。

批：介绍导致污染的污染物，其中最重要的是含磷物。

批：重点介绍磷污染的源头。

批：由果到因地分析清除湖水中磷的可能性，提出了解决办法，一是禁止使用清洁剂，二是阻止废水流入湖中。但这两种办法都难以实现。

她认为,应该制定一项法律,禁止使用含磷清洁剂,因为它只是加强清洁剂中肥皂的效能而已。

她又说,未来的五年内,无论如何,瑞士将根据这些标准通过一项法律。

日内瓦湖有80亿立方米的水,水深300多米。20年前它含磷总量为1000吨。当时,相对而言这个湖是比较干净的。现在它的含磷量达到7000~8000吨,每年增加600吨。

两年来,在湖底的部分地带形成一层5~10米厚的磷的覆盖物,因此,氧气就完全不能流通了。

因为污染,鱼类大量死亡。

10年前,每年可从日内瓦湖捕捞1100吨鱼,1976年捕捞量下降到580吨,去年竟降到90吨,有人甚至说只捕获了54吨。

过去用日内瓦湖产的鲈鱼招待顾客的饭馆,现在只得从加拿大、冰岛、斯堪的纳维亚国家或东欧等国进口鲈鱼。

由于湖水污染,渔民捕不到鱼。法国持有执照的渔民已减少到400人,瑞士减少到70人。

法国渔民主席安托万表示:"有人埋怨我们把湖里的鱼捕光了,实际上湖水污染日益严重,湖里的生物差不多都死光了。"

专家认为日内瓦湖的污染还没有达到不可救药的地步,如果立即采取有效措施,它还是可以挽救的。

(黎信/译)

批:引述专家意见,指出通过立法解决问题,是唯一的选择。

批:通过一系列数据说明污染极其严重。污染的速度的确快得惊人,这样惊人的数据,足以让每一个读者为之震撼。

批:氧气不能流通,是"鱼类大量死亡"的主要原因。

批:磷累积得越来越多,鱼捕捞得越来越少,鲜明的对照。污染导致捕鱼量剧减。

批:污染影响到了饮食行业。

批:污染影响到渔民就业。一系列比较及数字,说明污染是巨大的。

批:针对有人还没有看清问题的症结所在,揭示污染的严重性。

批:与开头呼应,指出湖水并非不可救药,在反复中重申立即采取措施的迫切性。

聚焦环境问题:在被忽视的事实中发现新闻价值

美丽的日内瓦湖竟然也遭到污染,这不是人人都能认识得到的。这篇报道里,记者耐心地告诉了人们污染源主要是磷,主要来自三个方面:化肥、清洁剂、工厂的废物。尤其是家庭主妇们用的清洁剂。同时,也耐心地告诉人们解决问题的办法,即怎样通过法律手段进行有效的控制。

这篇新闻稿在新闻视角上最大的特点,是从人们忽视的事实中发现新闻价值。使用清洁剂,是再平常不过的事了,天天如此,人们从不在意它会造成什么后果。但作者却抓住这一被忽视的问题,揭示了环境污染带来的巨大危害,让人们猛醒过来,原来平时不在意的小问题也会造成如此大的危害。

为了让人们对日内瓦湖污染问题有更加明了的认识,报道中多处事实都是对比着出现的。这样,可以让人们有更鲜明、更直观的了解。比如,"20 年前它含磷总量为1000 吨。当时,相对而言这个湖是比较干净的。现在它的含磷量达到 7000～8000 吨,每年增加 600 吨""10 年前,每年可从日内瓦湖捕捞 1100 吨鱼,1976 年捕捞量下降到580 吨,去年竟降到 90 吨,有人甚至说只捕获了 54 吨""过去用日内瓦湖产的鲈鱼招待顾客的饭馆,现在只得从加拿大、冰岛、斯堪的纳维亚国家或东欧等国进口鲈鱼""法国持有执照的渔民已减少到 400 人,瑞士减少到 70 人"。用对比法,将过去的日内瓦湖与遭污染后的日内瓦湖比较,强调污染带来了巨大的危害。20 年前与现在湖水中磷含量的比较、10 年前与现在捕鱼量的比较、过去与现在饭馆用鱼的比较、湖区渔民数量的前后比较。这一系列比较,用数字说话,无可辩驳地证明污染的危害是巨大的。(子夜霜、柯晓阳)

150年来伦敦泰晤士河第一次出现海豹

[路透社伦敦 1984 年 5 月 1 日电]　最近,一只海豹沿着泰晤士河逆流而上,游过了议会上下两院所在地。此事引起了极大的轰动,电视台向全国播放了海豹吞食河鱼的镜头,报纸也作了报道。

这是 150 年来人们第一次看到海豹出现在这个一度有毒的历史名河的河水中。

人们对此兴高采烈,认为这是对这条污染了几百年的河流治理了 20 年之后,终于完成的世界上同类工作中最为成功的一项工作。

泰晤士河管理局把死去的泰晤士河变成了一条令人喜爱的河,吸引来成千上万的钓鱼爱好者和游泳爱好者。许多人原先都说,这项任务是无法完成的。

在 20 世纪 50 年代中期,这条河从生物学的角度上说是"死亡"了,它的含氧量为零。今天,这条河流处于最宜生存状态,氧气含量达 98%,适宜于 100 多种鱼生存。

泰晤士河大规模污染是从 18 世纪末开始的。

在 19 世纪,人口愈来愈多,工业污染更为严重,加上伦敦沼泽地排放积水以建造码头,结果使这条河成了一条肮脏、毫无生气的臭河。

从 1849 年到 1854 年之间，几次发生霍乱，约有 4 万人死亡。1856 年是特别糟糕的一年，当时以"臭气熏天年"而著称，泰晤士河的气味腐臭难闻，以至于面临泰晤士河的议会大厦的窗子都不得不悬挂用消毒水浸泡过的窗帘。

伦敦人开玩笑说，掉进泰晤士河的人还没有被淹死就被毒死了。

1964 年开始了首次大规模的整治河流工作，当时通过了立法，委托伦敦港当局控制排放工业污水，这些工业污水占污染的 30%。

一项调查表明：1200 万人口和数千家工厂每天向河中排污水 418 万立方。专家制订了计划，重建和延长伦敦的下水道。

整个泰晤士河流域现在同 453 个污水处理厂连接在一起，每天处理 9.4 亿加仑（注：英制 1 加仑 = 4.5454545454 升）污水，变污水为清洁水。

垂钓爱好者争相捕捞到泰晤士河来产卵的大鲑鱼，当局已难以控制甲壳动物的繁殖，甚至连海马也回到泰晤士河。

泰晤士河管理局现在承担了泰晤士河的控制污染、保持水中含氧量和废水循环，使之成为饮用水等全部任务。管理局已在为技术援助和培训提供国际性咨询服务。它已向 24 个国家提出建议，同时还参加了另外 20 个国家的研究项目。

［英国］路透社/文，佚名/译

品 读

这篇路透社的新闻反映泰晤士河河水治理的成果。

"海豹出现在泰晤士河中"这么一件小新闻，按说不会引起读者任何关注和重视，然而它却"引起极大的轰动"，因为，"这是 150 年来人们第一次看到海豹出现在这个一度有毒的历史名河的河水中"。因此，标题"150 年来伦敦泰晤士河第一次出现海豹"很有震撼力，让多年来饱受污染之苦的伦敦人惊喜万分，也让以为泰晤士河已经"死亡"的人们十分欣慰。

这篇新闻稿从新闻视角的选取来说，是将管窥式与鸟瞰式结合，既抓住海豹出现在泰晤士河这一极具震撼力的瞬间镜头，显示治理污染的巨大成果，造成强烈的轰动效应，又居高临下，从几百年的污染历史、治理污染的大魄力大举措、清理的成果等方面全面完整地介绍了泰晤士河污染治理的情况，让读者对此有一个完整全面的了解。有点有面，全面而又深入生动。

这篇报道，就海豹出现在泰晤士河中这一新闻事件本身而言，叙述只寥寥数语，但用了大量篇幅介绍新闻的背景材料，即 150 年来泰晤士河的污染情况和治理情况。记者选取了大量典型、生动的背景材料，材料中还列举了不少调查数据,以此说明 18 世纪以来这条河的污染是多么严重,以及有关当局 20 年来为治理这条河所做的努力。记者并未直接指出此河的清污工作是多么艰难,但当读者读完所有背景材料,就会明白泰晤士河清除污染所取得的成就是来之不易的。如果记者采用纯客观报道的手法去写,读者就不会知道这个事件背后的大量情况,也就不会了解到这件小小的新闻事实所具有的重大历史意义:泰晤士河已从一条有毒的河彻底变成了水生动物的家园。

死在故乡

◇ [日本]本多胜一

读 点

关注社会老年人的问题，以引起生活的重视。

从普通中发现典型，在淡淡的叙述中揭露事物的本质。

"久蒙关照。"78 岁的 T（注：在《朝日新闻》发表时为真名，收入《本多胜一报告文学选》时改用罗马字母"T"做代号）子，留下这样一张简短的字条，离开东京巢鸭的寓所，出走了。那是 6 月末的一天。再过不久，就是她 79 岁生日。她没有庆祝自己的长寿，而是静悄悄地在宇都宫的深山里自杀了。9 月 14 日，遗族们将她的遗体在宇都宫火化。

批：先写目前发生的事件——老人 T 子在生日前自杀了，追根究源是通讯的一种写作手法。

据厚生省统计调查部的资料，最新（1962 年）国际统计数据表明，日本老年女子的自杀率为世界第一位（老年男子为世界第七），从 1964 年度老人自杀统计数字来看，年龄越大，自杀率越高。T 子的死，可以说是一个典型。所谓"敬老日"，恐怕也是我们正视这样一个现实的机会吧。

批：根据统计，T 子自杀不是个案，说明老人自杀问题已是日本的一个严重的社会问题。

到今年春天为止，T 子一直住在东京的赤羽。五个子女之中，三男二女，长子是某公司的副经理，各自都过着优裕的中流以上的生活。7 年前，T 子的丈夫以 79 岁高龄过世。此后，T 子便和长女（50 岁）一起在赤羽生活。

批：交代子女的情况，交代丈夫的去世，可以发现 T 子自杀并非经济原因，而是精神问题。

赤羽的房子，是 30 年前为了永久居住盖起来的。约二百平方米的宅地上，有一处庭园，T 子终日流连忘返，在那里可以一边欣赏花木，一边读书。据说这是她最喜欢的。有时，她也作短歌。

批：T 子在故居生活的日子，可以欣赏花木，可以读书，还可以作短歌，可谓自得其乐。

今年春天，长子的女儿，也就是 T 子的孙女，决定结婚。尽人皆知，现在，要在东京觅得一处宽敞的新居，该是多么的困难。于是，T 子决定把赤羽的房子让给新婚夫妇，老人由大儿子接去抚养，长女自己另外租房子住。

批：在家庭中，晚辈与长辈的利益一旦发生矛盾，作出牺牲的往往是长辈。

离开久居的老家，离开自己赖以生存的"窝"，T 子顿时蔫儿下来，变得无精打采了。儿子那里本也有一处庭园，但是，她无心去欣赏，多年来那么喜欢的读书，也从此放弃了。儿子、媳妇无意中说的一句话、做的一件事，都会引起她的误解，使她产生忧虑和烦恼。5 月末，她终于"逃亡"出来，跑到长女的寓所，而后，又在附近找了一间小屋暂住下来。

批：离开"老家"，对什么都了无心情了，这与之前的自得其乐形成了鲜明对比。

批："误解"，既有晚辈的原因，也有老人精神方面的原因。

批：叶落归根，老人依恋的是"老家"。

然而，这样的年龄，迁入一个全新的环境，终日过着孤独的日子，她到底无法忍受了。有时，大白天她会突然大叫"用刮脸刀自杀算了"，使房东提心吊胆。长子和次子也曾商量，为了老人，打算再盖一处房子，并且决定 6 月 28 日去见 T 子，把这个意思告诉她。不料，由于台风，新干线停车，去大阪出差的次子，那天没有及时赶回东京。

批：新环境的孤独使老人难以忍受，精神接近崩溃状态。

批：这事太虚伪，为老人盖房谈何容易，即使盖了房子，也依然不能使老人摆脱孤独。

T 子出走是 29 日。她跟房东说了一句"稍稍出去一下"，就走了。不大一会儿，她又返回来，笑着说："把重要的钱包忘了"，然后，重又出去了。这一去，便再也没有回来。发现遗体的宇都宫，是 T 子的故乡，是她出生的地方。

批：这是让房东放心，她好出走。

批：T 子选择故乡作为自杀地，表现出对故乡的依恋和内心的孤独。

法国一位心理学家曾经说过："造成自杀的，是社会道德方面的原因。"

批：点睛之笔。在前面平淡无奇的叙述之后，用这样的议论结束报道，可见报道者用心之良苦。

（刘明华/译）

聚焦养老问题：凄惨老年生活的背后

本多胜一（1932 年 1 月 28 日~   ），日本进步正直的新闻记者，报告文学作家。1958 年 10 月加入朝日新闻社工作。他擅长写通讯和报告文学。著名的报告文学作品有《加拿大·爱斯基摩》（1963）、《战争与民众》（1967）、《战场的村庄》（1968）、《美利坚合众国》（1970）、《中国之旅》（1971）等，在国内外引起很大的反响。

《死在故乡》原载于 1966 年 9 月 15 日《朝日新闻》。

这篇通讯有如下一些特点：

一、为弱者呐喊。每年 9 月 15 日，为日本全国"敬老日"。正是在这个日子里，本多胜一写 T 子之死，并引用厚生省统计调查部的资料，表明 T 子之死并非独立的个案，从而揭露了日本社会在"敬老"的后面，存在着的老人的悲剧。报道者以批判现实主义的态度，揭露日本社会的问题：表面上"敬老"，实际上，以子女为中心的"孩家族"，孩子是一切，排斥老人，老人的精神生活极为孤独，成为被遗弃的一群，从而抨击社会现实，为孤独的老人们呐喊呼唤。

二、平淡中现深刻。本多胜一正是从这种大量存在的、看去一般的、不为人所注意的生活现象中选取了 T 子之死，对这一社会问题加以鞭笞。T 子的长子虽然把老母接了去，又计议为老母再造新屋，但是，明眼人一看，这些都可以说是虚伪的。本新闻客观地近乎自然主义地进行报道，讲了 T 子作为老人似乎有些多疑，也讲了两个儿子商议要为她再盖新房，似乎对老人还可以。但是，通过写老人迁居前后的精神状态的变化，使读者看到，造成 T 子之死的，正是子女的"冷""自私"。老人已经到了精神崩溃的边缘，没有注意，却商议重建房屋。熟悉日本情况的人都知道，建房谈何容易。那不过是一种精神安慰。从这里也可以看出子女的"伪"。本多胜一通讯的长处，正在于寓深刻的含义于平淡无奇的叙述之中。

三、结尾点睛。结尾引用法国一位心理学家的话语，让读者很容易就想到 T 子的自杀是因为社会道德方面出了问题，联想到日本的家庭制度以及子女的冷漠与虚伪，从而引起社会关注老人，思考如何解决老人的问题。（苏先禄、屈平）

芳草地   ## 信仰与私利

一群拜物教徒把一棵树当作圣灵来崇拜。（注：原文意思是"一群人崇拜一棵大树"）一位信奉真主的隐士（注：指隐居修行的伊斯兰教教士）听到这个消息大发雷霆，他拿起一把斧头，要去把这

棵树砍掉。当他刚一走近这棵树,突然一个魔鬼出现在他面前,挡住了他的去路,对他喝道:

"喂,站住!你为什么要来砍树?"

"因为它蛊惑人心。"

"这碍你什么事?让他们去上当受骗好了。"

"这怎么成呢?我有责任引导他们。"

"你应该让人们享有充分的自由,他们爱怎么办就怎么办。"

"他们现在并不自由,因为他们正听着妖魔的咒语。"

"那么你要他们听你的声音?"

"我要他们听真主的声音。"

"我绝不让你砍这棵树!"

"我非要砍这棵树不可!"

于是魔鬼卡住隐士的脖子,隐士揪住魔鬼的角,好一场惊天动地的搏斗。最后,这场恶战以隐士战胜而告结束。魔鬼被打翻在地,隐士骑在他身上说:

"你知道我的厉害了吧?"

吃了败仗的魔鬼气喘吁吁地回答:

"我没有想到你这么有劲。放开我吧,你愿意怎么干就怎么干去吧!"

隐士放了魔鬼。可是这一场恶战已经使他精疲力竭,无力砍树,所以他就返回自己隐居的茅庵,休息了一夜。

第二天,他又带上斧头去砍树。突然魔鬼又出现在他身后,喊道:

"今天你是又来砍树的吗?"

"我早就对你说了,一定要把这棵树砍掉。"

"你以为今天还能打过我吗?"

"我将奉陪,直到你知道我的厉害。"

"那好,把你的本事使出来吧。"

魔鬼扼住隐士的脖子,隐士抓住魔鬼的角,又一场恶战开始了。最后,魔鬼倒在隐士的脚底下,隐士压在他身上说:

"现在你还有什么话好说?"

"是的,你有惊人的力量。放开我吧,你愿意怎么干就怎么干去吧。"魔鬼有气无力地回答。

于是隐士又放了他,回到茅庵。他实在疲惫不堪,在床上躺了整整一夜。当东方破晓、旭日东升的时候,隐士又拿起斧头要去砍树。这一次魔鬼还是出来阻拦:

"喂,你还没有回心转意吗?"

"是的,我一定要刬除这个祸根。"

"你以为我会放手让你这么干吗?"

"假如你还想较量一下,那么我就再次打败你。"

这时魔鬼心中暗自思量:和这个人搏斗起来没有获胜希望的。因为,没有谁能比一个为信仰和理想而战的人更强大。看来战胜这个人的唯一办法就是"计谋"。

于是,他马上堆上一副笑脸,假惺惺推心置腹地对隐士说:

"你知道我为什么反对你砍树吗?我这是为你着想,为你好啊!假如你砍倒了这棵树,那么崇拜这棵树的人就会怨恨你,反对你,你何苦给自己找麻烦呢?别再砍树了吧,我每天给你变两个第纳尔金币,用它开销,你就可以安逸舒适地生活了。"

"两个第纳尔?"

"是的,每天两个。你会在枕头底下拿到。"

隐士低头想了一会儿,然后抬头对魔鬼说:

"谁能担保呢?"

"我可以起誓。你会发现我是信守诺言的。"

"好吧,我将考验考验你。"

"是的,你等着瞧吧。"

"一言为定。"

魔鬼把一只手放在隐士的手上,两人击掌达成协议。然后隐士回家去了。

以后,每天早上,当隐士醒来伸手到枕头底下一摸,总能摸到两个第纳尔,这样持续了整整一个月。一天早上,当他伸手到枕头底下去摸时,却什么也没有,因为魔鬼不再给他金币了。隐士勃然大怒,一跃而起,抓起一把斧头又要去砍树。然而魔鬼在半道上拦住了他,对他喊道:

"站住,你到哪儿去?"

"去砍树。"

魔鬼讥讽地哈哈大笑:

"砍树?是因为我切断了你的财源?"

"不,是为了除掉这个孽障,点燃指路的明灯。"

"你!"

"啊,你是在挖苦我?你这个讨厌鬼!"

"请原谅,你的模样太可笑了。"

"这是你说的?你这个狡猾的骗子。"

隐士扑向魔鬼,握住他的角,搏斗又开始了。不过这一次打了没多久,战斗却以隐士败在魔鬼的蹄子下而告结束。魔鬼取得了胜利,骑在隐士身上,讽刺地对他说:

"喂,你的力量到哪儿去啦?"

战败的隐士气急败坏地吐出一句话:

"告诉我,你怎么会战胜我的?魔鬼。"

魔鬼回答道:"当你为真主而愤怒的时候,你就能战胜我;当你为自己而生气的时候,我就能战胜你。当你为信仰而战斗时,你就会战胜我;当你为私利而战斗时,我就会战胜你。"

[埃及]陶菲格·哈基姆/文,刘谦、徐平/译

品 读

陶菲格·哈基姆(1898 年 10 月 9 日~1987 年 7 月 26 日),埃及当代著名剧作家和小说家,阿拉伯现代哲理剧的奠基人。1977 年,陶菲格·哈基姆被地中海国家文化中心授予"地中海国家最佳思想家、文学家"称号。陶菲格·哈基姆著有自传体长篇小说《灵魂归来》。这是他的成名作,也是埃及现代文学史上一部重要的现实主义作品。他写了约 80 种戏剧,包括哲理剧、社会剧和历史剧,融合了东方宗教哲学和法老时代文化传统,借鉴了欧洲古典戏剧和现代戏剧,对阿拉伯现代戏剧的形成、发展作出了贡献。

《信仰与私利》这篇小说,作者借用寓言的形式,讲述了隐士先后为信仰和私利战斗的不同结果的故事。当隐士为信仰和真理去奋斗时,他就会有无穷的力量;当受个人私利的驱使,他就会失去了力量,败得一塌糊涂。隐士对自己的失败感到非常意外,魔鬼的回答说:"当你为真主而愤怒的时候,你就能战胜我;当你为自己而生气的时候,我就能战胜你。当你为信仰而战斗时,你就会战胜我;当你为私利而战斗时,我就会战胜你。"魔鬼的回答不但给了隐士一个答复,也给了读者一个警示,不免引起读者的思考。在现实生活中,人们在开始的时候为了信仰和真理而奋斗,能够克服种种困难,取得胜利。但是在奋斗的过程中,人们也会被私利蒙蔽眼睛。比如那些青年才俊,他们刚刚踏上社会的时候,一心想为了国家和人民的利益奉献自己的青春,但是在魔鬼的诱惑之下,他们中的一部分人很快也会沦为私利的奴隶,最终走向失败。

人类首次太空行走纪实

◇［中国］张光政

读点

时间为经，记录了惊心动魄的历史时刻。
奉献为纬，彰显了伟大的科学探索精神。

1965 年 3 月 18 日 10 时整，苏联拜克努尔航天发射场，"上升"2 号载人宇宙飞船顺利起飞。11 时 34 分 51 秒，31 岁的宇航员阿列克谢·列昂诺夫离开气闸舱，进入宇宙空间。这是人类在太空的第一次漫步。

批：时间记载精确到秒，突出人类太空漫步的第一次这一极不平凡的伟大的历史时刻。

行前火箭发生爆炸

列昂诺夫是一位传奇人物。他不仅成为人类历史上第一个进行太空行走的人，还于 1975 年参与苏联"联盟"号和美国"阿波罗"号飞船在太空的对接，并与美国宇航员在太空中握手，这在人类历史上也是第一次。为表彰列昂诺夫对人类宇航事业的贡献，月球背面的一座环形山就以他的名字命名。

批：两个第一，意义非凡，标志着人类太空科技里程碑式的发展。

批：月球——环形山以列昂诺夫的名字命名，足以见其贡献之大。

如今，很少有人知道，在那次太空行走中，列昂诺夫差点永远留在太空。2001 年，他在接受采访时回忆说："现在，恐怕没有一个宇航员承受得了我们当时所承受的身心压力。"

批：人类太空事业不仅需要科学探索精神，也同样需要有勇于牺牲的精神。

按照常理，当时把"上升"2 号飞船送进太空的火箭本不应该升空。因为在此前进行的一次发射试

批：身心压力不仅来自火箭技术还不完善，更有苏美争霸的政治

验中,它发生了爆炸。但是,当时正值苏美争霸,苏联提出了"我们要走在全世界的前面"的口号。因此,即便冒再大的风险,列昂诺夫也得按计划飞向太空。

因素。

"没有经验,也没有资料,全靠你自己掌握"

1965 年 3 月,拜克努尔航天发射场被厚厚的冰雪覆盖着。18 日清晨,"上升"2 号飞船的全体成员——航天员列昂诺夫和飞船指挥官别利亚耶夫已准备完毕,等待升空。行前,苏联载人航天计划总设计师科罗廖夫告诉列昂诺夫:"这是人类第一次太空行走,没有经验,也没有资料,全靠你自己掌握。"

批:因为是首次,一切都得靠航天员自己,因此此行极具开创性,也存在无法预测的风险。

10 时整,"上升"2 号顺利升空,不久便进入既定轨道,开始自由飞行。终于,此次飞行最关键的任务——进行太空行走的时间到了!

批:这是人类历史首次太空行走,所以说这一时刻最为关键。

"上升"2 号专门安装了一个气闸舱,它的上部有一个舱口,盖子可以自动或手动打开。宇航员就从这里进入太空。气闸舱里除装有照明系统外,还有两部摄像机,用来拍摄宇航员经气闸舱进入太空的全过程。飞船外部也装有摄像设备,以便对宇航员在太空中的活动进行拍摄。

批:太空飞行非常耗费能量,太空装备是越轻越好,但单是摄像机飞船内外就有两部,这是因为此次太空行走意义非凡,摄像机将宇航员进入太空和在太空中的活动全部拍摄下来。

11 时 32 分 54 秒,气闸舱舱盖打开了。列昂诺夫随后飞了出来,由一根 15.35 米长的特制安全带拴着,踏出了人类走进太空的第一步。

批:具有历史意义的第一步。

出舱后的列昂诺夫,就像是母体里的婴儿,开始"自由飘荡";他身上的安全带,像脐带一样为他提供氧气并保护他的安全。飞船内,别利亚耶夫紧张地盯着电视监控器,并利用遥测设备观察着同伴在太空中的一举一动。"我感觉很好! 看到了地球上空的云、黑海的海岸、高加索的山脊、森林和高山……"飘在太空中的列昂诺夫,一边按计划做着定位试验,一边陶醉于无与伦比的感受和壮观的景色中。他发现,地球看上去是平的,只有边缘处才带有彩虹般的

批:安全带与脐带、列昂诺夫之于飞船与婴儿之于母亲十分相似,比喻贴切、形象。

批:有序的试验、美妙的感受,科学与美的结合。

批:独特的发现。

颜色。

很快,预定的 12 分钟太空行走结束,"该返回飞船了"。

批:漫长而短暂的 12 分钟。

差点永远留在太空

谁也没有想到,在随后的几分钟内,无法预料的情况接踵而至。其实,进入太空 10 分钟后,列昂诺夫就发现自己身上的航天服像气球一样膨胀起来,使得他连做曲腿和弯臂这样简单的动作都极为困难,更无法按下照相机的快门。返回过程中,在进入外舱门时,他遇到了更大的麻烦。由于腿不能弯曲,无法进入舱内,他不得不冒险释放航天服内的气体。但是,他的手根本不听使唤,汗水流进了眼里,嗓子嘶哑了……在极其痛苦的几分钟内,列昂诺夫数次对太空服放气减压,终于使它瘪了下来。

批:航天服膨胀,其原因是飞船外气压非常非常小,这对于毫无太空行走的人类来说,的确意外。

批:尽管十分危险,却不得不这样做。

批:再遇困难。

批:转机。

按照操作规程,航天员应该双腿在前"游"入气闸舱。但此刻,对列昂诺夫来说,这显然是不可完成的任务。几次尝试失败之后,他果断地决定,改用头朝前的方式进舱。11 时 47 分,列昂诺夫终于成功地回到了气闸舱。为了这次入舱,他出了很多汗,体重减轻了 5.4 公斤。

批:太空中,宇航员处于失重状态,"游"用得极准确。

批:科学探索有时是不能完全按部就班的。

批:仅仅入舱就如此消耗体能,可见科学探索绝非轻而易举。

麻烦仍未结束。3 月 19 日,列昂诺夫与他的同伴绕地球飞行接近第 18 圈的时候,地面发来指令,要求飞船返回并自动降落。但当飞船准备降落时,自动导航与着陆系统却出现了故障。他们不得不使用手动定向系统降落。由于手动系统不够精确,他们偏离了预定的着陆点,降落在 1300 公里外白雪皑皑的乌拉尔山原始森林中。

批:再次令读者紧张起来。

批:再遇风险。

批:降落偏离预定的着陆点如此之远,也使宇航员受尽了磨难。

43 年过去了,列昂诺夫仍然经常回忆起当时的情景。有一次,一位俄罗斯记者问列昂诺夫:"据说当时有一个秘密规定,如果你无法回到飞船里面,指挥官别利亚耶夫可以独自返回地面。"列昂诺夫听后

批:充满乐观。

笑了笑说:"即便牺牲自己的生命,我的战友也不会
让我孤独地留在太空。"

聚焦太空:穿行在生死之间

阿列克谢·阿尔希波维奇·列昂诺夫(Алексéй Архи́пович Леóнов,1934 年 5 月 30
日~),苏联宇航员,曾两次获得苏联英雄称号,一次是因为参与 1965 年 3 月 18 日"上
升"2 号太空行走,一次是因为参与 1975 年 7 月 15 日"联盟"19 号任务。

这是一次非同寻常的航行。虽说飞船从升空到返回地面不过 26 小时,列昂诺夫和
他的指挥官别利亚耶夫却多次在生与死的边缘徘徊。万无一失向来是人类探索太空时
的基本准则,而此次航行遇到的意外却如此之多。

飞行期间,列昂诺夫完成了世界上第一次离开飞船进入太空的动作,有几次离开飞
船的距离达 5 米。飞行期间,为研究无支撑空间运动中的生物力学作了初步实验,试验
了自主式生命保障系统、气密过渡舱和操纵系统,还探索了在飞船外面进行安装和拆卸
工作的可能性。然而,在返回船舱时,列昂诺夫由于宇航服的膨胀而被卡在了气闸舱舱
口。在多次排放掉宇航服内气体后他才最终进入太空舱内。然而,当飞船准备降落时,
自动导航与着陆系统却出现了故障,降落在白雪皑皑的原始森林中,经历了两天饥寒交
迫的等待后,二人步行到 9 公里外的临时机场。

这篇新闻报道以独特的视角,重点报道列昂诺夫在太空中行走时遇到的惊心动魄
的麻烦和危险。这些麻烦和危险,列昂诺夫承受着极大的身心压力,凭借他对科学的探
索精神——化解排除,最终返航回到地面。作为一篇报道 43 年前的历史事件的新闻,
作者以独特的视角、质朴的语言,给读者揭秘了那些鲜为人知的人类首次太空行走的惊
险细节。(屈平、曾良策、杨七斤)

芳草地　　　　# 美国宇航员登上月球

[美联社休斯顿 1969 年 7 月 20 日电]　美国星际航行员阿姆斯特朗今天晚上格林威治时间 2
时 26 分(注:格林威治时间,格林威治与休斯顿相差 6 个时区,格林威治时间比休斯顿非夏时制时
间多 6 小时。2 时 26 分,应为 2 时 56 分,故此时应为 1969 年 7 月 21 日 2 时 56 分)成了第一个登
上月球的人。

电视观众紧张地观看了从月球发回的实况景象。

阿姆斯特朗说:"这对一个人来说是走了一小步,但对人类来说是跃出了一大步。"

接着阿姆斯特朗开始描述他自己留在月球表面"微小砂粒"上的脚印。

阿姆斯特朗说："看来移动并不困难……走路没有困难。"

阿姆斯特朗又说："我们这里基本上是一块非常平的地方。"

与此同时，阿姆斯特朗的伙伴奥尔德林在上面等着，接着走了下来。

阿姆斯特朗在到达舷梯之前必须从登月舱中爬出来。

电视图像立即被转播到休斯顿空间中心，再向全世界转播。

在阿姆斯特朗走下时，地球正好在他头顶上。

他说，他可以清楚地看到各种东西。

在阿姆斯特朗迈开具有历史意义的步子以及奥尔德林拍摄时，空间中心的医生说："数据表明，登月球人员情况良好。"

阿姆斯特朗一度说："这是非常令人感兴趣的，起先像是非常软的表面，后来又像是非常黏的。我想现在再试试另一种情况。"

后来，电视观众们再次听到他登上月球说的第一句话："对一个人说来是一小步，对人类说来却是跃出了一大步。"

他说："这里有些像美国西部，但却美极了。"

然后，在月球上行走的第一个人开始叙述他采集月球标本时的情况。

阿姆斯特朗在说到采集月球石头时还说："我感到弯腰很困难。"

在电视的屏幕上，人们清楚地看到阿姆斯特朗背着氧气包在行走。在月球吸引力较小的状态下行走，步履不免有些跳跃。

然后，在奥尔德林为成为历史上第二个登月人作准备时，阿姆斯特朗准备为他拍摄。他准确地告诉奥尔德林从登月舱的梯子走下来的方向。

星期一早晨，格林威治时间3点15分，奥尔德林也踏上了月球表面。

奥尔德林随即向全世界电视观众播发了他下降时每走一步的情况。

奥尔德林的第一句话是："美！真美！"

他说，他有生以来首次看到的这些景象，心中不免充满了"赞美的心情"。

两位登月行者在登月舱基地周围活动时，谈论了各自的感受。

奥尔德林说："由于月球地面质地松软，我有一些向后倾倒的感觉。"

人类有史以来第一次听到自己的同类在月亮上实地描述月球环形山和月球岩石。不断有消息说，在全世界许多地方，电视接收效果极为良好。

阿姆斯特朗说："顺便说一句，这些岩石都有一层十分细的粉状表面，相当滑。"

从地球上看他们，这两位宇航员像在做体操——做臂部运动体操。

他们说："在月亮上行走时，双脚陷下去不到四分之一英寸。"

阿姆斯特朗和奥尔德林之间不得不用无线电保持联系，这是因为他们身穿宇航服，头戴宇航盔帽，用别的办法是无法交谈的。

[美国]美联社/文，佚名/译

1969 年 7 月，美国"阿波罗"11 号飞船载人登月成功是人类航天史上的一件大事。新闻《美国宇航员登上月球》主要报道的是美国宇航员阿姆斯特朗和奥尔德林的一些情况。

下面对此次"阿波罗"11 号飞船载人登月过程作以叙述：

美国"阿波罗"11 号飞船于 1969 年 7 月 16 日 13 时 32 分 00 秒（格林威治时间，下同）从卡纳维拉尔角发射场启程，飞船载有 3 名航天员：飞船指令长阿姆斯特朗、指令舱驾驶员柯林斯、登月舱驾驶员奥尔德林。

飞船由"土星"5 号火箭发射，12 分钟后进入绕地球飞行的停泊轨道。绕地球运行一圈半多后，即飞船发射后 2 小时 44 分，第三级子火箭启动；约 15 秒后，飞船开始飞向既能达到月球也可以自由返回的地月轨道；飞船发射后 25 小时 5 分 30 秒，飞船到达地球与月球的正中点；发射飞船 75 小时 49 分 48 秒即 7 月 19 日 17 时 21 分 48 秒，飞船开始进入月球轨道。

7 月 20 日 17 时 46 分，"阿波罗"11 号环绕月球飞行了 13 圈左右后，登月舱与指令舱分离成功。柯林斯驾驶指令舱继续绕月飞行，阿姆斯特朗和奥尔德林乘坐登月舱开始奔向月球。

在下降段，登月舱开始缓慢向月球靠近，进入预定着陆区域。在最后 2 千米的高度内自动操纵停止，航天员通过手控操纵控制登月舱的速度和位置。7 月 20 日 20 时 11 分 43 秒，登月舱在月面静海着陆。

1969 年 7 月 21 日 2 时 39 分，阿姆斯特朗打开舱盖；2 时 51 分，阿姆斯特朗开始走下舷梯，降落月球表面；2 时 56 分 15 秒，阿姆斯特朗在月面上留下了人类的第一个脚印。

15 分钟后，奥尔德林开始向月面走去。他们在月面插上一块不锈钢纪念牌，上面镌刻着一行文字："公元 1969 年 7 月，来自行星地球上的人首次登上月球。我们是全人类的代表，我们为和平而来。"他们在月球上停留了 21 小时 36 分钟，采集了 21.55 千克月壤和月石标本，安装了月震仪、激光反射器等实验装置。

7 月 22 日 17 时 54 分，他们驾驶登月舱离开月球，回到月球轨道上后于 22 日 21 时 35 分与柯林斯对接成功，踏上归程。7 月 24 日 16 时 50 分 35 秒飞船返回舱溅落到太平洋上，完成了这次划时代的登月飞行，历时 195 小时 18 分 35 秒。

《美国宇航员登上月球》这篇报道，是记者根据电视转播的登月实况写成的，但它不是对电视画面的简单介绍。读者在阅读这篇报道时，不仅可以"看"

到登月实况,"听"到宇航员登月的感受,而且还得到了电视画面之外的许多信息,如"电视观众紧张地观看了从月球发回的实况景象""在全世界许多地方,电视接收效果极为良好"等,在不动声色中,使读者了解到"登月"对人类的巨大影响。

在写作中,记者注意运用登月者的话来描述月球表面景象,使报道更真实、生动,如"月球地面质地松软,我有一些向后倾倒的感觉""这些岩石都有一层十分细的粉状表面,相当滑""这里有些像美国西部,但却美极了"等,这能使读者产生形象的想象力,增加对月球的了解。

记者还注意通过登月者的行动,运用对比的方式,描述月球与地球的不同,如"阿姆斯特朗背着氧气包……行走,步履不免有些跳跃""两位宇航员像在做体操——做臂部运动体操",形象地表现了由于月球引力小于地球引力给宇航员造成的不适应。记者在报道中没有忘记做一点科普知识的介绍——两位宇航员是如何"交谈"的,再次不动声色地写出了月球与地球的差异,可谓匠心独运。

人物素描

朱可夫：梦想的终结

◇[美国]金斯伯里·史密斯

读点

人物专访中了解对方的外交政策、军事策略。

避实就虚以达目的的采访艺术。

[国际新闻社莫斯科1955年2月8日电] 现任苏联国防部第一副部长，在纳粹德国被盟军打败时任红军总司令的苏联元帅朱可夫今天对小伦道夫·赫斯特说，他梦想有朝一日有机会访问美国。朱可夫说，现在到了进行这次访问的时候了。

这是朱可夫第一次单独接见记者。在交谈中，他热情洋溢地谈到他与德怀特·D·艾森豪威尔将军的友谊。

朱可夫避而不答这样一个问题，即：如果当年他担任欧洲盟军总司令，他是否考虑让德国在军事方面对西欧的防卫作出贡献。他抱怨美国在苏联周围建立军事基地，还阐述了苏联关于禁止核武器的主张。

这位66岁的苏联军方领导人说，艾森豪威尔是个"非常好的人"。他说："1945年，在艾森豪威尔将军离开德国返回美国之前，我同他谈过一次。"

"我们互致最美好的祝愿，艾森豪威尔将军对我说，美国绝不会进攻苏联。"

"我对他说，苏联也绝不会进攻美国。我认为，

批：电头是新闻稿特点。对读者来说，交代时间能让读者联系时代背景，便于理解文本内容。

批：点题，写出朱可夫强烈的愿望。

批："第一次"突出了新闻采访的价值，也让读者了解到两位将军在战争中所建立的友谊。

批：对朱可夫的谈话内容作高度的概括，为下文作铺垫。

批：照应前面所说的两人"友谊"。

批：从职业军人的身份看两国关系，朱可夫和艾森豪威尔彼此都认为自己的国家绝对不会进

我当时说的这句话并没有错，我希望艾森豪威尔将军说的这句话也会兑现。当时，我们是以军人的身份交谈的，我们都认为，我们两国没有理由打仗。我衷心希望能见到我们两国的关系日益改善。"

"现在，我仍然相信我们两国的关系越来越好，并希望在有生之年能访问美国。"

在莫斯科战役中——在这次战役中，希特勒的军队首次遭到惨重打击——朱可夫任红军司令官，他还是斯大林格勒保卫战作战计划的制订者。今天，他在莫斯科市中心苏联国防部自己的办公室中接见了赫斯特先生一行。他是单独一人接见来客的。

陪同美国报纸发行人赫斯特会见朱可夫的，有他在新闻报道方面的助手弗兰克·康尼夫以及本记者。在场的还有陪同我们一行访问莫斯科的那位苏联旅行社官员，他同时担任翻译。

朱可夫胸前佩着八枚勋章，勋章之上有三颗金星，表明他曾三次荣获苏联英雄称号。他笑容满面地朝着客人走过来，同赫斯特热烈握手。

在双方开始寒暄时，朱可夫说，他经常回忆他与艾森豪威尔的多次友好会见。他说："艾森豪威尔将军两次邀请我访问美国，对此，我非常感激。访问美国一直是我的梦想。不幸的是，由于健康原因，也由于在最后一刻事态有了发展，每当我接到邀请时，却未能成行。"

"鉴于我们两国关系的现状，我感到，现在就进行这次访问显然不太合适，但我希望总有一天我能访问贵国。我们应当建立睦邻关系。然而现在就让两国军事代表团互访，无助于这种关系的建立。"

我们请朱可夫注意英国皇家空军元帅约翰·斯莱塞的观点：今后，世界大战不打则已，一打就非用原子弹不可。我们向这位苏联元帅请教，他是否同

批：攻对方的国家，其理由是"两国没有理由打仗"。交代这些为此次谈话创造融洽的氛围。

批：描述对朱可夫的军事业绩，有助于读者对朱可夫的了解。

批：可以看出朱可夫对这次采访的重视，"单独一人接见来客"说明他对未来时局看法具有独特性。

批：补充当时采访的气氛与情形。

批："梦想的终结"在这里我到了答案，有健康原因，也有事态原因。朱可夫的梦想是想访问美国，以增进两国军事互信。

批：阐述自己对苏美关系的看法，鉴于两国关系的现状，朱可夫觉得现在访问美国时机不太合适，也就是说"梦想的终结"。

意这个观点。

朱可夫的回答是："我的看法恰恰相反。我们必须禁止使用这种武器。为了人类的利益，我们必须禁止使用这种武器。"

我们问，他是否认为禁止使用原子武器会使军事力量的对比变得对苏联集团有利。

朱可夫回答时措辞相当谨慎："首先，我们并不认为我们在常规武器方面占很大的优势。如果没有人想再次发动战争，就没有必要拥有核武器。"

赫斯特问道：如果双方都拥有核武器，这难道不是和平的保障吗？这难道不会阻止有人轻举妄动吗？

朱可夫回答说，只要存在着核武器，"就可能有人——那些发了疯的家伙——使用这种武器。这些武器的存在对双方说来都是危险的。双方都有核武器，就会导致军备竞赛。"

本记者记得，大西洋条约委员会最后一次会议授权大西洋条约国总司令阿尔弗莱德·M·格仑瑟将军以这样的设想为基础制订防务计划，即：一旦大战爆发，就势不可免地非使用核武器不可。

我们问朱可夫：苏联是否也根据同样的设想制订防务计划？

他说："我们最好少想如何制订战争计划，而应该多想如何避免战争。"

朱可夫说，作为拥有至高无上权力的苏联共产党中央委员会成员，他表达的同美国改善关系的愿望不仅仅是他个人的想法，而且也是党和政府的主张。

我们提醒朱可夫注意，苏共中央第一书记尼基塔·赫鲁晓夫上星期六会见赫斯特时，表示美国有权采取它认为必要的措施，保卫自身的安全。

朱可夫回答说，他并不认为美国在欧洲的军事

批：观点独特，一位军事战略家从人类利益出发，表达对战争对使用核武器的看法。此话出自苏联国防部第一副部长之口，就具有十分重要的新闻价值。

批："并不认为"，间接否定了来宾的提问。对于核武器的看法则表达了对和平的祈盼，对未来战争的观点。

批：朱可夫表达了对核武器的看法，拥有核武器就有使用核武器的危险，会导致军备竞赛。

批：运用对比，表明不同军事专家对使用核武器看法也不同。

批：试探苏联策略。

批：回答巧妙，既回避对防务问题的看法，又表明对战争的态度。

批：强调个人的见解不是孤立的，是与党和政府一致的。言外之意，自己的观点具有国家意志性。

批：表明不赞同美国在欧洲防卫的

基地对其防卫是必需的。

我们指出，根据北大西洋条约，美国有义务保证其欧洲盟国及美国自身的安全。朱可夫说："你们当然要为自己的立场辩解，我们也要为自己的立场辩解。现在，我们不应当只想如何为各自的立场辩解，而应当设法使新的大战不能发生。"

本记者说，西方外交家，还有其他人认为，在西方的军事实力仍很虚弱的那些年代里，美国手中掌握的原子弹发挥了维护和平的作用。朱可夫说："你们那时手中的原子弹少得可怜，根本不会对当时的军事形势发生任何影响。你们那时只有五至六枚原子弹。"

康尼夫说："至于那个时候我们到底有多少枚原子弹，在这个问题上，看来你们比我们知道得多。"

我们感谢元帅用了这么多时间同我们交谈，态度又是如此坦率、友好。

朱可夫咧嘴笑了，他同我们一一握手。

他说："这次会见，使我想起了在战争期间我们获得了胜利的那些日子。"

（佚名/译）

批：做法。

批：都强调国家利益，真正的国家利益应"设法使新的大战不能发生"。

批：可以看出朱可夫对美国军事了解的程度。知己知彼是和平的需要，同样也是战争的需要。

批："我们"二字拉近了双方的距离，和平才是两国发展的主题。

访谈中的新闻价值

1955年年初，以美国小伦道夫·赫斯特为首的一个三人记者团访问苏联。在苏联期间，他们访问了当时的苏共中央第一书记赫鲁晓夫、苏联部长会议主席布尔加宁、外交部长莫洛托夫和国防部第一副部长朱可夫。这四篇访问记获得了1956年普利策国际报道奖。

通过这次采访，赫斯特一行摸清了苏联政府内外政策的底细，对苏联的战略意图有了更深刻的了解，具有非常重要的新闻价值。当时美国总统艾森豪威尔对这三名记者的"进取心"赞不绝口。英国首相丘吉尔称赞说："你们干得再棒也没有了！"

《朱可夫：梦想的终结》这篇人物专访式消息，报道了朱可夫对未来战争形势、美国在苏联周围建立军事基地、核武器等的看法和观点，这对于美国及其盟友是非常重要的，对于他们采取怎样的外交政策、军事策略都具有非常重要的参考价值，可以说新闻价值极高。

这篇人物专访获得普利策国际报道奖,有两点值得我们借鉴:一是记者采访前作了周密细致的准备工作。三人记者团就采访对象的个人情况和社会背景作了极为详尽的调查。二是精心巧妙设计采访提纲。记者根据朱可夫的性格、兴趣、心理特点,采取了避实就虚的迂回战术,精心处虑地设计了话题和提问方式,使采访达到了预期目的。

(子夜霜、殷传聚)

芳草地　　　　梦碎雅典

[新华社雅典1997年8月3日电]　奥蒂又输了,这次依然输给了"坏运气"。

这位37岁的牙买加老将具备夺取世界女子百米冠军的实力已达17年之久,但好运却从未降临到她的头上。当奥蒂今晚闪着泪花走出第六届世界田径锦标赛赛场时,她追求了一生的梦想化作了一场噩梦。

奥蒂已经赢得过20多枚世界大赛百米的银牌和铜牌,参加过5次世界锦标赛、四届奥运会,但还没有赢得过一次百米冠军。可以说,没有任何一个女子田径选手能在37岁"高龄"依然在世界赛场上奔跑;也没有任何一个世界名将比奥蒂遭遇到更多的莫名其妙的不幸。

这次大赛前,她以10秒96的成绩排名今年世界第三。美国的奥运会冠军德弗斯和世界冠军托伦斯因故不能参加本届的百米赛,这"天赏之赐"给了奥蒂一次绝好、也是最后一次竞争世界"短跑女皇"的机会。

经过三轮出色的表现,奥蒂最终站到了决赛起跑线前,观众送给她的激励掌声超过了所有其他选手。她太珍惜这次机会了,这将是她人生最关键的一次搏击,就像剑手要毕其全部功力于一击。

奥蒂蹲下了,全场静默着。发令员举起手臂。反常的两声枪响预示着有人抢跑。所有人跑出后都停下来,唯独奥蒂没有听出是犯规的枪声。这对于比赛经验最丰富的她来说,真是不可思议。

起跑通常不好的奥蒂这次"启动"完美至极。她像旋风般掠过跑道,人们惊呆了。夜色中,孤独的奥蒂如黑色的闪电射向终点,转瞬之间,她已经跑过80米!

在全场的惊呼声中奥蒂停下来,她意识到发生了"可怕"的事情。此时,全场再次静默得反常。在这片静默之中,奥蒂转身,面无表情地朝起点慢慢地一步一步走着……

奥蒂,为什么总是不幸的奥蒂!人们想起在1993年的世界锦标赛百米决赛中,奥蒂和美国的德弗斯同时撞线,成绩虽然都是10秒82,但金牌却莫名其妙地判给了对手。站在银牌领奖台上,奥蒂的那双泪眼给世界留下了难忘的印象。

历史居然惊人地再一次重演！1996 年奥运会百米决赛上，奥蒂又一次在同样的情形下输给了德弗斯，又一次成为无可奈何的"伴娘"，让世界唏嘘不已。

去年底，奥蒂曾决定退役。捧着一大堆银牌和铜牌，心怀不甘的她宣布改当时装设计师。当时，世界上所有的体育爱好者都将深深的敬意，献给这位不是世界百米冠军的"女皇"。

现在，奥蒂那两条修长的腿沉重地走着，分明是一步一个坎坷，一步一个艰辛，那条跑道浓缩了她 20 多年的运动生涯和一个未能如愿的梦。数万观众以静默表示着他们深深的同情。

出乎所有人的意料，奥蒂没有沮丧，没有发脾气。她的脸上是坚毅的神情。

起点前，奥蒂再一次蹲下，再一次使出毕生的气力去拼搏，但结局是大家可以预料的(仅获第七名)。

奥蒂以永不向厄运低头的勇气证明了什么是奥林匹克精神。她的世界百米冠军梦虽然没有实现，但在世人心中，奥蒂何尝不英雄?!

[中国]杨明、马小林/文

品 读

　　玛莲·奥蒂(Merlene Ottey,1960 年 5 月 10 日～)，牙买加、斯洛文尼亚田径运动员。2004 年奥运会，已 44 岁的奥蒂在 100 米短跑赛上居然还能跑出 11 秒 12 的成绩。到 2004 年，她已参加过 7 次奥运会，共拿过 8 块奖牌，有的成绩还创了纪录，但她却始终与奥运金牌无缘。

　　《梦碎雅典》讲述的是奥蒂参加 1997 年世界锦标赛的故事。在百米决赛上，37 岁的奥蒂由于听枪有误而再一次与冠军失之交臂。她的悲剧"命运"令人扼腕叹息，而她屡败屡战、不向厄运低头的坚毅与执着又令人感动和敬重，让人们认识一位失败的英雄，从她的身上看到伟大的奥林匹克精神。

　　体育报道多聚焦于胜者，本文作者独具慧眼，选择了赛场上的失败者奥蒂作为报道对象，把目光投向这位总是遭遇不幸的悲剧英雄。也正是这种大胆的选材，成就了一篇独家新闻，一篇优秀的特写。在作者眼里，奥蒂虽败犹荣，是一位令人敬佩、值得称道的英雄。作者的价值取向、对奥蒂的尊重与同情，汇成一股强烈的情感，成为贯穿全文的红线。在此基础上形成的作品主题和意义已经超越了体育层面，给人以深刻的启迪和激励。

　　作者通过近镜头的特写，准确地再现了梦想被厄运无情击碎的瞬间，特别值得一提的是，作品运用蒙太奇手法，让场上的奥蒂与场下的观众交替出现，通过场下观众的反映，烘托了场上的又一次碰上"坏运气"的奥蒂，使悲剧在场上场下镜头的切换中推进并达到高潮。从交替出现的场景中我们看到，奥蒂站到起跑线前，观众送给她的激烈的掌声超过了所有其他选手;奥蒂蹲下了，全场静默着;奥蒂没有听到反常的两声枪响,却旋风般掠过跑道,人们惊呆了;当奥蒂在全场的惊呼中停下来并意识到发生了可怕的事情时,全场再次静默得反常。就在这片静默中奥蒂朝着起点一步一步地走着。至此,一个令人震惊而又痛惜的悲剧达到了高潮。而笼罩着场上场下的浓浓的悲剧气氛也感染了读者。

奥蒂没有幸运地冲向胜利的终点,而是又一次被命运拉回到起点,一个为之奋斗多年的目标竟是那样的难以企及。当数万名观众以静默表示着他们的深深同情时,奥蒂再一次蹲下,再一次使出毕生的气力去拼搏。这最后的一搏,完成了一个悲剧英雄形象的塑造。而作品也通过这最后一个特写,为奥蒂的悲剧拉上了帷幕。由于对奥蒂失利的描写细致生动传神,因此无论是这场比赛还是奥蒂,都给读者留下了深刻的印象,令人难以忘怀。特别是奥蒂,当许多冠军的名字已经被人淡忘的时候,这个永不向厄运低头的英雄以及她的执着与坚毅的性格还会留存在人们的心里。

约克·伊万斯今夜值班

◇［美国］罗伯特·凯塞

［本报 9 月 17 日电(注:原载于 1940 年 9 月 17 日美国《芝加哥每日新闻报》)〕　在德国对英国狂轰滥炸的时候，人们很少有可能想起伊万斯，更不会在他那瘦小的胸膛上挂一枚奖章，即使在他死后也不会。

批:电头,交代发报单位及时间。

批:点明要写的新闻人物,突出其平凡,反衬其行为的不平凡。

他绝不会在一次伴随着低沉的鼓声和嘶哑的喇叭声进行的殡仪中接受人们的致敬。事实上，人们很可能根本不会为他举行葬礼。

批:没有人为伊万斯举行葬礼,极言其普通。

战争打响之前，他没有做过任何足以使自己为人所知的事情。他在码头上干活儿，那里尘土飞扬，对他的肺部有影响，上次世界大战(注:指第一次世界大战)后期，为招募新兵进行的体格检查并不十分严格。尽管如此，由于视力差和其他缺陷，人们拒绝让他入伍。

批:极言其无名和普通。如此平凡的人怎么可能在战争中作出贡献呢?写其平凡为下文写其壮举作铺垫,衬托其伟大。

然而，尽管他无声无息，他却具有英雄的品格。

批:过渡句,开启下文。

可以这样说：艺术家完全应当以他为模特儿，塑造大英帝国精神的形象，就是依靠这种精神，大英帝国才维持到了今天。

批:将其精神上升到国家精神,可见其实在是不平凡。

让我们继续讲伊万斯的故事吧。他死前成了一名防空民防人员。他接受了一年训练，学习如何戴防毒面具，如何让昏倒的妇女苏醒过来，怎样把行人引导到最近的防空洞，等等。在训练中，他的表现平常。

这天夜里，约克·伊万斯值班。过去一个月中，他几乎每夜都要值班，因为每夜都有空袭警报。如果他还活着，那么，他每次都得值班。现在，空袭随时都可能发生。

那天夜间 11 时，他打电话给民防指挥中心，报告说他看到远处有一个亮光。伊万斯的长官听到是伊万斯，就漫不经心地说，那是有人抽雪茄烟，不过烟火太亮罢了。

伊万斯守护在郊区某地的一个公用电话间旁边，敌人轰炸城区时，这里也挨过炸弹，当一枚大炸弹丢下来时，他没有来得及离开。

这个炸弹没有爆炸，对此伊万斯开头蛮高兴，炸弹是带着撕裂人神经的尖叫声落到地面上的，过了一小会儿，伊万斯想到他应当去看看这枚炸弹。这时，他才恍然大悟，原来，这不是炸弹，在受训期间，他看过不少图片和图表，知道这是一枚定时炸弹，而且是一枚大的。

几分钟后，他把这一切向上司作了报告。

"炸弹在哪里？"上司问道。

"在街心花园里。"伊万斯答道。

上司命令说："把无关的人赶走，把附近住宅里的人撤光，让行人不要靠近！"

"是，先生！"伊万斯说。

我们也许有必要在这里解释一下什么是定时炸弹。对美国人来说这更有必要，因为他们大约从来没有见到过定时炸弹。

首先，定时炸弹不像老式鱼雷那样，头部装有引

批：训练中表现很平常，说明他很平凡，但也正是因为训练，他知道定时炸弹的厉害和防护措施。

批：交代其职责，为下文写他如何忠于职守作铺垫。

批：长官的漫不经心，更加显示出伊万斯的不引人注意、不受人重视。

批：受训经历让他明白这是一枚致命的定时炸弹。

批：及时报告是忠于职守，执行命令同样也是忠于职守。

批：记者是美国记者，报道是发给美国报社的，报纸的读者自然主要是美国人，因此这里介绍

信，只要有人用钳子把它拧掉就能使之失效，定时炸弹的结构复杂得多，它装有一个定时装置，其原理是用酸腐蚀金属。

被腐蚀的金属板各处厚度不同，因而腐蚀的速度，可以定在一分钟到一个月之间。最后，当金属被穿透，酸液滴到引信上时，就会把炸弹引爆。

伊万斯遵照命令行事。在不到一小时内，他把附近几户居民撤走。在这以后，他监守在岗位上疏导行人。

早上7时以前，行人不多。在这以后，上班的工人和各种行人成群结队而至，有的步行，有的骑自行车，有的乘汽车。

在连续遭到轰炸的地区，有这样一种荒唐的现象，那就是人们对可能造成严重伤亡的事情，反而非常好奇。

突然，约克·伊万斯发现他一个人得干两个人的事。这枚炸弹落在两条街的交叉口上，使四个方向的行人受到威胁。

伊万斯想尽一切办法解决这个难题。他把炸弹后面100多码的地方用绳子拦了起来，然后，他把自己的岗位移到十字路口的中间。

有数以百计的行人听到他说："此处有定时炸弹，请走开，请走开。"他们走开了。

从这里路过的人中有一位是附近圣公会教堂的神甫。这位神甫向记者提供了关于伊万斯生命最后时刻的最生动的情况。

神甫说："他几乎完全没有必要用手指炸弹在哪里，炸弹就在他身后的草坪上。很明显，他是了解这是多么危险的。他的面色苍白、憔悴，但是，从他的声音中人们听不到丝毫颤抖。我永远忘不掉这个：他吹哨子，呼喊着，要人们离开。从心理学的角度看，他像中世纪的麻风病人，他摇着铃，呼喊着：'避

批：定时炸弹是很有必要的。
批：介绍定时炸弹的构造和爆炸原理，让读者了解定时炸弹并进而清楚看护定时炸弹的伊万斯所面临的危险。

批：伊万斯很有责任心，工作特别认真严格。

批：致命的好奇心！这大大增加了伊万斯看护工作的难度，也最终导致了悲剧的发生。

批：位置极不利于看护。

批：设置路障虽是平常不过的办法，但它能使更多的人免受炸弹的威胁。

批：神甫向记者说的话，其身份的特殊性更能证明事件的真实性。

批：这种从容和镇定，非贪生怕死之辈所能具有的。

开我,避开我!'

"我要他用绳子把大街拦起来,然后自己撤离。他却对我说:'我的任务是留在这里。请走开吧,不要给别人树立坏榜样。'于是我只得走开,到电话间打电话向有关方面求助。"

9时10分,炸弹爆炸了,把地面炸开了一个大弹坑。伊万斯连尸骨也没有留下。

(佚名/译)

批:语不惊人,但令人信服地表现了伊万斯这位看似无声无息而实则具有英雄品格的反法西斯战士的形象。

批:无声无息地走了,他用自己的生命保护无数人的生命。伊万斯,真正的英雄!

震撼人心的平凡英雄

他知道危险,他也知道此时此刻他应该做什么。这是一种多么感人的、壮烈的献身精神。

《约克·伊万斯今夜值班》是一篇人物特写,标题轻松而朴实,嗅不到一丝惊心动魄的气息,就如伊万斯一样是一个貌不惊人的普通人。然而,读所写的内容却让人震惊。这位貌不惊人的普通人,竟是一位忠于职守的勇于牺牲的英雄! 在强烈的对比、反差中,人们深为英雄行为所折服。

伊万斯是第二次世界大战中英国伦敦的一名普通的防空民防人员。一次,德国的一颗定时炸弹落在他值班负责守护的两条街交叉口上,时值人流高峰期,他来不及作任何考虑,站在炸弹旁边不停地吹哨子,呼喊人们离开,告诉人们这里有定时炸弹。还没有来得及等到帮助他的人到来,定时炸弹就爆炸了,他连尸骨也没留下,而数以百计的人却因为他的疏导而得救。

故事本身是动人的,作者捕捉到这样动人的线索,当然也就为报道的成功奠定了基础。

这篇人物特写最感人的细节是:他对行人说:"此处有定时炸弹,请走开,请走开。"当一位神甫要他也撤离时,他回答说:"我的任务是留在这里。请走开吧,不要给别人树立坏榜样。"这些话平平常常,但令人信服地表现了伊万斯不是鲁莽汉。他知道危险,但是,他也知道此时此刻他应该做什么。这是一种多么感人的、壮烈的献身精神!

最令人信服的是:这篇人物特写提供了信息来源——伊万斯生命的最后时刻情况的目击者的身份、单位以及他与伊万斯的简单对话。特写引用目击者的原话,证实了伊万斯在众人的生与自己的死的选择中,是那样镇定、从容,"从他的声音中人们听不到丝毫颤抖",把一个活生生的英雄奉献在读者面前。

特写极言伊万斯是个平常人,说"在训练中,他的表现平常",又说他以前"没有做过任何足以使自己为人所知的事情",等等,很明显,作者的用意是,通过写他的极平凡,反衬他的平凡中的伟大。他评价说:"艺术家完全应当以他为模特儿,塑造大英帝国精神的形象,就是依靠这种精神,大英帝国才维持到了今天。"这既是抒情也是议论,为特写塑造形象、讴歌英雄起到了画龙点睛的作用。(子夜霜、贾霄)

芳草地　　我是怎样成为英雄好汉的

已经深夜 11 点多了。胡同里僻静无人,一片漆黑。只是远处出现了三个黑色的人影。

"可能是流氓,我们绕到那边去吧。"列娜低声说着,紧紧靠在我的身上。

"没什么,不要害怕,你不是一个人!"我回答说。

当我们走到这三个人的身旁时,他们中的一个撞了我的女伴一下。我停下脚步,厉声喝道:"听着,你非道歉不可,混蛋!"

那人霎时慌了手脚,但很快就转过身去对自己的同伙说:"哥们,这个没吃饱的家伙要求咱们道歉!"

三个小伙子放声狂笑。

"我这就来道歉!"一个小伙子说着,向我走来,列娜尖叫起来。

他抢起拳头打过来,但我闪开了,反过来一拳揍在他的脸颊上,小伙子扑通一声栽倒在地上。

那两个人中有一个扑过来搭救自己的同伙,但同样被我一下子打倒在地。

第三个人手中的什么东西闪着凶光。

"刀!"列娜惊叫一声,就用手捂上了脸。

我用敏捷的拳式击落流氓手中的芬兰刀,并且狠狠一拳打在他的下巴上,打得他倒在地上爬不起来。

"怎么样,是叫警察还是叫急救车?"我平静地对被打倒的敌手说。

那三个家伙在痛苦地呻吟着。

"好吧,我饶了你们,滚吧。但是以后得放老实些!"我重新挽起列娜的胳膊,宽宏大量地说。

"瓦季克,你简直是个英雄! 好汉!"她高声说。"可是你的外表这么瘦小,虚弱……哪儿来的这么大劲儿?"

"这个吗……早晨坚持体育锻炼……"

一路上列娜对我赞不绝口,而且在告别的时候还温柔地吻了我。

同她分手后,我急忙转过街角,那儿有人在等我:"喂,瘦猴,付酬金吧!"

我掏出事先讲好的十个卢布,但他们不满意地嘟囔道:"不行! 再添一瓶酒!"

"这可是我们讲好的……"

"讲好你不用力打。可你那么用劲揍在我的颧骨上,说不定明天我要开病假条呢。"

我不再讨价还价。说实在的,刚才我的手是重了些……

[苏联]马尔季杨诺夫/文,章布人/译

品 读

　　小说《我是怎样成为英雄好汉的》叙述了一个小伙子为了在女友面前成为英雄,自导自演了一场深夜勇斗歹徒的闹剧。在故事突变之前,读者心中的这个小伙子是一个不畏强暴的"好汉"形象,如果这种突变不出现,作品真的就是以一场为保护女友而勇敢搏斗,最终赢得女友崇拜为结局的。英雄救美的故事古往今来屡见不鲜,如果这样结局,自然无法激起读者心底的波澜。这篇小说给读者很强的感染力,关键在于采用了突变艺术。

　　小说的构思非常巧妙。"没什么,不要害怕,你不是一个人!""我"的这句话暗示着故事的过程和结局,既给人一种英雄般的感觉,又和故事的结尾相呼应,让突如其来的结局显得不那么突然。当"歹徒们"扑过来的时候,"我"身手利索,几乎不费吹灰之力就打倒了他们,只是出手的时候稍稍重了一些。这个时候"我"感觉到自己并不是一个用十卢布买来的英雄,而是一个真正的英雄,一股英雄主义气概充斥着"我"的心。在没有看结尾之前,读者们恐怕也有这样的错觉,"我"是一个真正的英雄。然而一句"喂,瘦猴,付酬金吧",让读者登时对这位"英雄"的本来面目认识得清清楚楚,小说的讽刺意味也在这一瞬间爆发了出来,故事情节陡然达到了高潮。

我一定要目送你离开

◇[德国]贝阿塔·拉考塔

读 点

对比鲜明的描写,让人印象深刻。
母子患难与共的故事演绎人间真情。

　　当医生在亚尼克·伯姆菲尔德的小脑袋里发现一个罕见且很难医治的肿瘤时,他才4岁。

批:交代患者年龄和病情,激起读者同情,进而去关注其命运。

　　4个月后,亚尼克的母亲斯尔克被诊断出患有乳腺癌,而且癌细胞已经开始扩散。斯尔克的母亲和姨妈都是死于乳腺癌,她一直觉得这个病是无药可治的。

批:亚尼克的母亲也患了绝症,真是祸不单行!

　　作为母亲和妻子,斯尔克并没有就此万念俱灰,她开始行动了:手术,化疗,复查……不左顾右盼,只不断向前。她觉得亏欠儿子亚尼克好多,她最大的希望是——自己能死在后面。

批:行动是源于希望。死在儿子后面,并不是怕死,而是要目送儿子离开,这是母亲对儿子深深的爱和愧疚。

　　第一次手术后的恢复期,化疗让斯尔克的头发都掉光了,但也让她充满希望。"嗨,都习惯了,"她说话的语气好像在讲一件芝麻大的小事,"癌症现在是我生命的一部分。"

批:这种轻松,是由于对儿子的爱。

　　其实,这个家庭的命运现在也是癌症的一部分,它不再放过他们。每一天是好是坏取决于癌症的各项指标和白细胞的数量。有一段时间一切都还不错,这得感谢医院儿童肿瘤科的医生和护士。但到了夏天,几乎在同一时间,癌症在这对母子身上又分

批:母子同时患病,而且还都是绝症,这个家庭实在太不幸了。

别占领了更多的领地。

斯尔克的胸部又长出了肿块，她必须马上住院。3 天后复查时，医生又在亚尼克的头部发现了赘生物。短短几个星期里，赘生物已经扩散到了整个头部。医生谨慎地说，从理论上说，有可能 5 年都没什么事，但也可能只有几星期的时间。唯一肯定的是：亚尼克会死。

当听到丈夫耶斯说出这个消息时，斯尔克感觉自己的生命意志一瞬间崩溃了。如果儿子没救了，她又怎么能活下去呢？然而，耶斯心里尚保留着另一份诊断——医生说斯尔克可能不会活过圣诞节！他沉默着，她也没问。她只是轻轻地说："不管发生什么，我决不能死在亚尼克之前。"

耶斯觉得，他的妻子和儿子开始了一场荒诞的竞赛，而妻子斯尔克的生命力首先衰弱了下去。虽然照理说亚尼克应该已经没有这样的体力了，可他却还能自己穿衣服，还能爬起来到处活动；相反，斯尔克却几乎不能自己离开起居室的沙发，不管做什么都需要别人帮助。实际上，癌细胞已经扩散到了她的脑部和肝脏。她的神志也已不怎么清楚了，只把身体所有的能量都集中在唯一的一个想法上：只要亚尼克还活着，她就得活下去。

到了 1 月份，竞赛的结果揭晓了：亚尼克某一天突然呕吐起来，然后就昏了过去。医生发现，他的肿瘤又长大了，沿着脑干长了出去，而且已转移到了脊柱上。情况很糟糕！亚尼克此时已是口齿不清，对任何刺激也几乎没有任何反应。通过手术减轻对大脑的压迫对于这个孩子来说已是一种无情的折磨。儿童肿瘤科的所有人都知道，他们现在能做的只能是陪伴他到死亡。

斯尔克让丈夫把她从家里接到医院，医护人员在亚尼克的房间里给她加设了一张床。

批："短短""整个头部"，表明亚尼克病情急剧恶化，医生的谨慎也不过是安慰患者罢了。

批：儿子就是斯尔克顽强活下去的希望和寄托。

批：表明斯尔克坚决要靠自己的信念来支撑自己努力活下去。

批：母子病情一重一轻，看样子，斯尔克要目送儿子离去的愿望很难实现了。

批：比赛谁死在后面，是因为母亲对儿子的难舍与怜爱、不忍与无法释怀的情感。

批：最是无奈，最是痛苦，最是无情！

然而，令人奇怪的是，斯尔克突然变得很奇怪，她不愿意亲近孩子了。不管耶斯如何请求她，让她握着孩子的手跟他说话，她都做不到。耶斯知道，不能因为这个责怪她。她爱自己的孩子，但是自从肿瘤转移到大脑以后，她的意识和感觉有了很大的变化。如今的她，越来越害怕失去亚尼克。

批：斯尔克不忍心看到孩子的样子，是做母亲的担心儿子撑不下去了。

现在，斯尔克从自己的床上，看着丈夫轻轻抚摸亚尼克的小手。看起来，她这种远远的观望里混杂着一种恐惧，也许还有愤怒。几个月来，不在亚尼克之前死去的想法给了她力量。现在，如果孩子满足了她的这个愿望，她会怎样呢？她自己所剩的时间也不多了……

批：这是一种极为矛盾的心情。

批：没有了儿子，斯尔克也就失去了活下去的动力，这就是母爱的力量。

墓地上，一片肃穆。亚尼克安静地被土地拥抱着，他终于从疾病的痛苦中挣扎出来了。耶斯一直试图回避去看儿子的墓穴，斯尔克却坐在轮椅上一直看过去，很平静，也很踏实。葬礼后的那天夜里，她破天荒睡了个好觉，因为她知道，自己心上的包袱已经放下。

最终，坚强的斯尔克比她儿子亚尼克多活了25天。

批："破天荒"一词用得恰到好处，说明斯尔克彻底放下了包袱，儿子不再受病痛的折磨，她自己也解脱了，这是一种完全付出后的无怨无悔的爱，这种爱是对孩子的一生负责的超越自己生死的伟大的母爱。

（佚名/译）

母爱创造的奇迹

　　这则新闻表现了一位母亲的爱和坚强，读后让人为之震撼。罹患重病的母亲斯尔克最终在儿子死后又顽强地多活了25天，这是母爱创造的奇迹。而她那坦然直面死亡的勇气，又闪耀着人性的光辉，使人感受到这位母亲对儿子的至情至爱。

　　在《我一定要目送你离开》一文中，我们读懂了爱，学会了爱。这位不幸的母亲，她凭着对儿子的爱活了下来，目送儿子离开人世后自己才安心离开，她最后的身姿应该是人世间最为完美的爱的定格！面对她的无法割舍，面对她永远的怀抱，谁都会赞叹：这就是母爱，这就是母亲！即使生命不再，母爱依然伴随！

　　读者从中学到的另一点就是，一个人应该从容面对死亡。直面死亡就是要彻悟生命由生到死的含义;直面死亡尤其要珍爱生命,最重要的是克服死亡的恐惧。因为心中有爱,就会直面死亡,就会无惧无畏。而当生命结束,又是那么的平静,证明了其实死亡并不像想象中那么可怕。当生命的消逝已经迫在眉睫,不可挽留,那么带着微笑,带着温暖和爱有尊严地死去,也是一种最好的选择! (子夜霜、贺秀红、贾霄)

芳草地　　这在我是可怕的思想

这在我是可怕的思想:
假如一定得死在床上!
像一朵花,慢慢地凋谢,
有小虫在它心头咬啮;
像一支烛,久久地燃烧,
在教室之内,寂寞无聊。
那样的命运,我不愿意,
不要让我那样死,上帝!
我情愿是大树,任闪电
和狂风将它击穿,吹断;
我情愿是峥嵘的岩石
轰轰地倒下在山谷里……
——假如所有的奴隶的民族
起来反抗了,向战场前去,
红红的脸,红红的旗,
旗上是这些神圣的字:
"全世界的自由!"
它要在全地球咆哮着,
作一百次的血战,
这决战是给暴君的审判!
那时候,让我死亡,
在这样的战场上,
我的心血就在那里流尽,

胸前也响着最后的欢声，

热烈的骚动，钢铁的玎玲，

喇叭的欢叫，大炮的轰鸣，

有战马一群群，在战场上飞奔，

报道这光荣的胜利，

我却在马蹄下安息。

——那里是我的尸体，

收拾在一起，

到了举行伟大的葬仪的日子，

在那时候，

唱着挽歌，又盖着战旗，

神圣的全世界的自由啊！

为了你牺牲生命的那些英雄，

都送到共同的坟墓中。

[匈牙利]裴多菲/文，孙用/译

品 读

　　裴多菲·山陀尔(Petöfi Sándor,1823 年 1 月 1 日～1849 年 7 月 31 日)，匈牙利爱国诗人和英雄，自由主义革命者，匈牙利民族文学的奠基人，1848 年匈牙利革命的重要人物之一。代表作有《民族之歌》《自由与爱情》《我愿意是激流》等。

　　《这在我是可怕的思想》这首诗可以看出诗人思想转变的痕迹，诗人用前后对比的手法，形象地反映了两种截然不同的生死观。

　　这首诗表现诗人为自由而英勇献身的激情与思想。在诗中，诗人写出了两种相反的生死观，一种是"死在床上"，诗人对这种消极的毫无意义的坐与死作了细微形象的描述："像一朵花，慢慢地凋谢，/有小虫在它心头咬啮；/像一支烛，久久地燃烧，/在教室之内，寂寞无聊。"诗人说，"我不愿意。/不要让我那样死"。

　　那么，诗人要选择的是一种什么样的生死？"我情愿是大树，任闪电/和狂风将它击穿，吹断；/我情愿是峥嵘的岩石/轰轰地倒下在山谷里……"在诗人看来，这样的暴风雨般激烈地战斗的死，对于所有被奴役的民族来说，是真正有意义的，"所有的奴隶"都应该选择战场，"作一百次的血战"，为了这种"给暴君的审判"的血战，"我的心血就在那里流尽，/胸前也响着最后的欢声"，这种冲锋陷阵以及壮烈牺牲在诗人眼里是激动人心的。当然，这种壮烈牺牲是有价值的，也是有深远意义的。

空中小姐谈机上众生相

◇[美国]加里·阿德曼

读点

行文轻松活泼、幽默诙谐，活画出旅客众生相，反映出各国人的国民性。

事例典型生动，有感染力，更有说服力。

[合众国际社香港1987年6月11日电] 亚洲如同别处一样，花容月貌而未婚嫁的空中小姐常是大批男性乘客的旅途话题。她们的服务质量、待人接物常会招来细致入微的评述。

反之，空中小姐讲起机上旅客，也似流水滔滔，谈锋甚利。香港国泰和港龙航空公司三位华人空中小姐曾同笔者谈起机上旅客的众生相。

澳大利亚人嗜饮如命。上机便嚷口渴，索取饮料，没完没了。饮料到手，便笑逐颜开。

欧洲人大惊小怪，小题大做，视人如同女仆。特别是德国人，吹毛求疵，呵斥空姐，脏话连篇。

三位空中小姐说，服务不周，旅客可以批评。但是东方空姐所受指责多于西方空姐。例如，一位国泰班机上的旅客问道："可以玩牌吗？可以干这干那吗？"如果回答不行，他们便牢骚满腹，但如果他们乘坐荷兰班机，得到相同回答，便会默不作声。

纽约人怨天尤人，逞凶霸道，要求过分。例如，纽约的服装进货商人，登机前大包小包，手提肩背，

批：以空姐受到评论为话题，引出下文。"如同别处一样"，说明谈论并不是出于偏见。

批：点明空姐所属公司，交代了事件的真实性。

批：的确是"嗜饮如命"。"上机便嚷"与"笑逐颜开"对照甚妙。

批：德国人吹毛求疵，反映了他们傲慢心态而实则不文明。

批：同样是空姐，为何受到的待遇不一样呢？对东西方空姐的不同态度，一定程度上也反映旅客的民族偏见与歧视。

批：旅客所带物品重量是有规定的，

老想打破规定，超重带走。他们还以见过世面的腔调说话：“**我们常坐美国联合航班，我们是服装商，得许可我们超重。**”遭到拒绝之后，他们便暴跳如雷，出言不逊，骂人如狗，还老想混进联合航空公司的职员俱乐部，蹭杯免费酒喝。一经拒绝，他们又会嚷嚷：“**我认得你们老板，认得你们经理。**”他们什么都想沾光，什么都不想付钱。不过上了飞机，倒也别无毛病，安分得很。日本人最安静，飞行时神情专注，下机时才会引人注意——只有他们的座椅上杂志狼藉，尽是《花花公子》。通常，他们总让自己坐得安逸舒适，减少旅途劳顿。飞行途中，男女乘客习惯无甚差别。不过，美国人看来最欣赏上乘服务，法国人和日本人最注重礼节。安全降落，他们就会鼓掌致意，旅途中，不管哪里，孩子都最讨人喜欢。

　　各类旅客中，商人的要求不胜其烦，总想坐头等舱，还不给钱。出门旅游的乘客十分欢乐，因为往往全家同行，家中乐趣带到了天上。

（佚名/译）

批：纽约商人却总想破坏规定，表现其不守规则的习性。

批：以此混吃混喝，流露出内心的优越感和唯利是图的特征，而又带有街头嬉皮士的模样。

批：日本人与前三者的咋咋呼呼形成鲜明对比，而其自身行为也形成强烈反差：座椅上的杂志狼藉和上飞机后的安静，露出了日本人假绅士的本质。

批：商人和游人的言谈举止不一样，这也是空姐长时间观察的结果。

生动有趣的众生相图

　　好一幅生动有趣的众生相图。消息行文轻松活泼，语言诙谐，通过列举各国旅客在飞机上的不同表现，达到了生动地反映出各国人的国民性的效果。

　　消息选取的事例十分典型、生动。澳大利亚人“上机便嚷口渴，索取饮料，没完没了。饮料到手，便笑逐颜开”，令人觉得像顽童一样可笑；德国人的吹毛求疵，反映出他们日耳曼人是“最优等民族”的心态；美国人的一句“我认得你们老板，认得你们经理”，则是一副街头嬉皮士模样；而日本人与前三者的咋咋呼呼形成鲜明对比，他们很安静，且神情专注，然而在下机后能发现奥秘，他们座椅上尽是《花花公子》，道出他们假绅士的本质。而旅客对东西方空姐的不同态度，令读者感受到一层种族歧视的意思。

　　这篇新闻采用白描手法，实录各国旅客的表现，于轻松诙谐之中，让读者体会到其中的含义，这比作者站出来妄加评述，更有说服力。

　　方寸世界知天下，一篇短短的新闻却表现了如此丰富的内容，本文刻画人物的艺术手法很巧妙，值得借鉴。（屈平、贾霄）

快乐的巨人

[合众国际社曼谷 1978 年 12 月 19 日电] 当 7.2 英尺(2.2 米)的中国运动员穆铁柱小步跑入体育馆时,"嗬"！观众席上发出了阵阵惊讶声。

赛前练习开始了,穆铁柱一伸手就把球塞进篮内,观众席上又爆发出"啊,啊"的赞叹声。

可是,当球赛正式开始后,第八届亚运会上这位个子最高的运动员第一次投篮不中时,观众席上就发出了"咯、咯、咯"的笑声。

这位斯文的巨人一下子红了脸,他捏紧拳头,似乎很难为情,也许还有点烦躁,他的名字就是"铁柱"。穆一直是观众们所注意的中心人物,而且确实自始至终为观众所喜爱。

穆是一位羞涩、寡言的汉子。他说他还没有结婚。当他被问到干什么工作时,他坦率地答道:"篮球。"他正式职务是中国部队的一个士兵,他的军衔是战士。他打篮球已有 9 年之久了。29 岁的穆铁柱在中国篮球队里是年龄最大的队员之一。

一位观看过穆不久前在马尼拉举行的世界篮球锦标赛和这届亚运会比赛的裁判员说,他比以往打得泼辣一些了。

裁判员解释说:"在马尼拉,当他碰撞了对方的队员时,他马上向人家道歉,而且他确实也被推来推去。现在别人推他时,他也会用肘部顶回去或推回去了。"

新华社——中国的官方新闻机构的一名体育记者说:"在中国,当一方的队员碰撞了另一方的队员时,总是要道歉的,如果碰倒了,还要把对方扶起来。"

这位体育记者还说:"中国队对观众的欢呼声不那么适应。因为在中国,人们并不那么容易流露他们的感情,通常只是鼓掌,偶尔还有一点喝彩声。"

但是在星期二晚上中国队以 91:71 胜南朝鲜(注:南朝鲜,即韩国。1948 年 8 月 15 日和 9 月 9 日,朝鲜半岛南北地区先后成立大韩民国和朝鲜民主主义人民共和国。20 世纪六七十年代,中国称韩国为"南朝鲜";韩国于 1991 年 9 月 17 日同朝鲜一起加入联合国;1992 年 8 月 24 日韩国与中国正式建立大使级外交关系后,中国改称其本名"韩国")队的那场争夺金牌的比赛中,穆铁柱确实流露出了一些情绪。在比赛中,他得了 24 分,抢到了很多篮板球,并使得南朝鲜队员不能接近球篮。一名对手试图阻挠穆投篮,打了他的眼睛。当这个巨人看来可能要坚决进行报复的时候,这个对手吓得往后退。泰国观众对南朝鲜队发出了一片嘘声,并向场地上扔鞋子、软饮料杯、甘蔗等。穆铁柱的眼睛经医生检查后,仍继续参加比赛。

据中国队员下榻的文华饭店雇员说,饭店为穆搬进了一张特殊的大床,他比其他队员消费"多一倍的食物"。他们平均身高 6.2 英尺(1.9 米),比穆铁柱足足矮了 1 英尺。

饭店餐厅的服务员说,穆不吃辣的加有香料的泰国食物。早餐喜欢喝四杯新鲜牛奶——他退回了炼乳，吃一碗煮熟的鸡蛋，再加火腿、面包和米饭。

服务员说，至于午饭——那是巨人的主餐，穆至少要吃满满的四五碗米饭、炒菜、鸡、猪肉和牛肉，用橘子汁送下。晚餐完全是由营养价值很高的食品组成，如香蕉、橘子、菠萝、炒菜和一碗汤。

穆初到饭店时把两张双人床拼在一起，而在中国他睡在三张军用床上。旅馆经理找到了一张特大号的床以保证这位巨人能够睡好。

房间服务员也得到通知要准备两三瓶可盛一夸脱(注：夸脱，容量单位，主要在英国、美国及爱尔兰使用。英制：1 夸脱等于 1.136 升，即 0.001136 立方米)的泉水，这是穆夜晚休息前的饮料。

虽然穆是这次篮球赛身材最高的运动员，可以轻而易举地抢到篮板球，并且叉开两腿稳稳地站在场上就能从容地把球塞入篮内，但是官员和许多评论家们认为，穆很少运球，动作笨拙，对付身材较高的欧洲队和美国队时就不灵了。即使这里没有篮球迷，穆也可以使体育馆座无虚席。当六英尺高的泰国运动员跳跃着围在穆的身旁，毫无效果地企图在拦球或者扰乱穆投篮时，泰国人民向这个温和的巨人热烈喝彩。

当穆被两个人夹击时，他却咧开大嘴，笑嘻嘻地拍拍身材矮小的对手的肩膀，于是人们又发出阵阵欢呼声和笑声。

[美国]戴维·特里/文，季成/译

品 读

《快乐的巨人》写的中国 2.2 米高的篮球运动员穆铁柱。穆铁柱个子高是众所周知的，关于他的人物特写显然不能脱离他的"高"，但作者没有就"高"写"高"，关键要深入人物的内心，写出人物的某种精神，这样才有强烈的感染力、说服力和吸引力。《快乐的巨人》就成功地表现了穆铁柱的精神和品格，给读者留下了深刻的印象。

这篇人物特写主要着力表现穆铁柱的善良、坦率的精神和品格。也就是说，一个像铁塔一样的人，并不粗暴，他很谦和、快乐。这样，他的吸引力当然是不言而喻的。

这篇人物特写通过穆铁柱在第八届亚运会(1978 年泰国曼谷)上的表现和遭遇，多侧面地展开主题，使穆铁柱的精神和品格得以再现。

首先是突出地写观众的反应。他进入体育馆时，观众发出的惊叹声；他投球进篮，观众发出赞叹声；他第一次投篮不中，观众就发出了笑声。这三"声"表面是写观众，实际还是写穆铁柱，表现他的高大、走路和投篮动作的特点。这就是"烘云托月"间接描写手法的妙用。其中，说穆铁柱投篮是"一伸手就把球塞进篮内"，这"一伸手""塞"活现了大个子投篮的形象。

其次，着力写穆铁柱在球场上的表现，集中写与对手队员的关系。如，他碰撞了对方的队员,马上向人家道歉;被两人夹击时,他咧开大嘴,笑嘻嘻地拍拍身材矮小的对手的肩膀;他被别人推来推去时,只是用肘部顶回去或推回去,甚至他被南朝鲜队队员打了眼睛后,也没有发作。这些材料,足以回答了曼谷的观众为什么那么喜爱他、总是对他发出善意的笑声。

天灾人祸

在龙卷风的正中心

◇［美国］约翰·多兰·保尔森等

读点

从不同角度对龙卷风进行全方位报道。

报道亲身经历，具有极强的现场感。

在龙卷风的正中心

当一个新闻记者恰好困于龙卷风时，他和其他任何人一样行动。他让家人进入地下室的西南角，自己也待在那儿，祈祷着人人平安。

批：标题给人以灾难的危机感。

批：保护家人是天性，关心他人安危完全是良心使然。

至少，我是这样做的。

在龙卷风袭击前的几分钟，我吃过晚饭，正坐在厨房里对孩子们说，龙卷风警报并不意味着它一定将袭击我们的房子。那时，夜班主编詹姆斯·阿克顿从《法戈论坛报》编辑部打来一个电话，报告说一场可怕的龙卷风已经袭击了西大街，正向法戈商业区方向前进。

批：龙卷风袭击前的小插曲，为下文写龙卷风到来作铺垫。

我边答话，边向我们家西边的窗户外望去。看见当风升级到强风时，树开始摇摆，我叫佐伊和4个孩子到地下室去。灯灭了，半分钟之后，我告诉阿克顿我也去了地下室。

批：适时转移到地下室实则是明智之举。

在西南角，我们坐着，等待即将发生的一切。我从地下室的小窗朝外瞅，看见各种各样的碎物在空中向北方飞去。

批：从视觉角度写龙卷风的威力。

接着，碎片开始打着旋涡，我知道我们的位置在

批：紧扣标题。

天灾人祸　147

龙卷风漏斗的正中心。楼上传来了窗户噼噼啪啪的响声和许多重物相撞的声音。

一二分钟后，一切都结束了。

上楼一看，第一眼发现后门被撞碎了。厨房里乱成一片，盘子、用具、食物和碎玻璃到处都是。整个楼下，更多的窗户被毁了，雨水啪啪地落进来。我朝后院瞥了一眼，发现两个车棚不见了。汽车还在，车顶上堆着两平方英尺的烟囱砖头。

我让家人上车，把他们带到我的父母处，接着去《法戈论坛报》报道龙卷风的灾情。除此之外，无须做别的事。

（[美国]约翰·多兰·保尔森/文，余敬中/译）

闪电撕破了天空

当周四晚龙卷风的漏斗出现在西边地平线的上空时，成百，或许成千的法戈和穆尔黑德的居民仿佛遭到了原子弹的袭击，纷纷撤离了这两个城市。我携妻带子地加入了慌张的车流，离开穆尔黑德，沿着75号公路朝北驶去。沿途停靠了几十辆汽车，成群的车辆拥挤在每个十字路口。

7点半一过，我们就离开了穆尔黑德南部的家。向西望去，我们看见巨大的风斗正在形成并不断旋转，好像直接朝法戈袭来。当这个巨型风斗卷向我们时，空中各个方位散碎的云被它大口大口地吞噬了。

小风斗就像牛羊的乳头一样在可怕的深蓝色的风头下面悬着。后来，形成了两个密实的几乎垂直的风背，它们并排挂着，好像直抵地面。我们继续向北前行，同时默默地为那些处在这不测风云中的人们祈祷。

此时，从各条街道来的车辆汇聚到了75号公路，组成一支庞大的车队，我们挤身在其中。许多逃

批：细节描写，从听觉角度写出龙卷风的威力。

批：龙卷风结束了，转入灾情描述。

批：描写灾后惨状，观察细致，形象可感；由里到外，条理清晰。

批：可贵的敬业精神。

批："撕破"，形象感极强。

批：用原子弹比喻龙卷风，突出人们对龙卷风的恐惧心理。

批：写自己驾车离开穆尔黑德，突出了新闻的现场感。

批：即使写天空，也给人以恐怖感。

批：观察细致，比喻形象！

批：灾难中可贵的人文情怀。

批：虽然人们不在龙卷风发生地，

亡者将车停在公路边,他们在车外目睹了那个庞然大物大施淫威,扫荡他们的城市。

但"庞然大物大施淫威""扫荡"这些词语的运用,也让读者深知这场龙卷风极其破坏性。

风,似乎来自四面八方。正当我们注视这一切时,那个大风斗开始转变风向,向西北——我们的位置直吹过来。

批:龙卷风的转向让人们再度紧张起来。

一个寒战带着某种危机传遍全身,我钻进汽车,立即向北拼命地加速。

现在,这个巨大的黑云正压在我们的头顶上——只要它一直在动,我们就无法确定风斗的位置。

到了城郊,突然下起了瓢泼大雨,雨点打得人们睁不开眼睛。风咆哮着,闪电撕破了天空,乒乓球大小的雹子砸在汽车上。车流渐渐停了下来。

批:寥寥数语,却将暴雨、狂风、闪电、冰雹描绘得令人触目惊心。

当这一切平息时,只见雷雨云移过迪尔沃斯的上空。尽管它仍呈漏斗状,但看起来不再像刚才那么凶险,它没有触及地面,似乎要停了。

批:随着龙卷风余威的减弱,读者悬着的心也渐渐平静了下来。

当我们等着开始返回穆尔黑德时,一条长长的灰白色"水管"从旋转的空中抖落下来,落在公路上和离车大约500码(注:码,英制长度单位,美制码1码等于0.9144米)远的田野里,霎时,地面便汪洋一片。

批:"水管",形象准确写出了龙卷风中的雨水形状。

这个"水管"直径比较小,看起来它蜷曲着向空中延伸了数千英尺。片刻之后,它被吸回空中,不见了。

([美国]汤姆·卢西尔/文,余敬中/译)

一片狼藉

周四晚上,我们大约有100人正聚集在巴尼特球场,等待着观看法戈·穆尔黑德联队对德卢斯优胜者队的一场棒球赛。

批:标题突出龙卷风带来的惨状。

我们观察到西边出现了龙卷风,但没想到它和我们仅仅隔着4个街区。我们躲进俱乐部会议室避雨。大约在8点15分,确信比赛不会进行了,我便

批:灾难如此之近,给人以紧张感。

批:龙卷风的降临,棒球赛事被迫

离开球场回家。

第 15 大道的北街堵车了。我被指引向东行驶。在第 14 大道和第 2 街的北街约翰·D·保尔森的住处，我们看到了第一处损失：第 2 街第 1363 号的杰拉尔德·雷德蒙家的车棚被卷走了。

接着，我们看到第 14 大道和第 1 大街面向 El Zagal Bowl 高架铁路的肯·柯林斯的家，看上去它好像被剥了壳似的。这使我马上联想到自己的家或许也在劫难逃。

我家在第 2 街北街第 1301 号。就在一个多小时前我们前去看球赛时，还是好端端的，现在变成了一片废墟。靠着房子搭建起来的车棚已消失得无影无踪。

前排临街的房子，地板裸露在外面。两张大椅子、长沙发、钢琴、电视机，甚至地毯被卷到了房子的北边，墙已被刮倒了。

电视机在墙外，被那架钢琴压在上面。其余的家具不见了。整个家几乎全被毁了，景况惨不忍睹。

但我更担忧的是我 15 岁的儿子菲尔，在我们去看棒球赛时，他一个人留在家里。当我用手电筒在大街上找到他时，担心、着急顿时烟消云散。原来，在暴风雨袭来期间，他待在地下室里。

星期二，我们刚刚完成了春季大扫除。我想我还会将那个女清洁工召回来。

（[美国]尤金·菲茨杰拉德／文，余敬中／译）

取消。

批：准确的地点交代表明作者确在现场，现场感强。

批：比喻绝妙，无须细致描绘就可看出龙卷风袭击的惨状。

批：真是庆幸，如果不是看球赛，"我"也不知能否躲过这场灾难。

批：工笔细描灾难的惨状，"我"的家被龙卷风彻底毁了。

批：菲尔安全吗？令人担忧。

批：教给孩子必要的灾难避险常识实在是非常重要。

批：在灾难面前也不失幽默。

多角度报道自然灾害

1957 年 6 月 20 日晚 7 点 40 分，一场龙卷风袭击了美国北达科他州的法戈城。时任《法戈论坛报》主编的约翰·多兰·保尔森（John Doran Paulson，1915 年 10 月 1 日～2001 年 1 月 21 日）和他的家人一起经历了这场灾难。这次龙卷风摧毁了城里的 66 个街区，有 10 人在这次风灾中丧生。龙卷风过后不到 6 小时，《法戈论坛报》便刊出了 24

个专栏的龙卷风新闻及 14 幅图片。这三篇文章发表在 1957 年 6 月 21 日《法戈论坛报》报上,第一篇是约翰·多兰·保尔森写的,第二篇是汤姆·卢西尔(Tom Lucier)写的,第三篇是尤金·菲茨杰拉德(Eugene Fitzgerald)写的,一起获得 1958 年普利策时间限制地方报道奖。

这三篇新闻从三个角度分别对这次龙卷风进行了报道,让读者对这次灾难有一个整体了解。而且这三篇报道都是作者对自己亲身经历的描述,读来具有亲切感,真实可信。

第一篇新闻写的是在龙卷风来临时,作者在家里如何与家人躲避龙卷风的经历,主要从视觉和听觉两个方面写了龙卷风的威力。第二篇新闻则是从旁观者的角度来写了这次龙卷风,在龙卷风爆发时他与他的家人已经撤离了这座城市。在城外看到"小风斗就像牛羊的乳头一样在可怕的深蓝色的风头下面悬着。后来,形成了两个密实的几乎垂直的风背,它们并排挂着,好像直抵地面"等。从这些对龙卷风的描写中让人们更加真实地看到龙卷风爆发时的恐怖。第三篇新闻的作者在龙卷风爆发时正在俱乐部避雨,他更多的是写龙卷风对这座城市所造成的损失,特别是作者真实地再现了他家在这场灾难中的破坏情况。(子夜霜、刘道勤)

海啸

2011 年 3 月 11 日 14 时 46 分,日本东北部海域发生里氏 9.0 级地震。地震引发了 10 米高的海啸。在仙台地区受灾严重的闲上,地震发生后,21 岁的萨迦佑太正在收拾摔碎的杯子,忽然听到警报以及"海啸来了"的尖叫声。他挽着妈妈跑到附近一所初中,那是附近最高的建筑。街上交通混乱,司机们因为恐慌彼此撞车。看着因建筑倒塌形成的烟尘,他就能感受到海浪的前进。

当他们赶到学校的时候,萨迦和母亲发现,通往楼顶的楼梯满是老年人。他们似乎没有足够的力气爬上去。有的则在台阶上坐着、躺着。在楼下,全是逃难的居民。

这时候,海浪袭来。刚开始,人们关上门想挡住水。然而海浪不放过每一个缝隙,流进房间。由于恐惧,大家都想上房顶。年轻点儿的民众开始边往外拥边喊叫,"快啊""别挡路"。他们从没有跑的人身上爬过,或用胳膊肘推开其他人。

"我真不敢相信,"萨迎说,"他们居然把老年人推开。那些老年人自己很难救自己。""人们不关心别人。"他补充道。

紧接着,门被冲开,海水冲进来,很快就淹没到腰了。萨迦看到一位年长女性,没有力气或者没有信心站起来了,就坐在水里,水涨到她鼻子的位置。萨迦说,他冲到她背后,从胳膊下方将她托起来,抱着她上楼。楼上另一个人抓住她,将她拉起来给上面的人。一群人组成"传送带",将年老的居民以及孩子送到楼顶。

"我看到了人们丑陋的一面,随后我又看到美好的一面,"萨迦说,"有的人只顾自己,有的人则停下来帮忙。"

萨迦说,一名妇女将一个婴儿递给他,"求求你,至少救救孩子!"她乞求着,水当时已淹到她的胸部。萨迦说,他抓过孩子跑上楼梯。那些还在楼下的人大多数已被海水冲走。他来到大楼2楼,那里大约有200人。孩子的母亲也跑了上来,他将孩子送回母亲的怀抱。从窗户往外面看,他们目睹房子被连根拔起和无数汽车一起被冲走。人们默默不语,他们只是哭泣、叹息。萨迦的一名同学坐在地上哭泣,因为他的父母回家拿东西没能赶到学校,随后海啸来袭。

萨迦的家人都还安全,包括他15岁的弟弟亮太。他骑着自行车赶到学校。

周一,兄弟俩震后首次回到了闵上。房子整个消失了,只剩下地基。当他们到达那里的时候,海啸警报又响了起来。他们再一次跑到高处。

佚名/文,朱宗威/编译

品读

　　海啸是一种具有强大破坏力的海浪。当地震或火山爆发或滑坡发生于海底或大气压剧变或核爆炸或陨石撞击发生,因震波或火山喷发或滑坡或气流或核爆炸或陨石撞击的动力而引起海水剧烈的起伏,形成强大的波浪,向前推进,将沿海地带——淹没的灾害,称之为海啸。

　　海啸通常是由震源在海底下50千米以内、里氏地震规模6.5以上的海底地震引起的。海啸波长比海洋的最大深度还要大,在海底附近传播也没受多大阻滞,不管海洋深度如何,波都可以传播过去,海啸在海洋的传播速度大约每小时500公里到1000公里,而相邻两个浪头的距离也可能远达500公里到650公里。

　　《海啸》叙述的是2011年3月11日本东北部海域地震所引发的海啸,从而人们避难的故事。读这则故事,读者会得到这样一些启示:听到海啸警报声或发现有海啸来袭的危险,必须第一时间选择附近最高的坚固建筑或高地处避难。海啸警报解除后也不要立刻放松警惕,直到确定安全为止,因为,有时海啸会有二次甚至数次来袭的可能。海啸不仅有第一波,以数十分钟到一小时的间隔仍会袭来第二波、第三波……因此,直到海啸警报解除,都要注意警戒。

　　巨大地震导致的海啸,也可能持续数十小时。有时大地震不在本地,甚至是数万里的地方,本地也会受到海啸的袭击。例如,1960年5月22日19时11分智利发生里氏9.5级大地震,这次地震引起的海啸,不仅严重冲击了智利和太平洋东海岸,掀起了高达25米的海浪,而且也远袭了美国的夏威夷、日本、菲律宾、新西兰东部、澳洲东南部与阿拉斯加的阿留申群岛等。地震引起的海啸以每小时600公里至700公里的速度穿越太平洋,摧毁了美国夏威夷州的希罗。距震中一万公里的地方记录到了10.7米高的海浪,并且波及到遥远的日本和菲律宾。不到24个小时,海啸到达距智利震中蒙特港约1.7万公里的日本列岛,仍有达8.1米的海浪,造成了日本数百人死亡。

在遇难者和垂死者当中度过的一夜

◇［英国］菲尔·戴维森

读点

亲历火山爆发灾难现场，体验性特写，报道如临其境。

情景交融，在观察所得中深化主题，抒发情感。

　　［路透社发自哥伦比亚阿梅罗镇］　阿梅罗镇至少有 1.5 万人死亡，还有数百人在死亡线上挣扎。我极力想在哥伦比亚火山爆发灾难中的幸存者中入睡，我恍如置身鬼蜮甚至感到我自己也是死人！

批：触目惊心的数字！

　　我蜷缩在当地一座寒冷光秃的山顶上。（注：1985 年 11 月 13 日晚上 9 时刚过，鲁伊斯火山突然爆发，熔岩和泥石流吞没了 30 英里外的阿梅罗镇。菲尔·戴维森在第二天天黑前，乘直升飞机赶到灾难现场，在一个山顶待了 12 个小时）每当我抬起头来看看那些奄奄一息的人们——老人、妇女和儿童，只见他们浑身沾满了灰白胶泥，毛发僵直，只是转动的眼珠在夜色下还隐约可见，才知道他们还活着。

批：谈切身感受，令人恐怖！

批：生动剪辑灾难现场的恐怖画面。

　　烛光，唯一的光源，使这儿的气氛变得更加可怕。

批：黑夜恐怖，死亡又与黑暗结伴，这光亮使灾难气氛更可怕。

　　在附近的山顶上，闪烁着更多的烛光和几支火炬，那里蜷缩着数千名幸存者，他们没有饭吃，也没有水喝，正在等待营救。

批：光亮是希望，但在突如其来的恐怖的灾难面前，显得又是那样的微弱。

　　我曾采访过多起战争、革命和今年 9 月在墨西

批：对比，突出此次灾难的严重程

哥发生的地震，但只在这一次见到了最震人心弦的灾难。在一个较小的地方竟然死去这么多人，有这么多人行将死去，还有更多的人很可能也会死掉！

星期四(14 日)天刚黑之前，我乘坐一架小型直升飞机赶到现场，甚至就在我从机舱口跳下来时，一群受伤的灾民争先恐后地想爬上飞机。

直升飞机的驾驶员是一位羞怯而不愿道出姓名的普通公民，但他却是本地许多不知名的英雄人物之一。他只能带着四名受伤者和他们的两个家属从人群中挤进机舱中去。

当时我不知道这是星期四到阿梅罗镇来的最后一架直升飞机。当夜幕降临时，我便加入了徒步跋涉的受伤者行列，向最高的山顶走去。

新闻记者一般都避免把个人写进消息之中，而只是努力报道事实，但这次不同。

多数幸存者，不少人几乎都赤裸着身体，满身泥浆，打着哆嗦。他们被吓坏了，谁也帮不了谁。每个人只顾设法在山顶上活下来，他们有时放声大哭，经常喊着要水喝。但那儿根本没有水。

这时，我发现自己正在帮助把一个个奄奄一息的幸存者从一个陡峭的山坡运送到小山顶上去。并不是那儿有什么东西，而是因为那儿比阿梅罗镇高出数百英尺。饥寒交迫的灾民们害怕鲁伊斯火山的熔岩再次爆发或再次发生滑坡，他们感到在小山顶上稍稍安全些。

天刚黑时，我发觉在我们所在山顶下边 30 米处的空旷地上有两个蜷缩的身躯。我在漆黑中匍匐前进，顺着泥浆滑了下去，找到了一个身缠白布单的老人和一个小女孩。这女孩 8 岁左右，像珍珠一样可爱，但一老一小都已失去了知觉，身上栖满了苍蝇，简直是在等死。

我大声呼救，几个神态麻木的年轻幸存者下来

批：在巨灾面前，拼命逃生是人的本性。

批：巨灾面前，彰显无名英雄无私无畏之精神。

批：记者已被空前的灾难深深地震撼。

批：描写场景惨不忍睹。这是"面"的描写。

批："发现"，说明记者早已自觉地在帮助幸存者。

批：这是"点"的描写——特写。令人目不忍睹，"珍珠"与"苍蝇"的对比，突出灾难的恐怖。

度——触目惊心。

天灾人祸　155

了。小女孩在咕哝着喊"妈咪"，她的一条腿已经断了，右腿上的一处伤口翻露出了肌肉，她的脊梁骨也可能断了。

批：悲惨的小女孩。

我们把他俩都抬到山顶上，那些吓坏了的幸存伙伴们对他俩的到来木然，漠不关心。

批：并非人们失去了同情心，而是被吓坏了，也变得麻木了。

这场大灾难过去已20个小时了，但仍然没有医务人员和官方人员到来，没有一个关心他们的人到来。

批：侧面反映出政府部门在灾难面前的迟钝表现。

在没有水和药物的情况下，我们努力护理一些重伤者，以便他们活下去。但刚到黎明时分，大约已有12个人死去了。

批：救助——时间就是生命。

绵绵的细雨声和被碎石、死尸压住的受伤灾民所发出的阵阵呻吟声汇成的哀歌大合唱，给这个夜晚罩上了更加凄凉的气氛。

批：从听觉方面来写，烘托气氛，催人泪下。

"救救我吧，救救我吧，我受伤了。"这喊声响彻了寒冷的夜空。

天一亮，军用直升飞机又飞来恢复营救工作，从泥浆堆里救出了一名赤裸的妇女和她的婴儿。

当星期四晚上救灾飞机暂停工作时，幸存者们攀着抢搭最后一批直升飞机。有些人被焦急的机务人员推开了。

批：求生，人之本能也！

有一个人为营救一位朋友挖了一通宵的土，但当星期五早晨他最后把碎石搬干净后，他发现他的朋友已经死了。

批：营救！一个扣人心弦的人道镜头。

死牛仰躺着，腿上沾满了泥巴。躺在血泊中的人尸遍地皆是，偶尔还有伸出来求助的人手。

批：求救！又一个扣人心弦的镜头。

有一个人站在浸没到他脖子处的泥水中，他的两腿被浸在水面四英尺以下的一具死尸紧紧拖住，使他不能动弹。

批：挣扎！又一个扣人心弦的镜头。

另一个人的脚被碎石压碎了，他躺在他的三个孩子的尸体上。他的怀孕的妻子幸存下来了，浑身沾满了泥和血。

批：生与死！又一个扣人心弦的镜头。

那个遇救的老人和小女孩仅仅活到了天明。

　　我用我的皮夹克把她盖住。我叫她的名字。她好像要说什么,但她神志昏迷只剩下一口气。

　　在风雨交加的山顶上待了12个多小时后,我说服几个幸存者帮助我把她送到一块平地上,那儿是星期四首批直升飞机着陆的地方。

　　从阿梅罗到下面的另一个村子,要跋涉经过泥泞和满布灌木丛的道路。我意识到我将永远也不会知道他们是否能活着得救!

(陈爱芬/译)

批:照应前文,交代结果,令人心痛。

批:表达出作者的同情和善良。

批:作者的深深忧虑,表现出一种高度的责任感和人道主义精神。

情景交融,触目惊心

　　位于南美北部安第斯山脉的内瓦多·德尔·鲁伊斯火山(在哥伦比亚境内,北纬4.637度,西经75.22度,海拔5400米)打破了140年(1845年2月19日火山爆发过)的沉默,从1985年9月开始喷少量水蒸气,11月13日15时火山喷发;19时阿尔梅罗市又下暴雨;19时30分红十字会发出阿尔梅罗市紧急避难的布告;21时10分发出两次强烈爆裂;23时30分泥石流袭击阿尔梅罗市。虽然发出避难命令,可是向市民传达命令似乎不彻底。在混杂火山灰的暴风雨夜里,大多数人没有从疯狂的泥石流冲击中跑掉。据哥伦比亚政府1985年11月22日发布的灾情统计,死亡24740人、伤5485人,倒塌房屋5680户,受害人数达17万人。

　　这是一次不同一般的现场采访。菲尔·戴维森的报道艺术是高明的。面对震人心弦的场面,他采用了印象性报道的形式。这种报道形式的特点是:作者既客观地报道事实,又抒发自己的感情;作者触景生情,作品情景交融,读者触目"动"心。

　　戴维森一方面精心剪辑出最能表现出事地点恐怖、凄凉气氛的画面。如,闪烁的烛光和火炬,细雨声、伤员的呻吟声、响彻寒冷夜空的呼救声,"浑身沾满了灰白胶泥,毛发僵直,只是转动的眼珠在夜色下还隐约可见,才知道他们还活着"的形象,死尸堆里伸出求救的手,等等。另一方面则用各种方式抒发自己的感情和感受。如,"我恍如置身鬼蜮甚至感到我自己也是死人";"我曾采访过多起战争、革命和今年9月在墨西哥发生的地震,但只在这一次见到了最震人心弦的灾难";作者三次提到那个醒来就咕哝着喊"妈咪"、天明就死去了的8岁女孩,通过给她盖皮夹克、叫她的名字、说服几个幸存者帮助他把小女孩尸体送到一块平地上等细节,表达了作者的同情和无能为力的痛苦。

　　戴维森破例地用第一人称下笔,把自己写进新闻报道中去。可以说,戴维森从双脚踏上这片死亡土地开始,就不自觉地把本该持有的"客观"身份抛开了。通篇出现了

22个"我",连导语也是从"我"开始的。这位作者不但目睹了鲁伊斯火山喷发后的重灾区人民生命财产的惨重损失,而且还亲自投身于抢救幸存者的工作。因此,他对灾区描写翔实、真切、感人,也完全把读者带进了这人间炼狱之中,使他们仿佛亲眼见到了遍野死伤,亲耳听到了凄楚的呻吟声和呼救声。作者一再强调"我"的见闻、动作和意识,甚至直接站出来说:"新闻记者一般都避免把个人写进消息之中,而只是努力报道事实,但这次不同。"要把个人写进新闻,这就更能说明这次他的确是被深深感动了,作品以情感人的力量就更大了。(子夜霜、刘道勤)

圣海伦斯火山突然爆发

九人死亡,二十一人失踪

[合众国际社华盛顿 1980 年 5 月 19 日电] 圣海伦斯火山本星期日在其 1300 英尺(396 米)的顶部突然猛烈爆发,使得炽热的泥浆、火山灰夹着各种气体顺坡咆哮而下。现已查明有 9 人丧生,官员们说,至少有 21 人失踪。

浓密的火山烟云扶摇直上,达到十英里(16000 米)的高处,并于今日起向东飘游,使得晴空为之昏暗。又粗又硬的火山灰降落下来,在正东 500 英里(804 千米)处的蒙大拿和怀俄明公路上堆积起来。

国家气象局官员说,火山灰的微粒将被大气上层的风吹入平流层,这些微粒将随气流环绕世界飘游两年,这将可能影响地球的气候模式。

失踪的人中包括大卫·约斯顿,他是美国地质调查局的火山专家,还有雷埃德·布莱克本,此人正在执行《全国地理杂志》和范库弗《哥伦比亚人》杂志交给的任务。火山爆发时,他们恰好在山上。

火山爆发后的华盛顿州东部的公路和空中交通都中断了。

尽管这次爆发很猛烈,但至今没有岩浆从火山中喷发出来。据美国地质调查局专家鲍勃·克里斯蒂安森说,对这座火山的历史的研究表明,如果有岩浆喷出的话,其溢流范围将局限在山坡上。

星期日人们找到了 9 具尸体,当局说还有 21 人失踪,据信业已丧生。这些人中的一个是 31 岁的巴里·杜鲁门,此人生性倔强,他拒不撤离他在圣海伦斯山北坡斯皮里特湖边的住所。

[美国]罗伯特·阿尔里奇/文,佚名/译

　　圣海伦斯火山是一座活火山,位于美国西北部华盛顿州,北纬49.20度,西经122.18度,海拔2549米,属喀斯喀特山脉。它从1857年爆发后即沉默无闻。1980年5月18日,圣海伦斯火山大爆发,5月25日凌晨再次爆发,时间长达4小时之久。6月12日深夜又一次大爆发,这一次是近几十年来火山爆发最猛烈的一次。据说,它所释放的能量,相当于1945年8月投掷在日本广岛原子弹威力的500倍。这件事,一时成了世界性新闻。此次圣海伦斯火山爆发造成57人死亡,250座住宅、47座桥梁、24千米铁路和300千米高速公路被摧毁。火山爆发引发的大规模山崩,使山的海拔高度从爆发前2950米下降到了2550米,并形成了1.5千米宽、125米深的马蹄形火山口。喷发出的火山灰和碎屑的体积达到了2.3立方千米,是历史记载中最大规模的一次。

　　《圣侮伦斯火山突然爆发》是一则灾害报道。导语先简要介绍了火山爆发的日期、基本状况及造成的伤亡人员数;然后具体介绍火山爆发时的形状、火山灰对全球气候的影响、死亡和失踪人员的基本情况、火山爆发对交通的影响等。导语之后使用了描绘手法,以简洁而准确的笔触勾勒了火山爆发现场的场景。这些描绘与导语中"炽热的岩浆、火山灰夹着各种气体顺坡咆哮而下"共同组成了火山爆发后令人恐怖的灾难场景。

　　本文现场描写主要集中在第一、二段。即火山爆发时的场面的描写。火山爆发现场生动形象的描写能对读者产生了强大的视觉冲击力。看完这些场面的描写,火山爆发时顶部的爆裂、炽热岩浆的咆哮流出、火山烟云的扶摇直上、火山灰的降落等壮观的场面在读者脑海中不断闪现。虽然读者没有真正看到火山爆发的场面,但却有身临其境之感,这一切都应归功于场面的描写。

旧金山毁灭了

◇[美国]杰克·伦敦

读点

> 表现手法细腻，描绘形象生动鲜明，场景令人触目惊心。
>
> 态度冷峻直观，不带个人好恶色彩，留下真实的历史记录。

大地震摧毁了旧金山的墙壁和烟囱，其直接损失达数十万美元。然而，在随之而起的大火中，却有价值数亿美元的财产化为灰烬。这"数亿美元"的含义是什么，是很难言传的。然而，可以肯定，一座现代化大都市遭到如此彻底的破坏，在历史上是前无先例的。"旧金山毁灭了！"它如今只存在于人们的记忆中——除了市郊的几栋住房以外，整个城市已荡然无存。旧金山的工业区被摧毁了，闹市区和居民区也被摧毁了，工厂和仓库、大商店和报社、旅馆和富翁们的宅邸，全都不见了。只有城外的几栋残垣断壁，使人记得这里是旧金山。

大地震过后不到一小时，旧金山便燃烧起来。这里火光冲天，映照到一百英里之外。大火延续了三天三夜，烟火在空中翻腾，使太阳为之失色，白昼变得阴暗，大地烟尘滚滚。

星期三(注：美国时间1906年4月17日)凌晨5时15分(注：据美国地质调查局记载为5时12分)，地震发

批：地震之后又遭大火，旧金山就这样毁灭了。语言简洁，使旧金山毁灭过程显得十分明晰。

批：除了残垣断壁，旧金山什么都没有了，给读者以极强的震撼力。

批：烟火"映照到一百英里之外"，令"太阳为之失色"，令人触目惊心。

生了。一分钟以后,大火便熊熊燃烧起来。先是从市场街以南的十几个街区、工人住宅区和工厂烧起来,随后便以不可阻挡之势向四周蔓延。没有人出面组织救火,通讯联络也都中断了。大地震一举摧毁了这座 20 世纪大都市的全部应变设施。地震之后,原来平坦的大街变得高低起伏,墙倒屋塌,到处是瓦砾,连铁轨都被扭曲了。电话和电报系统遭到了破坏。自来水主管道破裂喷水。地壳仅仅剧烈震动了 30 秒钟,就在这片刻间,人们掌握的一切灵敏的机械装置和安全设施全都失灵了。

批:地震破坏了全部应变设施,使抢救工作陷入瘫痪。

批:写地震时间之短,突出地震破坏力之大。

到了星期三下午,震后不到 12 小时,市中心的一半已不复存在。此刻,我亲眼看见海湾那边烈焰升腾,火光冲天。周围是死一般的寂静,似乎没有一丝风。实际上,这座城市正处于飓风的旋涡之中。狂飙是从四面八方扑向这末日之城的——热气上升,形成了巨大的旋风,就这样,大火亲自为自己建造了一座穿越大气层的巨大烟囱。这死一般的寂静似乎是无边无垠的,然而,人们只要一靠近大火,就能感到大风在猛吹,感到有一股强大的吸力。

批:地震造成大火,大火又导致狂风,而狂风又助长火势,灾难更为加剧。"扑向""亲自"等词语非常生动形象。

为了防止发生骚动,E·E·施米兹市长发布布告声称:

批:特殊情况下必须采取特殊举措。

"联邦部队、警察和特别警察均有权处决任何进行抢劫和其他犯罪活动的人。"

"本市长已命令煤气公司和电灯公司在接到本市长关于恢复供气、供电的命令之前,均不得自行供气、供电。因而,本市将处于黑暗之中,何时恢复光明,现不得而知。"

批:盲目提供煤气和电力,只会使火灾更难控制。

"本市长要求全体居民在秩序恢复之前,晚间切勿出门。"

批:必要的安全提醒。

"本市长要求全体居民提高警惕,防止损坏的烟囱、断裂或漏气的煤气管道等引起火灾。"

到了星期三夜晚,市中心已荡然无存,成了一片废墟。为了防止大火蔓延,使用了大量炸药,这样,人们就把自己引为自豪的建筑物亲手摧毁了。然而,这并未能阻止大火蔓延。消防队员们经过奋力拼搏,好不容易才在火海中占得立足点,但往往未来得及扩大战果,大火便从两侧乃至身后扑过来,这辛辛苦苦夺得的胜利便又丧失了。

说来令人难以置信:星期三晚上,当整个城市在爆裂的轰鸣声中变成一片废墟的时候,人们冷静得出奇。大街上没有拥来挤去的人群,没有人狂呼乱喊,没有歇斯底里,也没有出现混乱。这天夜晚,我来到大火蔓延的地方。在这可怕的时刻,我既没有看到妇女哭泣,也没有看到男人发狂,在人们的脸上,甚至看不到多少惊慌失措的表情。

星期三一整夜,在熊熊烈火中,成千上万的市民失去家园,只得逃离本城。不少人身上裹着毛毯,随身携带包袱细软。在逃难者中,有的全家拖着四轮马车或邮政马车,车身摇摇晃晃,似乎不堪重负。婴儿车、玩具马车和婴儿学步车统统被用来运载行李了,连婴儿车都没有的人们都提着大皮箱。但是,人人都镇定自如,甚至恭谦礼让。在旧金山的历史上,人们从来没有像在这恐怖之夜中表现的那样如此善良、如此有礼、如此友爱。

成千上万的人们整夜疲于奔命。其中工人聚居区的穷人实际上已奔波了一天一夜。他们是带着大小包袱离开家的,为了轻装,他们不时把拖了好远的衣物扔在大街上。

逃难者最舍不得抛弃的是自己的皮箱,这些皮箱,使许多身强力壮的男人伤透了脑筋。旧金山市内的山峦都十分陡峭,人们拖着包箱,一英里一英里地往山上爬。地上到处是皮箱,它们的男女主人筋疲力尽、横七竖八地躺在上面。士兵们在火区周围布置了警戒线。随着火势的蔓延,这警戒线逐渐往

批:为了阻止大火蔓延而炸毁"自己引为自豪的建筑物",即使如此,也未能奏效,可见大火是多么的汹涌。

批:巨灾面前,旧金山的人们表现出了可贵的镇定、坚强和秩序。

批:连这些东西都被用来运载行李,逃难可谓十分窘迫。

批:可贵的礼让、善良、友爱精神。

批:为了逃难,也只好无奈地舍弃。

后退，一次退一个街区。他们能够发挥的作用，不过是促使拖着皮箱的逃难者继续走下去——这些极度疲劳的人们被明晃晃的刺刀一吓，便又强打起精神，继续三步一停、五步一歇地沿着陡峭的山路向上爬。

在爬上那令人心碎的山坡后，人们往往发现，又有蔓延的火墙斜刺着挡住了去路，于是只得改道向另一个方向撤退。这成千上万的人们历尽艰辛，跋涉了近12个小时，最后完全累垮了，许多人不得不舍弃自己的皮箱。在对待皮箱方面，店铺老板和中产阶级简直是毫无办法。而工人们只是在空地和后院挖个坑，把自己的皮箱埋起来了事。

星期三晚上9时，我巡视了高楼大厦区，一连走了若干英里。这里暂时没有着火，一切都十分正常，警察在大街上巡逻。每幢大楼门前都有看门人。然而这里井井有条的一切也将惨遭浩劫。这里断了水，炸药也快用完了。而两溜大火却形成了一个直角正朝着这个地区的方向横扫过来。

凌晨1时，我再次走过这个地区。只见一切都还安然无恙。大火仍未烧起来，但也发生了一些变化，尘灰正像下雨似的飞降。看门人都不见了，警察也撤了岗，没有消防队员，没有消防车，也看不到准备用炸药灭火的人们。这个地区已被放弃。我站在旧金山中心地区，即卡尔尼街和市场街的交叉处。卡尔尼街已被放弃。在这条大街远端六七个街区的地方路两旁的楼房都在燃烧，成了一景火街。在烈火映照下，两名美国骑兵的身影清楚地显现出来。他们骑在马上，镇定地监视着火势的发展。除了这两名骑兵之外，这里再也看不到第三个人。

人们已完全屈服了。水用完了。连下水道中的水也早已被抽干。炸药也用完了。在离市中心更远一些的地方，又爆发了一场大火。现在，大火从三面扑了过来，而第四面早就被烧尽了——在这个方面，

批：逃难者已是极度疲劳了！

批：地震破坏了通讯设备，给人们逃难也带来了折磨。

批：先概括客观评述，再具体说明。

批：作者以目击人的口吻讲述所见所闻，现场感极强，使人如历其事，如见其人，如闻其声。并以时间为线索，真实记录了这一历史性的灾难场面。

批：比喻形象生动，可见大火之严重。供水系统已经损坏，灭火，但没有水，只好无奈地放弃。

有海关署大楼摇摇欲坠的断墙和烧得只剩空壳的电话局大楼,此外还有残火仍在肆虐的华丽大旅馆和被炸药炸毁的皇宫饭店。

下面,请读者诸君细听大火如何蔓延,而对此人们是何等无能为力的。星期三晚8时,我途经联邦广场,只见那里挤满了难民。成千上万的人躺在草地上睡觉。政府提供的帐篷已经搭好。晚饭正在准备中。难民们排好了队,准备领取免费提供的晚餐。

> 批:此时联邦广场成为了政府安置难民的比较安全的地方。

凌晨1时30分,联邦广场附近燃起了大火,只有矗立着圣法朗西斯大饭店的那一面还没有起火。但一小时以后,圣法朗西斯大饭店整栋大楼被冲天大火吞噬了。这皮箱堆得像像山似的联邦广场只好放弃。在场的军人、难民和其他人随后全部撤离。

> 批:大火逼迫人们赶快逃命。

正是在联邦广场,我看见一个男人高声喊叫,说他愿以1000美元的代价搞几匹马。这个人正负责照看一辆从某家旅馆拉来的、堆满了皮箱的马车。车夫把马车赶到这个所谓安全地带后,就把马牵走了。眼下,广场的三面燃起了大火,这里找不到一匹马。

> 批:此时哪里还能找到马啊!

这时,我正好站在这辆马车旁,我劝身边的一个人赶紧逃命。这是一个拄拐杖的老人,烈焰就在他身旁燃烧。他说:"今天是我的生日,直到昨晚,我还拥有价值3万美元的财产。为了给自己过生日,我买了5瓶葡萄酒、几条美味的鱼和别的一些食品。不过,还没有等我吃上生日晚宴,我的财产就只剩下这副拐杖了。"

> 批:生日竟成了逃难日,昨晚还拥有3万美元的财产,而今只剩下一根拐杖,老人的遭遇多么悲凉啊!

在我的劝说下,他终于认识到留在这儿太危险,于是拄着拐杖上路了。一小时之后,我从远处看见那辆满载皮箱的马车在街心熊熊燃烧起来。

> 批:呼应上文"一辆从某家旅馆拉来的、堆满了皮箱的马车"。男子为别人照看的财物竟以这样的方式结束,令人心酸。

星期四清晨5时15分,即大地震发生24小时后,我坐在诺布山的一座小庭院门前的台阶上。和我坐在一起的有日本人、意大利人、中国人和黑人——这一群人，成了劫后余生的本城居民的缩影。这一带有许多在淘金热中发了财的人修建的华丽住宅。东面和南面，两堵巨大的火墙恰好形成一个直角，正向这边逼近。

我从台阶上站起来，跟着院落的主人进了屋。主人看上去很冷静，情绪也很好。他说："昨天早晨，我有价值60万美元的财产。而眼下，除了这栋房子以外，我已一无所有。不过，再过15分钟，就连这栋房子也保不住了。"他指了指一座大柜橱，接着说道："那里面全是我妻子收集的瓷器。咱们脚下的这张地毯是别人送的礼物，值1500美元。试试那架钢琴，听听，它的音色有多美。像这样的钢琴现在可不多见了。我现在没有马了。大火在15分钟之后就会烧到这儿来。"

批：巨灾面前冷静、乐观最难得！

批：多么珍贵的东西，可惜15分钟之后就要被无情的大火吞噬了。选取院落的主人及上文的照看别人财务的男子和拄拐杖的老人这些典型例子，以点带面地写出了大地震及火灾给人们带来的巨大损失。

在这座院落的大门外，像宫殿那样富丽堂皇的古老宅邸——马克霍普金斯公馆刚刚着起火来。军队保护着难民退了过来。四面八方都是狂吼的火焰、轰然倒塌的墙壁和炸药的爆鸣。

我从这座宅邸门前经过。白昼正力图冲破浓烟的笼罩，使黎明返回旧金山。黯淡的光线终于爬上万物的面庞。透过浓烟尘雾，人们总算见到了太阳——血红血红的太阳，仅有通常的四分之一那么大。从下往上看去，笼罩大地的烟雾呈玫瑰色，边缘呈紫色，在空中不住地翻腾。不久，烟尘变成紫红色、黄色，接着又变成暗褐色。太阳不见了。就这样，旧金山蒙受灾难后的第二天破晓了。

批：写太阳从侧面表现火势之大。

一个小时之后，我匍匐爬过有大圆屋顶的市政厅。地震的破坏力在这里可以略见一斑。大圆顶上的大部分石块都震落下来，剩下的只是圆顶的钢架。市场街上堆满了残砖碎瓦，瓦砾上横七竖八地躺着市政厅的廊柱，都已断成一截一截的了。

批：坚固的市政厅尚且如此被毁，民居就更不用说。

本市的这一带，除了造币厂和邮局外，都成了冒着浓烟的废墟。透过浓烟，偶尔能看见几个人在摇摇欲坠的残墙的阴影下小心翼翼地爬行，简直像世界的末日过后，几个幸存者在相会。

在米森大街，整整齐齐地躺着一排十几头小公牛的尸体，它们是在走过这条街时被震落的砖石击倒的。火焰扑了过来，把它们的尸体烤熟了。在大火烧过来之前，遇难者的尸体就已被搬走了。在米森大街的另一个地方，我看到一辆运奶车——一根铁质电线杆正砸在车夫的座位上，把车座和前轮都砸得粉碎。牛奶罐滚得满地都是。

星期四白天，星期四夜晚，星期五白天，星期五夜晚，大火仍在肆虐。

直到星期五夜晚，大火才被扑灭——不过到了这个时候，俄罗斯山和电报山一带都已付之一炬，长达四分之三英里的码头和船坞也未能幸免于难。

星期四夜晚，消防队员总算在冯内斯路建立了一个牢固的据点。如果不是这样，旧金山幸存的少数几栋房子也会被火焰一扫而光。

这些都是第二代淘金富翁们修建的公馆，它们都集中在一个地区，人们用炸药把大火拦在这个地区之外。当然，火焰也不时窜到这里，但都被击退了——是人们用浸湿了的毛毯和地毯击退的。

现在，旧金山就像一个火山口，而火山口四周搭满了成千上万顶难民的帐篷，仅普莱西蒂欧一地就至少有两万顶。旧金山四周的大小城镇挤满了无家可归的难民，在那里，他们接受了救济委员的安置。难民们可以免费乘坐火车去他们想去的任何地方。据估计，旧金山所在的半岛上至少仍还有 10 万难民。政府已经控制住了局势。由于全美各州采取了紧急援助行动，没有出现饥荒。银行家和企业家们已着手准备重建旧金山了。

（高卓／译）

生动的细节，鲜明的形象

1906 年 4 月 18 日早上 5 时 12 分，一场强度为里氏 7.9 级(当在 7.7～8.25 级之间)的大地震袭击了美国旧金山。此次地震主震仅仅持续了 65 秒，旧金山几乎变成了一片废墟。而更加可怕的是，地震后不久又发生了大火，使震后的旧金山雪上加霜。大火整整烧了三天三夜，波及范围达 2593 英亩。此次地震使 3000 人死亡(当时报告为 478 人死亡，这一数字是由政府官员编造的，他们认为报告真实死亡人数会伤害房地产价格和重建这座城市的努力)，22.7 万人无家可归。在烈火和地震的双重打击之下，旧金山经历了一场前所未有的浩劫。

美国旧金山市发生强烈地震，城市遭彻底破坏，损失惨重。杰克·伦敦适逢在旧金山，据观察、体验所得，写成了这篇新闻通讯。

观察、体验所得，多有生动的细节、鲜明的形象，"不时把拖了好远的衣物扔在大街上"；"人们拖着包箱，一英里一英里地往山上爬"，筋疲力尽之后，"横七竖八地躺在上面"；士兵们催促逃难者继续走下去，"这些极度疲劳的人们被明晃晃的刺刀一吓，便又强打起精神，继续三步一停、五步一歇地沿着陡峭的山路向上爬"；在诺布山一带，到处是冒着浓烟的废墟，"透过浓烟，偶尔能看见几个人在摇摇欲坠的残墙的阴影下小心翼翼地爬行，简直像世界的末日过后，几个幸存者在相会"。作者就是这样用简笔勾勒出成千上万的市民在恐怖之夜逃难的形象。通讯还用细描的手法，描绘出灾难后第二天破晓时太阳和烟雾的形象："黯淡的光线终于爬上万物的面庞。透过浓烟尘雾，人们总算见到了太阳——血红血红的太阳，仅有通常的四分之一那么大。从下往上看去，笼罩大地的烟雾呈玫瑰色，边缘呈紫色，在空中不住地翻腾。不久，烟尘变成紫红色、黄色、接着又变成暗褐色。太阳不见了。"作者善于捕捉瞬息万变的形象的特征，并用工笔作精雕细刻的描绘，使之生动地再现。

从以上分析可以看出，作者观察细致、准确，能抓住观察客体的特征；表述具体，手法多样，文字朴实，为后人留下了旧金山大地震的真实历史记录。

需要指出的是，作者在地震后的第 18 天就十一家周刊上发表了如此详尽、生动的新闻通讯，足见写作能力和时效观念之强，而这，是一个称职的新闻工作者的必备素质之一。(子夜霜)

智慧树　流浪汉出身的杰克·伦敦

40 多年前，一个无家可归的流浪汉，独自搭上前往纽约州水牛城的载货火车，他身无分文，饿得沿街挨户乞讨。不久,警官以流浪罪逮捕他,并判处 30 天的劳役,做采石的工作,30 天内,只分配到些微量的面包和水。

然而,就在 6 年后——短短的 6 年后,这个以乞讨为生的流浪汉,一跃成为美国西海岸最受欢迎的人物。他成为加州社交界的焦点,他是作家、批评家,也是报社及出版社的总编辑,以文坛巨星的身份,引起了大轰动。

19 岁时,这名男子才进入高中就读。可是他却在 40 岁时英年早逝,短短期间,他竟然创作了 51 篇世界巨作。

此人即是世界名著《野性的呼唤》的作者杰克·伦敦。

这部作品完成于 1903 年,他因此书而一夜成名。虽然造成大轰动,却不曾使他致富。获利数百万美元的仅是出版社和好莱坞的电影公司——事实上,《野性的呼唤》所卖得的版权、电影权,总共只有 2000 美元而已。

如果,想要写一本书,首先必须要有写作的素材。拥有源源不断的素材,是杰克·伦敦成功的秘诀之一。他的短暂、颠沛的有生之年,却充满着多彩多姿的各类人生经验。他做过三等船员,还曾在码头做过临时工,还曾走私军火、挖过金矿,甚至远到北极猎捕海豹、流浪过半个地球;连无家可归的经验,也可成为一部巨作的素材。当然了,对他来说三餐不继的日子是经常有的:露宿公园的长板凳上,或睡在干草堆中、或在货车内过夜,也曾经露天而睡——醒来时,才发现自己睡在水洼中。他甚至钻进货车的底盘,因为疲惫而睡着了呢!

被警察逮捕而入狱的经历,仅美国境内就高达数百次,并且,还曾经在中国东北、日本、韩国等地被逮捕过!

杰克·伦敦自幼即在贫穷及奔波中度过,常和旧金山码头的流氓鬼混。他根本不把学校当一回事,不爱读书,时常逃学、缺课。有一天,他无所事事地游荡到图书馆,随意读了本《鲁滨孙漂流记》后,便被该书所吸引,连肚子饿了也不回去吃晚饭,将它一口气读完。第二天,又到图书馆读其他的书。突然地,他觉得自己的眼界为之开阔,有如《天方夜谭》的巴格达,呈现出珍奇而多彩多姿的世界。从此以后,他沉浸于求知的欲望中。不论是名侦探小说家尼克·卡特还是大文豪莎士比亚的作品,或者是斯宾诺莎的哲学、马克思的《资本论》,只要是书,他都有阅读的兴趣。19 岁时,他厌倦了以出卖劳力维生的日子,决定要靠自己的智慧来谋生,也厌倦了流浪的生涯,不再过让警察追逐的日子,也不甘过被火车司机用煤油灯敲脑袋的日子了。

因此,他在 19 岁进入加州奥克兰特市的高中就读,废寝忘食地努力用功,使他取得了惊人的成果——以短短 3 个月的时间读完 4 年的课程,并且顺利通过考试,进入加州大学就读。

他一心一意想成为大作家,遍读史蒂文生的《金银岛》,大仲马的《基督山恩仇记》,以及狄更斯的《双城记》——反反复复读了数遍,然后拼命地写作,以平均每天 5 千字的速度写稿,花 20 天的工夫便可以完成一篇长篇小说。他曾经交给出版社 30 篇长短篇的作品,却全部遭到退稿的命运,这是他学习写作的初期。

那段日子里,他以短篇小说《海洋外的台风》获得《旧金山回音报》主办的征文比赛第一名。奖金仅有 20 美元。当时,他贫困得甚至连房租都付不起。

1896 年——掀起淘金热的那一年。阿拉斯加的克伦货克被发现含有丰富的金矿。这个消息,通过广播网向全国披露,造成空前的轰动。工人离职、军人逃兵、农人弃田、商人罢市,开始了所谓的"淘金热",人们像蝗虫过境一样向发光的金矿奔去。

杰克·伦敦也是其中之一。他花了整整一年的时间在克伦货克的沿岸拼命搜寻金砂。当时的艰辛,非笔墨所能形容,那时鸡蛋一只喊价 2 角 5 分,牛油一磅索价 3 美元。并且在华氏零下 74 度的严寒中露天而眠,最后他仍是一文不名地回到美国本土。

归来之后,为了生存,不管任何工作,他都做了,曾在餐厅里洗碟子、扫地,也曾在码头做过零工。

1898 年的某一天,他身上仅剩下 2 美元,如果用完了,只有饿死在街头,在走投无路的困境下,他的 6 篇长篇小说以及 125 篇短篇小说问世,他一跃而成为全美文坛最受欢迎的作家。

杰克·伦敦逝世于 1916 年,距他专心从事写作只有 18 年而已。在 18 年内,除了平均每年有 3 篇长篇小说问世,更有无数的短篇小说完成。

他的年薪是当时美国总统的 2 倍,作品至今仍盛行不衰,即使在欧洲,也是全美作家中拥有最多读者的一位作家。

《野性的呼唤》仅为他赚进 2000 美元,但是,它却被翻译成 10 种语言,销售量高达 150 万册,是美国文学史上拥有最多读者的作品。

[美国]戴尔·卡耐基/文,佚名/译

品 读

杰克·伦敦(Jack London,1876 年 1 月 12 日~1916 年 11 月 22 日),美国 20 世纪著名现实主义作家、记者和社会活动家。他一生著述颇丰,留下了 19 部长篇小说、150 多篇短篇小说以及大量文学报告集、散文集和论文,最著名的有《野性的呼唤》(1903)、《海狼》(1904)、《白牙》(1906)、《热爱生命》(1907)、《铁蹄》(1907)、《马丁·伊登》(1909)等小说。他是世界文学史上最早的商业作家之一,因此被誉为商业作家的先锋。

《流浪汉出身的杰克·伦敦》出自美国著名励志教育作家戴尔·卡耐基之手。传记叙述了杰克·伦敦的人生经历和创作情况,高度评价了他不平凡的一生。

杰克·伦敦虽然生命短暂,但丰富的经历成就了他的伟大。为他作传有很多东西可写,但戴尔·卡耐基以传奇的浪漫主义笔法撰述了杰克·伦敦的传奇经历。开头两段运用对比手法,40 多年前过着乞讨流浪的日子的人,6 年后却成为美国西部沿海最受欢迎的人,是什么改变了他? 他是谁? 为什么会有这么大的改变? 开头就紧紧抓住读者的心,吸引我们读下去。第四段才交代出他就是《野性的呼唤》的作者杰克·伦敦。

接着交代杰克·伦敦取得惊人成就的秘诀在于丰富的人生阅历。前19年,他集乞讨者、流浪汉、酒鬼、小偷和囚犯于一身。改变杰克·伦敦人生的是一本书,是一次闲逛时,漫不经心地拿起的《鲁滨孙漂流记》。这本书打开了他思想的大门,使杰克·伦敦找到了心灵的归宿。接着他用三个月读完中学,并考入大学。他梦想成为一名伟大的作家,他开始广读涉猎经典名著,废寝忘食地写作,不断投稿,结果屡遭退稿,生活陷入困顿。他有过动摇,曾随淘金热潮去淘金,耗费一年时间,最终两手空空。他为糊口认真做事,仍倍感艰辛,决定从体力劳动转向脑力劳动,是这种挣扎使他真正找到了人生的方向,并成就了他的辉煌。

结尾照应前文强调他的巨大影响。

浪子回头金不换,坎坷的生活,丰富的阅历,历尽艰辛后的执着,对知识的渴求,废寝忘食的写作,成就了杰克·伦敦的伟大。

戴尔·卡耐基提纲挈领,举重若轻,抓住了问题的关键,在对比中突出杰克·伦敦的伟大形象。

西班牙百年奇旱

◇[美国]比约恩·埃德隆

读点

特写镜头生动展现了西班牙百年奇旱之情景。不直谈政治胜于直谈政治，寓意于事，含而不露。

[合众国际社马德里 1984 年 9 月 27 日电]

"这不是泥土！这是尘土！"

在旱魃肆虐的西班牙南部地区，身材矮小的农民福斯托·洛佩斯把他的骡子赶到一旁让它休息，然后从地上捧起一把褐色的干土。他看着手里捧着的土从指缝间慢慢地漏下去。

批：开门见山，道出旱情之"奇"，吸引读者。

批：描绘出西班牙严重旱象的图景，将开头那句话具体化了。

洛佩斯同千百万居住在干旱的西班牙南部地区的人们一样，正在经历着百年来最严重的旱灾。据统计，目前那里每平方码（注：1 平方码 = 0.83612736 平方米）土地需要 32 加仑雨水（注：每平方米 145 升），否则这个地区赖以为生的葡萄树和橄榄树都将枯死。这些树一死，将使埃斯特雷马杜拉、安达卢西亚和西班牙中部地区的人民失去他们的大部分收入。

批：由点到面，突出旱情范围之大。

批：旱灾严重地威胁着人们的收入。

由于连续两年干旱无雨，使本季的葡萄酒和橄榄的产量减少了一半。据农业部估计，水果、谷物和牲畜的全部损失达一亿五千万美元。

批：对旱情作概略陈述，给读者以整体的印象。

整个西班牙南部干旱地区的上百个村庄的水井都干枯了。饮用水要用卡车运来，每天隔两三小时

批：定量分配饮用水的具体事例，

天灾人祸　　171

按定量分配一次。

　　"如果在圣诞节前还不下雨，到明年春天，葡萄树和橄榄树都不会发出新苞。这就意味着一场灾难。"阿尔门德拉莱霍市的市长胡安·帕冯说。这座位于葡萄牙边境附近的山城有 22000 的人口。

　　"不下雨就没有粮食，没有粮食就没有工作，这个地区就全毁了。"他说。

　　在有 150 万人口的安达卢西亚省会塞维利亚，饮用水减到每天只供应 7 小时。今年全国蓄水量降到容积的 27%，而去年还是 60%。

　　几个世纪的干旱使南部地区的人民学会怎样在严重缺水的情况下生活下去。可是如今就连渔猎地区的官员们也都跟着农民和城镇供应计划人员叫起苦来了。

　　"今年，候鸟是幸运儿，"中南部地区雷亚尔城自然保护区负责人佩德罗·莫利纳说，"这些鸟儿同其他动物不一样，它们看见没有水就飞走了。"

　　格拉纳达市市长安东尼奥·哈拉预言："严格实行全面的配给用水，到了圣诞节就会出大乱子。"

　　在西班牙南部被太阳烤焦了的土地上劳动的农民，忍耐是他们的最大美德。而现在他们的脾气却像被无情的炎炎烈日烤裂了的土地一样爆裂开来。

　　据说，在边远的埃斯特雷马杜拉城，人们跳起了公元前时期的求雨舞。埃斯特雷马杜拉城在西班牙的西南部，这个城名的意思就是"最坚硬的"土壤。

　　在安达卢西亚沿岸一带，居民住房的墙上胡乱涂抹着一些不合逻辑的字句，绝望地呼喊："弗朗哥掌权的时候，天就下雨。"地方当局答应人民如果在年底以前还不下雨，就发放数百万美元的救济款帮助农民饲养牛、绵羊、山羊，还要补充水的供应。

　　"我们需要水井和更多的灌溉渠道。"埃斯特雷马杜拉市的一位农场工人胡利奥·埃尔南德斯说。

写出了奇旱的情景。

批：以数字说明旱情的严重性。

批：官员尚且如此叫苦，那百姓之苦就更不用说了。

批：人不如鸟，人能往哪里去呢？

批：说明"奇旱"不仅造成了严重的经济问题，而且带来了严重的社会问题和政治问题。

批：用当时干旱的情景取喻，极其贴切、生动地写出了农民因干旱而变得焦躁、火暴的脾气。

批：寄托于迷信，是人们现实中被逼无奈的无用的抗旱之举。

批：严重的旱灾会影响政局的稳定，不谈政治胜直言政治。面对如此奇旱，当局还有耐心再等吗？

他让访问者看了在这个当令季节里长得小得可怜的橄榄树。

在马德里西南部的卡塞雷斯地区,67 个城镇和村庄在政府的帮助下,打了 101 口水井。这至少可以保证大约八万人的两个月的用水。

批:一直不下雨,地下水又能供应多久呢?

"但是葡萄酒和橄榄的产量都减少了 50% 以上,"当地农民的发言人伊格纳西奥·巴罗说,"对我们来说,一年就是从这个 9 月到下一个 9 月,所以我们现在真正进入了第三个干旱年。"

人们把旱情看得非常严重,以致西班牙红衣大主教马塞洛·冈萨雷斯·马丁最近率领一群虔诚的教徒穿过托来多的大街祈祷求雨。这种做法打破了天主教堂的传统惯例。

批:天主教敢于打破传统惯例,足以说明干旱程度之深,干旱对人们的影响之深。

农业部的官员担心今年春播迟了会给下一年带来灾荒。

"农民能忍受各种各样的困难,"阿尔门德拉莱霍的埃尔南德斯说,"我们只有一件东西不能让它丢失,那就是希望。但是,失去希望的日子可能很快就要到来。"

批:引语式结尾,画龙点睛之笔,面对百年奇旱,人们不能失去信心和希望。

(张惠民/译)

讳言"宣传"却善于宣传

这是美国合众社记者的一篇报道自然灾害的新闻特稿,没有直言社会及政治问题,但表现出了作者的思想倾向性。

新闻标题拟为"西班牙百年奇旱","百年奇旱"究竟严重到什么程度呢?作者除了描写水井干枯、候鸟飞走、求雨舞、红衣大主教祈祷求雨等外,还引用了两句市长的原话:"不下雨就没有粮食,没有粮食就没有工作,这个地区就全毁了""严格实行全面的配给用水,到了圣诞节就会出大乱子",说明"奇旱"不仅造成了严重的经济问题,而且带来了严重的社会问题和政治问题。也就是说,这些政府官员已经清楚地意识到旱情会带来严重的社会问题和政治问题。那么,政府有何作为呢?除了叫喊"严格实行全面的配给用水"和口头嚷嚷不下雨将发救济款外,西班牙当局提不出半点有效的抗旱措施。

怎么看待西班牙的这种"奇旱"呢？作者是有自己的看法的,在表面上不作评论,但客观的描写中流露出了他的思想倾向。到了 20 世纪 80 年代,不能像鸟一样飞走的灾民还只能像"公元前时期"那样跳舞求雨,这里面暗寓着多么强烈的讽刺;至于居民绝望地呼喊"弗朗哥掌权的时候,天就下雨","被太阳烤焦了的土地上劳动的农民,忍耐是他们的最大美德。而现在他们的脾气却像被无情的炎炎烈日烤裂了的土地一样爆裂开来",这些话中有话,可谓耐人寻味。"不谈政治"却胜于直谈政治,讳言"宣传"却善于宣传,这实际批评了西班牙当局在"百年奇旱"面前的无能和不作为。(屈平、刘道勤)

渭北旱灾中之惨景

档案馆

战祸连年,旱灾奇重。渭北一带,惨状尤不忍睹。今仅就见闻所及者,约举数则如下,以见赈务之迫不容缓也。

携家觅食

陕西自民国七年(1918),靖国军在渭北起义讨陈,两方交绥,军队庞杂,益以地方土匪之骚动,抢劫焚杀各惨剧,时有所闻。客岁夏秋,田均歉收。今岁以五阅月之旱灾,秋收更薄。老幼同胞,均驮载衣物,携家远迁,向容易生活之地方觅食。道路流离,惨不忍睹。

杀牛售子

富平东乡段姓夫妇,务农度日,畜牛一头。膝下一儿,方六七龄。历夏至秋,室已悬磬,而衙中之差役,及粮台之护勇,尚日催粮赋。夫妇无计,只得杀牛作食,售儿完粮。不数日,牛食完,气候又渐寒,冻馁交逼,夫妇计穷,乃相将向外乞食。

全家服毒

临清县属之栎阳镇某姓家素小康,乃所设商号,遭匪抢劫,年来已一贫如洗。而办支应及粮台者,犹以其家还小康。日遣役勇投其门,催索钱粮。叫嚣鞭扑,不遗余力。家长不能堪,乃拼挡一切,出市酒肉。归告家人曰:"吾家穷愁交迫,将何以堪? 曷不一醉饱而大快乎?"遂将肉蒸为麦饭,暗置毒内。家长与家人皆痛快食之,小孩食之尤饱,合家十六口均遭毒毙。唯一炊妇未及食,始得逃生焉。

匪劫惨状

临潼县雨金屯刘姓家道殷实。某日晚,有匪十余人,持土枪刀棒,跃垣行劫。翻箱倒箧,一无所得。刘氏之家产,已尽作县吏之供给品矣。匪无奈,遂将全家老幼,捆吊烧烙,两小儿几毙,卒无所得,乃将其破被坏椅,及几件笨重农器,一啸携去。

弃儿投河

高陵南乡某家，夫某散亡不知去向，留幼妇稚子，数日未得一餐。妇无法，忽抱子涕泣至河边，委儿岸上，自投于水。

挖草代粮

今岁奇旱，不但禾苗枯朽，草木亦多半焦落，真所谓赤地千里也。阴历八月，忽降好雨，田禾草木，都出新芽。此时半饿毙之老幼同胞，皆千百成群，采掘野草，以果饿腹。如苜蓿、油菜、茵陈、枸杞、苦苣、蒲公英、棉花瓣、青蒿、荠菜、茨角、榆树皮、金针根之类，均采掘净尽。或生食，或熟食，或蒸食，或煮食，以代麦米之作用矣。

逃难遇劫

临潼孙相杨镇东某氏因为饥寒所困，遂将一切家具什物变卖，携眷北逃。行未十里，被匪将所得之银掠去，且将其子斫伤也。

[中国]佚名/文

品读

渭北地区属大陆季风气候，常年气候就比较干旱，如果出现特大旱灾，往往会给农业生产带来严重的损失。1918 年大旱席卷了北方六个省，300 多个县的庄稼严重受损。当时，战祸连年，军阀、土匪及外来者接二连三的肆意洗劫地方居民，人民流离失所，无以果腹，处境极为悲惨。发表于 1920 年 11 月 25 日上海《民国日报》的《渭北旱灾中之惨景》一文中就记录了当时的情况，读了令人震撼、愤怒、心碎。

森特勒利亚煤矿5号矿井爆炸惨剧

◇[美国]哈里·威伦斯基

读点

再现矿难真实场景,力透纸背。
引发民众深层思考,一字千金。

　　3月25日下午,森特勒利亚煤矿5号矿井办公室的时钟快指向下班时间了,时间是3时27分,142名工作在离地面540英尺深的地下的工人正要离开时,爆炸发生了。

批:爆炸发生的时间、地点。

　　这声巨响源于工作地点西北边的一间工作室内。由于煤尘被点着,火势发出的咝咝声从位于森特勒利亚南部郊区的瓦马克镇地下迷宫般的隧道中穿过,大多数人正好在机井的电梯旁准备上来,只有31人跑进电梯被带上地面幸免于难,但剩下的111人都被困在了井底。爆炸刚过一会儿,工友们就前往营救,但都被带毒的气体逼了回来。

批:点明爆炸发生的原因。

批:第一时间的营救以失败告终,令读者不仅为遇险者的安危而揪心。

　　当抢险员们带着特制装备从贝尔维尔、西法兰克福、赫林、迪科因、埃尔多拉多等伊利诺伊州的其他煤矿小镇上赶来时,遇难矿工的亲属们已密密匝匝地静候在事发地点了。那天,天气湿冷,冰冷的风卷起阵阵煤尘在空中飘舞,脸上、衣服上都沾满了煤尘,但妻子们、儿女们依旧站在那里一动不动,时间在一小时一小时地流逝。

批:环境描写,营造了悲伤的氛围,冰冷的不仅是风,还有遇难矿工家属的身心。

　　到处都有抹眼泪的妇女,但几乎没有人让眼泪

批:为悲剧的发生而伤痛,为渺茫

淌下来。

天色渐渐暗了下来，许多亲属都退到了一间更衣室，坐在那里面的长凳上，这儿曾经是矿工们用来换衣服的地方。头顶上的绳索和滑轮上都悬挂着那些没有来得及上来的矿工们的便服。一旦妻子们认出了她们丈夫的衣服，就找个地方待下来，准备熬更长时间的夜。

天空下起了雨，然后又下雪了。但仍有大多数面容憔悴、脸色苍白的家属们待在那儿，不愿回家，除非"我们找到了"。红十字会和救世军的人搭起了临时餐厅，提供咖啡和三明治。

营救人员把第一名遇难矿工抬上地面时，已是27个小时之后了。当这名遇难者被人从井口抬到停在附近的一排救护车旁时，一种令人恐怖的安静降临在拥挤的人群中，但警察又把人群堵住了。当发现遇难者被毯子裹住了脸，像一团蜷缩的东西时，一些妇女忍不住转过头去哭泣。接着另外17名遇难者也被人从井底抬了出来，但都死了。

次日，另外18具尸体也被找到并抬了出来，那些业主们开始了他们的"恢复作业"，而不再继续援救工作，对于那些尚未找到的人已不抱什么希望了。

疏通地下通道的工作既艰苦又危险，这包括移走瓦砾，封闭旁边的隧道和部分恢复矿道的通风系统。

在3月28日，当伊利诺伊州矿业与矿产部部长罗伯特·梅迪尔试图将被爆炸摧毁的矿区的电源打开，以便加速工作进程时，救援志愿者们威胁说要放弃工作。州矿井检察官德里斯科尔·斯坎伦曾经在爆炸前几个月就反复强调，并试图关闭矿井，他支持工人的观点，认为通电会导致新的爆炸。

对矿井气体所做的化学试验表明，目前的混合气体只要有一点电火花也会被引燃。梅迪尔承认自

批：认衣服的细节描写。一个"熬"字，包含着身体和精神的双重煎熬。

批：雨雪交加，天气变得更加恶劣，救援难度增大。

批：惨状使人目不忍视，现场被悲痛、沉重的情绪笼罩。

批：冷血的业主，无视遇难矿工的生命尊严，更无视活着矿工的生命安全。

批：政府官员的急功近利、无知无畏，让人生厌甚至愤怒。

批：斯坎伦关心矿工们的生命安全与梅迪尔的表现形成鲜明的对比。

已错了。

夜以继日的工作完全依靠人力而不是电力设备进行着,在3月29日,矿井的最远角被打通了,发现其余的所有矿工都已经死了。

遇难者留下了99名寡妇和76名18岁以下的孩子。

批:写寡妇和孩子,也间接写出了矿难给矿工家庭造成的伤痛。

111人死亡,这样一个数字,使森特勒利亚煤矿爆炸事件成为全国23年来最严重的矿井灾难。伊利诺伊州此前只经历过一次如此规模的灾难,那一次是1909年,发生在切里,当时有250名工人丧生。

批:触目惊心的数字,创全国之最,让人悲痛至极。

来自美国矿业局的5位专家,经过深入调查研究后认定,森特勒利亚爆炸是因为煤灰飘入空中,再加上工人以一种危险和违章的操作方式导致明火点燃而造成瓦斯爆炸。

批:找出矿难原因并不仅仅是为了追究责任,更重要的是让人们从中吸取惨痛的教训。

检查人员发现,爆炸是因为违反了操作规程,夯实易燃煤粒所致。他们还指出煤矿没有使用推荐指定的电子雷管。州与联邦专家都认为爆炸由引爆地点传到矿井其他较远的地区,是由于过量的煤尘飘浮于空气中并被点燃的缘故。

批:业主无视矿工生命安全,政府监管部门也难辞其咎。

斯坎伦和联邦煤矿检查人员双方都注意到,矿井煤灰聚积过量是由于管理的原因。他们还建议使用岩尘,岩尘即使被爆炸气浪推向空中,它还会降低煤尘的易燃性,因而起到缩小和控制爆炸的作用。

在斯坎伦的5号矿区调查报告中,他反复强调煤尘的危险性,并一再告诫应使用岩尘,还顶住了来自上边州矿业部的压力,上边认为他对矿工的生命安全的关心太过分了。在这种情况下,这位检察官冒着丢饭碗的危险,强制森特勒利亚煤矿部分停产,直到它们解除了尘埃的危险。

批:生命至高无上,表现了斯坎伦的正直、善良、做事认真及对生命的高度负责任。

虽然煤矿保持安全的时间不长,但是斯坎伦说,他的正式申诉和整改意见案很快就被驳回了。

斯坎伦亲自指挥了恢复作业,他与志愿者们一

批:亲临现场,尽职尽责,可敬可佩!

起下矿井。当这项作业结束时,这位疲惫的检察官痛苦地说:

"假如我的每一项建议都被采纳的话,那么,不但公司省了钱,而且还能挽救这些人的生命。"

(崔楚民/译)

批:建议既然既能省钱又保障安全,那为什么不采纳呢?以检察官的话结尾,令人警醒。

只为悲剧不再发生

哈里·威伦斯基(Harry Wilensky,1921~),曾供职于《圣路易斯邮讯报》,任记者。《森特勒利亚煤矿5号矿井爆炸惨剧》发表于1947年4月30日的《圣路易斯邮讯报》,获1948年普利策为公众利益服务奖。

111个冤魂! 99名寡妇! 76名18岁以下的孩子!

当这三个数字组合成一个现实,你有着怎样的感受呢?

一场本来可以避免的悲剧,却是那样真实地发生了:美国伊利诺伊州南部森特勒利亚煤矿5号矿井发生瓦斯爆炸!

鲜活的生命逝去、幸福的家庭破碎。如何让这样的悲剧不再上演?哈里·威伦斯基在观察,在调查,在思考,在写作。《森特勒利亚煤矿5号矿井爆炸惨剧》就这样诞生了!

新闻真实地再现了矿难现场。湿冷的天气、冰冷的风、伫立的悲痛欲绝的遇难家属们的身影,画面让人心生寒意;更衣室里辨认衣服,找到的不是希望,而是身心不得不承受的更漫长的煎熬,细节让人心生悲悯;脸被毯子裹住、蜷缩得像一团东西的尸体,惨状让人目不忍视……

深入地追寻矿难原因。"煤尘飘浮于空气中并被点燃","工人以一种危险和违章的操作方式导致明火点燃","没有使用推荐指定的电子雷管","井煤灰聚积过量",调查由操作到管理,从工人到管理者,漏洞如此之多,究竟谁该为悲剧负责?

详细地记录各方反应。冷血的业主在事故发生的第三天开始"恢复作业"、急功近利的州矿业与矿产部部长罗伯特·梅迪尔竟为加速工作进程不惜冒险。与他们形成鲜明对比的是州矿井检察官德里斯科尔·斯坎伦。工作认真,性格正直,甚至有些"执拗"(为了矿工生命安全不惜丢掉饭碗)的斯坎伦那一句:"假如我的每一项建议都被采纳的话,那么,不但公司省了钱,而且还能挽救这些人的生命。"让人们对悲剧发生的原因有了更深刻的认识。

文章登出后,在读者中引起了巨大反响。人们为安全生产和公众利益开始行动,最终,促使州政府和联邦政府在煤矿开采问题上采取了改革措施。

记录的是一场悲剧,促成的是政府的改革。这是文字的力量,这是新闻的价值,这更是正义的胜利!(曲明城、屈平)

与那帮人见面

一个团伙怎样才能控制富裕的滨水地区？

如果你势力强大，这事儿就好办了；即使不太强大，上帝也会帮你。你所要做的只是行动起来并宣称你已占地为王。鲍尔斯团伙就是那样干的。

让我们听听一个知情者是怎么说的。我们叫他乔，因为这并不是他的名字。乔觉得有人想置他于死地，因为他背叛了鲍尔斯团伙。他说有人已算计过他一次。现在他最渴望的是逃出这座城。这就是看上去很温顺的乔，他实际上并不是这样。

"1933 年我因抢劫在新新监狱（注：新新监狱，纽约州的一个监狱）服刑时认识了约翰尼·阿普尔盖特，"乔说，"阿普尔进来是因为偷东西。我们在那里很要好，阿普尔告诉我，出去以后要去找他。"

"几个月以后我在滨水地区找到了阿普尔。他把我介绍给一位工会代表，大家都叫他'土匪'。'土匪'给我上了工会成员名册而没有让我掏钱。我获得一份稳定的工作，做码头搬运工，尽管我一辈子不曾在水边工作过。我熟悉了所有进进出出的货物，那种不法的生意怎么做，你是知道的。"

那时候一个名叫比德尔的匪徒控制了第 42 街外的码头。比德尔本人被怀疑与几起杀人案有关，但他在 1939 年 12 月被谋杀了。然后，那个以"土匪"闻名的工会代表理德·格雷戈里在一年后也被杀了。

"在'土匪'被干掉之后，"乔说，"在上西区发生了一场权力之争。突然有一个新的团伙闯了进来并接管了这一片区。这就是鲍尔斯团伙，我开始付钱给这帮家伙。我们为了上成员名册付了 26 美元，这还是优惠的，正式的价格是 150 美元。这些家伙从不在我们的本子上贴印花。我猜有 2000 人以这种方式付费。收钱的人是哈罗德·鲍尔斯，米基的侄子。"

从此，鲍尔斯团伙就称王称霸了。米基·鲍尔斯在滨水区的权力日见壮大，他曾被抓过 14 次，他的犯罪记录是从 1920 年开始的，当时他在新泽西州因违反高速公路法被判处活期徒刑（注：活期徒刑，规定刑期限度而具体刑期由行政当局视犯人表现而定的判决）。1924 年他因巨款盗窃案又被判刑 3 年。1930 年他因在新泽西州抢劫工资款被判刑 10 年。1937 年他获释出狱。但两年后他又因抢劫银行遭指控而被捕。

鲍尔斯的心腹约翰·基夫和约翰尼·阿普尔盖特也有冗长的犯罪记录。基夫 8 次被捕，两次被定罪。1925 年因斗殴而被送往埃尔米拉劳改院，1928 年他因殴打和抢劫被判刑 12 年，在新泽西州监狱服刑。

阿普尔盖特 5 次被捕。1933 年他因偷盗罪被判刑两年半到 10 年不等，在新新监狱服刑，1936

年获假释。

6 英尺高的约翰·沃德身体强健,是鲍尔斯的码头装卸联合公司的总裁,他没有犯罪记录。因为这一点,他被助理地方检察官威廉·基廷称为"纽约最走运的人"。

当有人问,沃德完全缺乏在滨水区工作的经验,是怎么当上码头装卸联合公司总裁的时候,米基·鲍尔斯瞪着发问的人反击道:"混蛋,如果你来时交上 2000 美金,我们也会让你当总裁的!"

出于对沃德的好奇,地方检察官弗兰克·霍根所在机构在去年夏天早些时候以流浪罪指控了他,尽管沃德在昆斯区有一套 15000 美元的住宅,被捕时口袋里有 350 美元现金。他解释说,这笔钱是他准备买马用的……

因为缺乏证据,法院撤诉了。沃德这个体重 245 磅、长着一张胖乎乎的娃娃脸的人试图向《太阳报》一名记者行贿,以便使他的名字从报纸上去掉。

"去,给你自己买包烟。"沃德说。他递给记者一张 10 美元钞票。记者退回了钱,然后沃德想把钱塞进记者的外套。记者再次退回。沃德耸耸肩,跟他的律师走了。

[美国]马尔科姆·约翰逊/文,蒋荣耀/译

品 读

马尔科姆·约翰逊(Malcolm Johnson,1904 年 9 月 27 日~1976 年 6 月 18 日),1924~1928 年供职于佐治亚州《梅肯电讯报》,1928~1950 年在《纽约太阳报》工作,先后任调查性报道记者、专栏作家、艺评员、战地记者、主编和特派撰稿人。1950~1954 年任美国国际新闻社记者。1954~1973 年任纽约希尔·诺尔顿公司副总裁。他还是报业公会的共同创办人之一。

《与那帮人见面》发表于 1948 年 11 月 9 日的《纽约太阳报》,获得 1949 年普利策报道奖。

《与那帮人见面》是马尔科姆·约翰逊根据自己的一篇采访稿写成的。因此,本文还保留了一些采访稿的写作痕迹和技巧。采访稿要突出一个"专"字,作者是带着一个比较明确的、专门的目的对有关人物进行采访的,然后根据采访谈话实录,穿插一些现场情况和背景介绍写成。

文章开头用一个问句来引出全文:"一个团伙怎样才能控制富裕的滨水地区?"这样一下子就把读者的视线吸引了过去。这句话向读者传递了这样一个背景信息:滨水区是一个富裕的地区。这也正是那些犯罪团伙会选择在这个地区作案,以及许多犯罪组织会为了争夺对这个地区的控制而大打出手、相互残杀的原因。这样一来,后面对各种情况的介绍也就顺理成章了。

文章涉及的人物比较多,但作者的目的非常明确,就是要揭露滨水区存在的犯罪事实。在整个写作过程中,作者始终抓住这一个中心主题,如,乔对先前

的几个犯罪团伙头目的介绍,后来又对鲍尔斯这一中心人物的介绍,又转到了他们榨取工人钱财的手段等,都表现了这伙人的恶贯满盈和穷凶极恶,也表达了铲除这个毒瘤的刻不容缓。正因如此,新闻一发表便引起了极大的反响,那些犯罪团伙成员也因此而恼羞成怒,对马尔科姆发出死亡的威胁。

财富民生

伦敦无家可归者的惨状

◇[英国]劳伦斯·马克斯

读点

现场观察,捕捉形象。
数据真实,主题深刻。

伦敦中心区的施粥车每晚 10 点 30 分从泰晤士河南岸沃克斯霍尔街的邦德威收容所出发。义务工作人员将一箱箱茶、汤罐头和一包包装满面包的黑色垃圾袋搬上了一辆福特牌的小面包车。

当伊丽莎白女王音乐厅最后一批观众离场时,在音乐厅的钢筋混凝土廊柱下,正等着 68 名无家可归的流浪汉,他们今晚就要露宿在这里。

这些流浪汉大多是年轻人。有的衣冠楚楚,看来受过教育。显然,他们个人生活前不久才横遭不幸。这里气氛文明,甚至有些乐观。但只要稍一留神,就会发现有的人已经饥肠辘辘,只是闷不作声地啃着东西。

无家可归者同失业者一样,都是隐身人。他们像幽灵一样在街头徘徊。在花团锦簇的伦敦,在那五光十色的时装商店和幽雅的海滨别墅之间,在那光怪陆离、灯红酒绿、一个座位就需花四五十英镑(这相当于一个普通工人每周一半工资)的夜总会后面,有一座鬼影般的城市。这里有临时过夜的收容所,有支离破碎、断壁残垣的废弃楼房,低级的小旅

批:义务工作人员的小面包车就是记者用来观察、采访的交通工具。

批:顾客散尽,流浪汉聚来,对比鲜明。"68 名",数字准确,体现了新闻报道的真实性。

批:"衣冠楚楚""闷不作声地啃着东西",显示出他们受过良好的教育,来此流浪实则是迫不得已。

批:几个"在……"句式构成了排比,说明这些无家可归者人数众多,这其中的议论也反映出贫富严重分化的社会问题。

馆和阴暗潮湿的人行道。这里的居民，只有当他们伸手向人要钱、要吃的东西，或在地下铁道入口处蜷缩成一团时，才能识别出来。

据一家专门介绍住处的义务服务社的工作人员奈杰尔·沃恩说，今年寒冬，伦敦中心区每晚都有好几百名男女露宿街头。

现在这些无家可归的流浪者有增无减，其原因，在于政府大量削减对公共住宅的补贴，另一方面也由于领救济的穷人与日俱增之故。

每周，成千上万的人抱着无限的希望，从工业凋敝的苏格兰、北爱尔兰、英格兰北部和中部，像潮水一样地涌入繁华的英格兰东南地区寻找工作。但是，只有很少的非熟练工种（最典型的是旅馆业和快餐业），每周工资超过八九十英镑。这些钱根本付不起伦敦昂贵的房租，只够住一些廉价的寓所。

半小时后，义务工作人员离开了音乐厅，将车开到了林肯旅馆运动场，这座运动场在霍尔波恩街一片办公楼后面，周围长满了树木。夜黑沉沉的，令人感到阴森可怕。据说这个地方颇有些名气，吸引了许多不愿披露姓名的年长的无家可归者。面包车刚一停下，一个个鬼影就从网球场上闪现出来，他们从义务工作人员手中抓过面包和盛汤的塑料罐，无声无息地消失在树木丛中去了。我们数了数，共有61人。

黑暗中传来一阵低低的咒骂声。这使人突然想起第一次世界大战期间在法国索姆地区士兵中的一则传闻，在两军交战之处，有一片无人之地，这里有一队士兵，他们都是敌对双方的逃兵，他们超脱了社会，为了生存，只好杀鼠充饥。

"过来瞧瞧。"领头的义务工作人员唐喊了起来。树木丛中整整齐齐排列着二三十个大硬纸板箱，就是你在商店里订购电冰箱或电烤箱包装用的那种箱

批：来自义务服务社工作人员的介绍，无疑很真实，因而揭露社会问题也就更有说服力。

批：客观分析无家可归的流浪者有增无减的原因。

批："像潮水一样"，比喻形象贴切，表现了人多、找工作的激情高涨。可是找到理想的工作却非常困难，没有理想的工作也就没有了理想的工资，也难怪很多人都沦为流浪者了。

批："61人"，又一个准确的数字，让人深信不疑。这些人如鬼影一般，"无声无息"地来去，非常"阴森可怕"。

批：这一联想更能表现流浪者命运的悲惨。

批：生存状况极其恶劣。二三十个大硬纸板箱弄成的临时床铺，

财富民生　185

子。伦敦无家可归者就躺在这种临时凑合起来的墓穴里。

在滑铁卢火车站的天桥下面，燃起了一堆篝火，火光中映照出42个缩成一团的身影，这种景象只有在19世纪的一些版画中才能见到。一位老人默默地请求找一个过夜的地方。小面包车将他送到了沃克斯霍尔街，又装上了一些食品和饮料。

下一站：在富丽堂皇的皮克迪尼大街福特兰·梅森商店的后门收集饭馆里的剩残食品。两对青年男女刚从夜总会走出来，正站在街头招呼出租汽车。当义务工作人员将沙丁鱼、三明治和巧克力蛋糕搬到吉曼街去时，有一个问题在记者脑中回荡：福特兰商店的顾客是否知道，他们的一些同胞经常在硬纸板箱中度过夜晚的时光？

义务工作人员费尔边缓缓地驾驶着面包车通过西区，边察看道旁是否有熟睡的人漏掉。在道旁一大堆整整齐齐地等着凌晨清理的垃圾袋中，很容易漏掉一两个蜷缩的身影。

在教堂区靠近律师楼的河堤公园，有25个人等在那儿。其中一位苏格兰长者说，每天清晨4点30分，市里的清洁队就要到这儿来用强消毒剂冲刷路面，将街头露宿的人驱散，这样，律师们上班时就不至于见到这些人而心绪不宁了。

已经是凌晨1点钟了，河堤车站外除了那昏暗的灯光外，就是空荡荡的大街。在悄然无声的人行道上，黑色的垃圾袋，摊开的报纸和肮脏的毛毯整整齐齐地排成了一条直线。当小面包车来到这儿时，垃圾袋突然蠕动起来，随着一阵抖动，从袋中间慢慢地钻出来20个幽灵，有的衣衫褴褛，有的脸上被烟熏得漆黑。他们爬起身来，争先恐后地奔向小面包车，乞求最后的残汤剩食。

令人奇怪的是，有许多六七十岁的老人长年风

批：这简直就是"墓穴"。这就是流浪者睡觉的地方，惨!

批：滑铁卢火车站的天桥下面，"42个"身影，又一个准确的数字，又是42个无家可归的流浪者。版画的比喻使读者越发同情流浪者生活的悲惨。

批：这里美食吃不完，而那些流浪汉却食不果腹。

批：这一问题问得很有力度，反映了这些富有者肆意浪费美食，却对这些流浪者漠不关心、充耳不闻的社会现象。

批：见不到这些流浪者，他们上班就不会"心绪不宁"了、就能心安理得地工作了吗？无法可想!

批：不管是由于什么原因，造成了现在的流浪，他们已顾不得自己原来的身份，只是为了能暂时不挨饿罢了。恐惧的饥饿的威胁。

批：六七十岁的年老流浪者能存活

餐露宿还能活下来。一位义务工作人员解释说，有时候，他们总算找到了一所住处，但他们生存的意志也会突然崩溃。一两天后，他们的尸体准会在住处的床上发现。

这些人是无家可归者中的最下层，他们的命运也或多或少地影响着伦敦成千上万无家可归的男女。伦敦一家非常出名的义务服务机构"特别收容行动委员会"的工作人员尼克·雷恩斯福特估计，根据伦敦现有的人口，其住房至少短缺 12 万套。

当然，政府机构也提供了许多简陋的住所和金钱，使这些无家可归的人维持最低的生存条件，但是，栖身之处毕竟不是家。根据牛津辞典的定义，家是"一所固定的住宅或居住处，是家庭生活与家庭情趣的中心"。露宿街头是一种抗议，这是那些一切都被剥夺了的人们的一种敌对情绪。正如奈杰尔·沃恩所言："换句话说，这就是：我无需任何帮助，因为我受的是不公正的待遇。"

（熊昌义/译）

批：下来的确不容易，可找到住处之后却会死去，只能说明流浪时的存活是靠着顽强的求生意志与本能。

批：住房如此短缺，确实是一个非常严峻的问题。

批："栖身之处"确实不是自己的"家"，流浪者更为迫切地需要一个真正属于自己的"家"。可是，"我想有个家"又谈何容易？

目击体现真实，议论突出主题

劳伦斯·马克斯（Laurence Marks, 1928 年 1 月 26 日～1996 年 5 月 25 日），英国伦敦《观察家报》记者。这篇报道原载于 1986 年 3 月 25 日《多伦多环球邮报》。

《伦敦无家可归者的惨状》2000 余字，其中，写作者亲眼所见情景的就有 1600 多字。这些文字由于是作者掌握的第一手材料，在表现这些无家可归者的处境以及他们的形象、心态方面，都极为典型。

这篇报道说，伊丽莎白女王音乐厅廊柱下，有 68 名无家可归的流浪汉等待露宿，大多是年轻人，"有的衣冠楚楚，看来受过教育""有的人已经饥肠辘辘，只是闷不作声地啃着东西"；在林肯旅馆运动场，61 个"鬼影""从义务工作人员手中抓过面包和盛汤的塑料罐，无声无息地消失在树木丛中去了"；在滑铁卢火车站的天桥下面，"火光中映照出 42 个缩成一团的身影"；在河堤车站外的大街上，"黑色的垃圾袋，摊开的报纸和肮脏的毛毯整整齐齐地排成了一条直线"，当小面包车来到这儿时，"随着一阵抖动……争先恐后地奔向小面包车，乞求最后的残汤剩食"……"闷不作声地啃着东西""无声无息地消失"，显出他们有修养，有自尊心，但是，环境逼得他们不得不流浪，不得不接受施舍，这是何等残忍；"争先恐后地奔向小面包车""抓过面包和盛汤的塑料罐"等，则又具体地表现了他们因饥饿已经顾不了那么多了。不到现场去观察，这些感人至深的精彩文字，是无处可来的。

报道中议论性文字很重要。如，夜总会一个座位的价与普通工人每周一半工资的比较；义务服务社工作人员提供的数字；政府大量削减对公共住宅的补贴；成千上万失业者中只有很少的人能找到低工资的工作，付不起房租。这些背景材料帮助读者"读"懂那些现场情景。报道中的少量议论则深化了主题，是这篇现场新闻的有机部分。（子夜霜、贾霄）

芳草地　　中国报道西瓜大丰收

[美联社北京 1982 年 7 月 23 日电]　在上海的水上交通线上，调来了专门警察维持秩序；在北京的大街上，隆隆的拖拉机和大车声通宵不息；解放军战士也被请来帮忙——历史上罕见的西瓜供应旺季到来了。

西瓜是夏季最受欢迎的消暑品。据新华社星期五报道，今年西瓜的总产量可达 180 万吨，比去年增产 36% 以上。

《北京日报》说，每天上市的西瓜，进多少销多少，很少库存。上周平均日销售量达 3350 吨。自 6 月 23 日以来，总销售量超过 46000 吨。

《北京日报》补充说，为解决农民售瓜难的问题，有关部门正采取措施，增设售瓜摊点，出动车辆，沟通购销渠道。同时，分级降低西瓜的零售价格至每公斤一角二分到两角。

新华社说，今年西瓜的零售价格比过去 10 年最便宜的价格还要低。

新华社说，今年全国种植西瓜 10 万公顷，比去年增加一万公顷。它的上市期比平常提早十来天。

新华社还说，上海、北京、天津三市今年西瓜产量预计共达 30 万吨，比去年增加 62%。

在上海黄浦江上，警察昼夜巡逻，指挥满载西瓜的船只靠岸，解放军战士被请来协助卸瓜。

7 月份的上半个月，上海的西瓜总销售量达 75000 吨，有时一天达 8500 吨，平均每人每天能吃到一公斤西瓜。

结果，清洁工人每天收西瓜皮比过去任何时候都忙。

同时，北京夏季的另一畅销品——啤酒的供应，今年比去年大有改善。尽管顾客仍要排队购买,但一般都能买到,而去年情况则不同,啤酒一进店,即刻被抢买一空。

[美国]美联社/文,佚名/译

品 读

　　这篇的特点是用简洁活泼的语言写出了中国西瓜大丰收的气氛,读起来让人觉得轻松愉悦。

　　导语所写的场面洋溢着丰收气息,场面感比较强,也让人愿意读下去。接下来写西瓜总产量如何,并交代消息来源,引用相关权威报道,给人真实感。这也正是新闻的基本要求。紧接着的九个段落简要叙述这场丰收给人民群众的消费带来了什么变化,如北京日销量、分级降价、上市期提早、上海运瓜忙、上海人均每天能吃到多少、清洁工人收瓜皮忙、啤酒供应好转,等等,贴近人民生活,富有情趣;语言简洁,语气肯定。

　　总体看来,这篇简短的报道,并没有什么具体的大事件,但读起来让人感觉到轻松自然,没有什么虚构的东西,也没有一句废话。可见,新闻报道还是有一说一的好。

一次感冒？一个小时看了三个医生

◇[美国]威廉·谢尔曼

读点

目击式写法，再现情景，真实客观可信。
以轻松笔调报道严肃主题，文笔灵动，富有情趣。

上周某一天(注:此文原载于1973年1月23日《纽约每日新闻》)，一名记者乔装成享受福利的患感冒的病人，手持医疗补助证，走进了皇后街奥泽恩公园的福利医院。

病人先是被打发去见脚病医生。然后，又到内科医生那儿去了两趟。医生告诉他，还得来第三趟。后来，又让病人去精神病医生那儿。医生安排，病人这几周都要来看病。当病人第二次上医院时，做了一次心电图，验了两次血，化验了三次小便，进行了一次X光透视。

一天之中，他拿到了六张处方单。医生让他到医院二楼上的药房去取药。那一天，当病人走出医院时，手上捧着一盒擦脚粉、一盒涂脚油、一小瓶安眠药、一瓶强烈镇静剂、一盒盘尼西林注射剂和一瓶咳嗽药，这些药都是为他医治感冒(而且还是假感冒)用的。

皇后街医院之行只不过是《纽约每日新闻》对医务界弄虚作假的现象进行深入调查的一部分内容，

批:叙述式开篇，这是事情的开端。

批:概述新闻事情的经过。看一次感冒，程序竟如此繁复，何况记者并非感冒，如果不是亲历，谁会相信呢?

批:写事情的结果。小小的感冒竟开了六张处方单，况且还根本没病，却开出这么多药。医生的医德何在?假感冒尚且如此，那真感冒又会怎样呢?

批:交代事情的起因。唯有如此，才能获得第一手资料，收集确这次调查是在市人事局和卫生局的密切合作下进行的。他们监视了这次调查的全过程。

这些单位同意发给记者临时医疗证。实际上，记者到曼哈顿、布朗克斯和皇后街的好几家医院看病时，身体十分健康，一点小毛病也没有。随后，卫生局审查了这些医院对他的治疗情况，并且分析了他在调查中弄到的各种药品。

记者在一名伪装其表兄的摄影记者的陪同下，走进了罗克威大道131-12号的公园福利医院。在那里，他与另外25位病人一样，不安地等待着就诊。当时，记者表面上（不是事实上）是一个享受福利的患感冒的病人，在举止言行上，极力装成与周围的人没有什么区别。

在候诊室，一位穿白衣的护士用静电复印机复制了好几张病人的医疗证，不断问道："请问您的姓名、出生日期，您有电话吗？"

她将这些情况填在一张登记表上，这张表将由病人附在账单上，等看完病，再交给医院。接着，她问道："您要看什么病？"

"我觉得有点感冒，我得找医生看看。"

"好吧，内科医生正忙着呢。你先到脚病医生那儿去看看脚，他现在有空。"

"干吗？我只是有点感冒。"

"那你也得先检查检查脚。"

"好吧。"病人讲道。在他"表兄"的陪伴下来到了脚病医生大卫·盖勒的治疗室。医生是一个性情很温和的人，他让感冒病人躺在一张床上，放松一会儿。

鞋和袜子都先后脱掉了，医生用手捏了捏脚，然后问道："你脚上有什么毛病吗？"

"没有。我只是有点感冒。为什么要我来看脚呢？"

批：凿证据。这说明记者的报道的内容是真实的，绝非假新闻。

批：没病，都这样；真有病时，不知道要怎么被宰呢！

批：记者到另一家福利医院暗访，而且有伪装了的摄影记者陪同，目的就是为了揭露福利医院存在的问题。

批：真实记录看病过程，有说服力。

批：感冒却让去脚病医生那儿去看脚，闻所未闻，滑天下之大稽。

批：观察细致，真实、客观、可信。

批：问得好！

"啊,我们这里检查病情是由下到上的。我们先看看你的脚,然后再检查其他部分。"

医生在病人的左脚上发现了一块小疹,问道:"这有多久了?"

"好几天了。"病人答道。

"我给你开点药,就到楼上药房去取。将油在上面涂几次,很快就会好起来的。"

"我为什么要到二楼去取药,我们家附近就有药房。"

"这里的药剂师懂得医生开的药方,他们贮藏的药也比较多。"医生说道。

根据医疗规则,医生给病人开处方,病人可以到任何药房取药。

盖勒医生给病人开了擦脚粉、抹脚油,并告诉病人,他患的是霉菌蔓延症。(卫生局一位脚病医生后来说,照这样的解释,还得培育细菌,但并没有这样做)

5分钟后,脚病医生看完了病,关照病人:"不要着急。"接着他向负责接待的护士挥了挥手,护士很快就将病人领到另一间治疗室。这间治疗室约有32平方英尺,里头坐着一位内科医生……

(熊昌义/译)

批:感冒"检查病情是由下到上的",真是岂有此理!

批:答得机智,妙!

批:问得好,不问怎么能暴露医院的问题呢?

批:不让医院外的药房看懂药方,患者只好在医院抓药了。

批:医院偏偏就不遵照规则。

批:没病也要找个病唬住你,以骗取市里高额医疗补助费。这就是医院的罪证。

批:患者在医院里竟成了医生的共同资源。医疗界丑恶内幕还在后头呢。照此法看病,没病也得折腾出病来,本来花不了多少钱也非让花得惊人。

聚焦医疗问题:戳穿福利医院的骗局

这篇调查性报道,记者采用目击式的写法,文中使用了大量的现场材料,比如在就诊前不安地等待着的情景描写、与护士和脚病医生的对话等。在报道中,描述了记者不仅被安排看了内科医生,还看了精神病医生,经过各种不必要的检查,最后取了一大堆毫无用处的药物。随着调查的继续深入,记者发现了更多的问题。由于这篇调查性报道中采用了大量第一手材料,使其具有很强的说服力,产生了强烈的社会反响,使纽约市追回了被多索取的医疗补助费达 100 万美元。该报道获 1974 年普利策地方特别报道奖。

这篇调查性报道给我们这样一些启示:

一是疾恶如仇是记者的必备品质,是从事这种职业的人的骄傲。谢尔曼是一位有正义感的记者。对享受医疗补助者小病大治、医院获利的现象深恶痛绝,于是他毅然前去以身试"医",终于揭穿骗局。

　　二是记者要善于运用多种采访方法,以突破采访的难点。谢尔曼的调查方法极为巧妙。在医疗补助费问题上,医生和医院弄虚作假,记者用一般的方法是调查不出来的。谢尔曼乔装成感冒患者,并在纽约市卫生局的大力支持下,终于弄清了事情的来龙去脉。

　　三是严肃的主题也可以用轻松的形式来表达。这篇报道用事实再现了弄虚作假的荒谬,有些地方令人喷饭,而它涉及的事却是十分重大的,揭露的力度也是很可观的。"严肃""轻松"统一于用事实说话这一基本规律之中。(子夜霜、解立肖、屈平)

芳草地

好 险

"真逗,我哪是什么美人啊! 您说得再动听,我也不信哪!"

住在这里的女人说。这女人已是徐娘半老,真的称不上是什么花容月貌的美人了。

"哪里,您太美了。您从里往外渗透出一种真正的美。我想同您结婚。"

年轻人从方才就开始一直不停口地倾诉着爱慕之情。他虽然是个穷光蛋,但小伙子长得漂亮。他靠着自己的美貌进行婚姻诈骗已不是一天两天的事了。他看上了这女人的大笔钱财,便设法同她厮混到这么熟的地步。

"您都想到这一步了?"听女人这语气,有门儿! 年轻人心中暗喜:趁热打铁,再加把劲儿,一大笔钱可就到手了呀!

这时,门外喊道:"开门! 是警察! ……"

年轻人闻此大吃一惊:我的妈! 是不是以前做的案犯事儿了?! 费了半天的牛劲儿,本来只差一点点就成了,如今却……可话又说回来了,要是被逮住,岂不一切都完蛋。他从窗户逃走了。那房间是在二楼,跳下去他把脚扭伤了。

一位警察一边扶起蹲着连声喊疼的年轻人,一边对他说:"疼一点有什么? 算你走运吧! 我们是来逮捕那女人的。那女人一次次巧妙地迷住男人之后就结婚。接下来便为那男人办人寿保险,然后再制造意外死亡把他杀掉。她已经作案多起,轻易捞取了大量金钱……"

　　　　　　　　　　　　　　　[日本]星新一/文,郭允海/译

财富民生　193

品 读

星新一(1926年9月6日~1997年12月30日),日本科幻小说家。本名星亲一,生于东京。他有个弟弟叫星协一,他们两个的名字都来自于他们的父亲所创办的制药公司的两句口号:"亲切第一,协力第一。"

星新一1961年发表了短篇小说集《人造美人》,成为科幻小说、推理小说的代表作家。星新一擅长微型小说,一生共创作微型小说1000多篇,其中不少构思奇特,情节曲折,文学价值与哲理意义俱备。星新一也因此被称为"微型小说之神"。

这篇小说《好险》采用了"突变"式的结构方法,使故事发展突然逆转而给读者带来强烈刺激。小说主人公是一对畸形爱情的男女,女的是"徐娘半老",男的年轻英俊,他们没有任何感情可言,只是想从对方身上得到什么,男的看上了女人的钱,女的图的是男人的貌。随着情节的发展,读者不免替那女人担心,觉得好险,她几乎就要被那年轻人骗婚到手,因为这男人"靠着自己的美貌进行婚姻诈骗已不是一天两天的事了"。幸亏警察及时出现,才使得这个女人受骗未成。顺着这样的思路,警察出现后,男人吓得跳楼,结果被扭伤。此时赶来的警察应该将手铐铐在这年轻人手上。出人意料的是,警察却扶起他,说明了真相,他们是来逮捕那女人的,那女人不仅是一个骗子,而且还是一个杀人犯。原来,读者所认为这场婚姻诈骗中的骗子(男方)同时也是个受骗者,而受骗者(女方)同时又是个真正的骗子。男人差点上了女人的当,好险! 故事的结尾,大出读者的意料,艺术效果落差极大,让人拍案惊奇!

不可忽视的潜在财源
——二次利用垃圾

◇［美国］《基督教科学箴言报》

读点

精准用词，观点新颖，思考问题与解决方案同步，说服力强。

垃圾山是沉重负担，还是财富？

美国人每天抛弃40万吨左右废弃物，足够装满四万辆垃圾车或125艘驳船组成的大船队。美国和其他许多国家不同，它是世界上最大的垃圾生产国，垃圾焚烧或加工处理的部分很小。在今后3～5年内，美国现有垃圾场的半数将堆满到极限程度。如果找不到其他可供选择的解决方法，一亿人将无处抛弃自己的垃圾。垃圾船队也许将驶向海洋，毫无希望地寻找垃圾场地，大洋本身可能将变成一个垃圾场。

城市和居民点把垃圾仅仅看成是日益加重的财政负担，实际上垃圾是潜在的财源。

垃圾越来越被看作是不可轻视的资源。《世界报告-76，城市废弃物的加工处理：二次利用废弃物的潜在可能性》一书作者辛西娅·波洛克说，如果社会想保护目前正以几何学增长速度日益枯竭的自然资源，那么除了加工处理垃圾外，别无选择。

地方自给问题研究所的尼尔·塞德曼说，美国容易加工的废弃物达80%，"如果干得好的话，加工

批：对比性问句开头，吸引力极强。

批：列数字说明，突出垃圾之多，形象可感。

批：垃圾如何处理，发达国家尚且困扰，发展中国家也应予以高度重视。

批：引导人们转变对垃圾的看法，以利于垃圾问题的解决。

批："越来越""不可轻视"，说明人们对垃圾问题认识是渐进的。

批：提出利用废弃物的潜在可能性。

批：容易加工的废弃物比率大，而专家研究又证实加工处理垃圾

费只占实现现行运输和焚烧垃圾长期计划拨款的一半"。

从罐头筒获得的铝和锡属于加工之后十分有利可图的那些为数不多的材料之列。

最好是从家庭开始加工,居民自己按玻璃、铝、纸张分门别类扔垃圾。伊利诺斯州罗克福德市政当局每周拨出 1000 美元奖励按类扔垃圾的市民。

在美国做过试验的"农业混合肥料"系统要把所有固体废弃物——包括铁、玻璃、橡胶和塑料——变成同样的有用产品:研成细末的化学稳定的混合肥料。这样不产生任何需要在垃圾场掩埋的废弃物。

波洛克指出,一次利用废弃物对能源消耗以及保护自然资源和减少环境污染作用非常大。以铝为例,她说,这种金属的二次利用"只需要从铝土矿生产铝时消耗能量的 5%"。此外,回炉一吨用过的铝可节约 4 吨铝土矿和 700 公斤石油焦炭及焦油,使排入大气的氟化铝数量减少 35 公斤。

波洛克说,如果全世界二次利用铝的数量增加一倍,就能使排入大气的污染物质一年减少一百万吨。她指出,即使重复使用一个饮料罐头筒,"节约的能量就相当于半罐头筒汽油"。在更广大范围内用废金属生产新钢,可节省 74% 能源。用碎玻璃生产玻璃,用废塑料生产塑料,用废纸生产纸张将大大节省能源,并减少环境污染。

现在美国用发电装置焚烧的废弃物占本国废弃物的 5%。在最近 3 年内这个数字将增加到 18% 左右,到本世纪末可能增至 40%。

但是现在社会上反对大规模焚烧垃圾的意见多起来,引起他们不安的原因是,废弃物焚烧后遗留下有毒灰烬,这些灰烬要求用耗资巨大的措施进行掩埋。

批:费用并不高,那么利用废弃物又何乐而不为呢?

批:提出利用废物的最初方法——从家庭分装垃圾开始。

批:举固体废弃物变资源的例子,让人们看到处理和利用废弃物不仅可能,而且还不会产生新的垃圾。

批:利用废弃物,一举两得:既节约资源,又能减少环境污染。

批:运用举例子、列数字、作比较等方法,清晰地说明了利用废弃物对于能源消耗、保护资源、减少污染的作用之大。

批:举重复使用饮料罐头筒的例子,使读者更直观地了解了二次利用铝能节约多少能量。

批:这些废弃物既都生产相应的材料,又"大大节省能源,并减少环境污染",我们为什么不利用呢?

批:举例子并列数字,说明废弃物利用的发展趋势。

批:提出利用废弃物过程中的新问题,以引起人们的进一步思考,探索解决之路。

(佚名/译)

人们忽视的巨大财富

本文转自 1987 年 12 月 23 日《参考消息》，发表于《基督教科学箴言报》的日期不详。

垃圾是人们生产生活过程中遗留下来的废弃物，人们对此都讨厌到了极点，一般的做法就是扔掉、埋掉，却不知堆积的地方越聚越多，埋的成本越来越大，对环境的污染也越来越严重。这就亟待人们解决这一问题。解决垃圾问题的最好办法就是垃圾的二次利用，既能变废为宝，又能降低能源消耗、保护自然资源、减少环境污染。

本文主要说美国现在垃圾之多，已经严重影响到了自然环境和社会生活的各个方面，但是，许多专家学者越来越认识到垃圾是潜在的财富。因为随着社会的发展，人们对资源的需求量越来越大，人们贪婪地攫取地球上有限的矿产资源，并且人们把这些资源制成的产品使用后就当垃圾扔掉，这样垃圾就越来越多，资源也就越用越少。为了保护地球上日益枯竭的自然资源，唯一的方法就是加工处理这些垃圾，让这些资源能循环利用。这样不仅让这些垃圾有了出路，使我们的环境里减少了垃圾，还可以节约自然资源，同时减少污染物排入大气里，减少能量消耗，快速地获得各种材料。

不光美国是这样，全球各个国家都面临这样的问题，如果大家都这样二次利用垃圾，循环使用自然资源，那将是空气清新、环境清洁、资源丰富、能源消耗低的和谐社会。

（子夜霜、王崇翔、臧学民）

智慧树

让人们自己拯救自己吧

美国自然史博物馆是纽约市最大的博物馆之一。为了纪念建馆一百周年，博物馆举办了一个展览。这个展览向千百万人全面介绍了人们在这个多灾多难的星球上过去和现在生活的情景，那些充满自信的人看完这个展览后一定会大吃一惊，如梦方醒。

这个展览称作"人会幸存下来吗"，它用电影配上解说及图片向人们详尽地介绍了生活的基本要素（空气、土地和水）遭到严重破坏的情形。

解说词指出，工厂每天都要喷射出臭气熏天的浓烟，这些空气中的垃圾，每年多达一亿三千三百万吨。污水排向大大小小的河流，使河流差不多变成了阴沟。

电影还展现了人口爆炸的后果的画面。在亚洲和拉丁美洲的许多地区，人口的增长使食品供不应求。电影中有关亚洲人在饥饿线上挣扎的镜头深深地拨动了人们的心弦。看见自己的同类这种悲惨的情形，在丰盛的晚餐桌旁的任何人都会坐立不安。千百万芸芸众生像出于本能觅食的鼠类一样在镜头中闪过。

在展览的后部分，出现了一些个人主义者表示异议的声音，他们对限制天空、土地和水源的开发深为不满。"为什么我们不能在自己的土地上为所欲为？""我办工厂还要请教谁？""为什么我们不力争超过俄国人？"

污染造成的最大影响是对空气中氧气和动植物赖以生存的新鲜水源的破坏。近几十年来，人们借助于技术已开始毁坏了自有生命以来亿万年形成的生态环境。对展览中提出的问题必须毫不迟疑地作出肯定或否定的答复。

美国在震惊之余开始觉醒，开始意识到我们在毁灭的道路上到底滑了多远。为了阻挡这股潮流，现在已迈出了第一小步。但是作为对"人会幸存下来吗"的答复，这只不过是在茫茫荒原上留下的试探的足迹。

华盛顿设立了负责净化河流和防止城市空气污染的机构。内务部设立了联邦水污染控制管理局。内务部长沃尔特·希克尔作证说，政府每年需六亿美元才能有效地修建污水处理工厂，这个数目差不多比下一年度的财政预算多四亿美元。

以缅因州参议员埃德蒙·马斯基为首的净化运动的负责人估计，要想在 1969 年到 1973 年迈出较大的步伐，就需要一百亿美元经费。

但目前预算是每年二千二千四百万美元，你看这四年中我们到底能走多远。

在修建污水处理工厂拨款方面，联邦占 60%，各州占 40%，但多数州实际用于净化的费用比联邦的估计要高出很多，特别是在大城市较多、河流污染严重的州更是如此。

以纽约州为例，联邦估计为十亿美元，该州估计比这两倍还多。在宾夕法尼亚州，联邦水污染管理局估计开支为三亿三千一百万美元，可是州里估计为四亿五千四百万美元。以河湖之乡著称的缅因州，联邦估计为四千七百万美元，可是该州估计为一亿四千八百万美元。

全国空气污染控制中心设在卫生、教育及福利部内。明年的预算是九千五百八十万美元。与净化水源的预算相比，这项为亿万人每天为之呼吸的空气去掉毒素的工作的预算真是太微不足道了。"人会幸存下来吗？"这一展览生动地展示了这些毒素怎样侵蚀人们的机体，使许多人身患呼吸道疾病。

威斯康星州参议员盖洛德·纳尔逊在保护环境方面呼吁最为强烈。他曾经讲过一个故事，说的是地球上的动物召开会议指责人类破坏了它们生存的世界。当投票确定人类犯有这些罪行时，只有一个动物例外。原来，狗没有投票。会议主席说："别理睬它，它是汤姆大叔。"

[美国]马奎斯·威廉·蔡尔兹/文，佚名/译

马奎斯·威廉·蔡尔兹(Marquis William Childs,1903 年 3 月 17 日～1990 年 6 月 30 日),美国著名记者、评论家。1926 年进入《圣路易斯邮报》,1972 年成为该报华盛顿分社社长。从 1944 年开始为联合特稿辛迪加写专栏,是华盛顿声名赫赫的专栏作家。他的专栏文章涉猎很广,并不局限于政治或首都的日常新闻,而是对美国的社会生活和公共事务作了广泛的评论。

《让人们自己拯救自己吧》原载于 1969 年 7 月 1 日美国《圣路易斯邮报》,于 1970 年获普利策评论奖。蔡尔兹是普利策奖委员会增设了"评论奖"之后的第一个获奖者。

美国纽约市最大博物馆之一的自然史博物馆纪念建馆一百周年,举办"人会幸存下来吗"的主题展览,这是蔡尔兹为此而写的一篇新闻评论。

新闻生动形象地介绍了这次主题展览用电影配上解说及图片向人们详尽地介绍生活的基本要素(空气、土地和水)遭到严重破坏的情形。

新闻不但具体地介绍了电影解说词的内容以及图片所展现的人口爆炸的后果、一些个人主义者所表示的异议声音,而且还深入地报道了展览所取得的十分良好效果——"美国在震惊之余开始觉醒,开始意识到我们在毁灭的道路上到底滑了多远"。不仅如此,为了阻挡人类对地球的肆意破坏的行为,美国政府不但专门设立了负责净化河流和防止城市空气污染的机构,每年还拿出六亿九千五百八十万美元有效地修建污水处理工厂,并为空气去除毒素。

文章严格遵循新闻"客观公正""用事实说话"的原则,不但客观公正地报道了这一事件,提出了环境污染这一严肃的课题,而且让人们在真实地叙述与严肃的思考分析中如梦方醒,使认识更加清醒,从而"对展览中提出的问题"毫不迟疑地作出答复。这篇新闻事实可谓触目惊心,报道更是振聋发聩。

拜金主义要不得

◇［中国］中央人民广播电台评论员

在我们步步推进社会主义市场经济建设的时候,这样一个声音越来越清晰地回响在我们的耳边:还是要讲艰苦奋斗,讲高尚的人生观、价值观,拜金主义、奢侈挥霍之风要不得。

批:开门见山,切中时弊,提出中心论点,旗帜鲜明地大声疾呼:拜金主义要不得。

改革开放使人们手里的钱多了,这是好事,可钱怎么花却大有学问。对占人口绝大多数的工农大众来说,从国民经济大局来看,"勤俭是咱们的传家宝"依然是最动听的旋律。可偏偏有人对此不以为然,于是人们就看到一些奇怪的现象:

批:主旋律和下文的怪现象形成鲜明的对比。

批:事实胜于雄辩。

在杭州,有两个"大款"为了斗富,竟在众目睽睽之下,比赛烧人民币,每人烧掉两千多元而面不改色。(注:根据1995年3月18日通过、2003年12月27日修正的《中华人民共和国中国人民银行法》,烧掉人民币的行为属于"故意毁损人民币"的违法行为)

批:斗富的背后,是其对价值观的扭曲。

在长春,一家卡拉OK厅,一个富翁宣布:包下当晚所有的"点歌费"。另一位大亨立即声明,买下全市当天所有的鲜花:你不让我点歌,你也别想献花。

批:你不让我点歌,我就不让你献花,富得无聊!

春节时,一个青年富豪仰望着纷纷落下的爆竹

批:"流下热泪",因为自己有钱了,

纸屑兴奋得流下热泪，因为他刚刚点燃的 4 个爆竹是用 2000 元人民币卷成的。

一位北京"大款"用两万元一桌的宴席招待广东"大款"竟遭到奚落，随后广东"大款"用 6 万元一桌回请，而北京这位"大款"竟"啪"地打开密码箱，甩出 35 万元说："今天这桌就照这个数！"

至于某人身上的穿戴价值几十万，某人甩出两万元点一支卡拉 OK，30 万元一只的哈巴狗"大款"们眼都不眨地牵上就走这类事，也时有所闻。

尽管这般挥金如土的人并不多，但这类事所投下的阴影却在平民百姓中日益蔓延：豪华饭店吃不尽的高档宴席；婚丧嫁娶走不完的人流车队；160 元一张的"粉色情人节"入场券一抢而光；10 万元一件的进口大衣买者如云；100 元一个的钥匙链卖得很火；18 元一碗的日本面条餐馆竟高朋满座。可以说，拜金主义正越来越大胆地牵动人们的衣襟。在许多人那里，斗富、显阔、纵欲被称为"潇洒人生""过把瘾就死"；大款、大亨、大腕被当作崇拜的偶像，金钱、别墅、宠物被看成辉煌人生的象征。

这种种现象已经不仅仅是个怎么花钱的问题，它鲜明反映出一些人的价值观、道德观。这种奢靡之风正在污染着社会环境，污染着社会主义的人际关系。艰苦奋斗、克勤克俭是我们中华民族永远值得骄傲的美德。从"粒粒皆辛苦"的古训到周总理衬衫上的补丁，我们民族的文明史上一直闪烁着这种崇高节操的光彩。如今发展市场经济，我们依然必须清醒，人际关系决不只是金钱交换，人类文明进步这架天平的两端，失去哪一端，社会都会出现倾斜。金钱我们需要，高尚的道德情操我们更要追求。艰苦的年代如此，发展市场经济的今天同样如此。如果让金钱的光环遮住了比它更美好的精神世界，人类文明将是残缺的，人格将是病态的。

批：但其精神极度空虚。用人民币做爆竹也同样是违法行为。

批："摆阔"之风，令人触目惊心。如果把这"阔"摆在慈善事业上又如何呢？这样"摆阔"既无意义，也为世人所不齿。

批：如此挥金如土，可悲可叹！

批："日益蔓延"，说明问题的普遍性和严重性。摆出桩桩件件的事实，令人不得不深思挥霍之风对平民百姓的恶劣影响。

批：奢侈挥霍，人成了金钱的奴隶。

批：问题的实质，危害十分严重，不仅是个人问题，也是对社会环境的污染。

批：勤俭节约是我国的优良传统，这些良训和故事值得时刻铭记。

批：用"天平的两端"这个比喻，说明精神文明和物质文明同等重要。

批：指出重视精神文明的重要性。

还应该看到，奢靡之风给涉世未深的青少年带来的劣性刺激和心理影响是严重的。不少人比吃穿比享受，就是不比工作、不比创造、不比贡献。东北的一位大学生说："过去觉得上大学光荣，现在，落榜的同学成了'大款'，作为大学生我很自卑。"北京一位教师急切地呼唤人们听一听中学生在唱什么："世上只有钞票好，有钱的孩子像块宝。"这位教师实际上是在呼唤人们：青少年是我们的未来，警惕奢靡之风吹翻我们未来精神风帆！

　　如果我们把目光从灯红酒绿的宴席移到农舍窑洞，警惕拜金主义的话题就变得更加沉重。改革开放给我们这个 11 亿人口的大国带来了前所未有的变化，但现在还远非黄金铺地。我们人均还不到 400 美元，在全世界人均国民生产总值的排名榜上，我们的座次远远排在第 96 位。光是在我国的中西部地区，就有 2700 万农民仍在为温饱发愁，河北一个失学的孩子，天天在家扎扫帚，想凑够不过四五十元的学费。对比这些，那种千金散尽、挥霍无度的"潇洒"该有多么不协调。再进一步说，在党和政府千方百计解决这些困难的时候，"大款""大亨""大腕"们如果能从酒店歌厅转过身来，看看失学孩子求助的目光，看看农民们的满面尘土，把财富的支配与为国分忧为民造福联系起来，向他们伸出手去，这才叫真正的潇洒和幸福。令人高兴的是，许多先富起来的人已经或正在这样做。

　　"艰苦奋斗"是一面鲜红的旗帜，在我们奔小康、奔四化的路上，让这面旗帜高高地飘扬！

批：奢靡之风影响到了国家的未来——青少年，令人震惊。

批：摆出事实，论证奢靡之风对青少年的严重影响，也说明刹住和消除这种奢靡之风已迫在眉睫。

批：人口大国远非"黄金铺地"，都如此奢靡，家底挥霍完了，又如何推进改革，又如何发展？

批：摆出一系列的贫困事实，如此现实，不坚决刹住和彻底消除这种奢靡之风又怎么能行呢？

批：挥金如土和我国国情及中西部地区的贫困现状，形成强烈的反差，有力地论证了"拜金主义要不得"的观点。

批：高扬"艰苦奋斗"的旗帜，这面旗帜就是正确的价值观和道德观，让这面旗帜永远指导我们健康向上地生活。

评论切中时弊，主题发人深省

20世纪90年代初，改革开放已十余年，我国社会主义市场经济体制改革目标已经确立，经济得到了长足的发展，但是，先富起来的一部分人中存在一些不良现象，肆意挥霍、奢靡之风在社会上也开始盛行。针对这种现象，中央人民广播电台于1993年4月8日播发了评论员的这篇新闻评论《拜金主义要不得》，引起了社会各界的广泛讨论，对社会风气产生了积极的影响。

这篇评论切中时弊，发人深省，让听众感同身受；据事论理，事实胜于雄辩，很有说服力。

用事实说理能使抽象的论题具体化，从小事情中悟出大道理。这篇评论员针对20世纪90年代初刮起的一股崇尚拜金主义、"大款""大亨""大腕"们奢侈挥霍之风，旗帜鲜明地大声疾呼："拜金主义要不得"。标题就是新闻评论的论点。

事实胜于雄辩，这篇新闻评论的论据主要是事实论据。大量客观存在的事实，是评论最基本、最广泛的论据；一些具有代表性的典型事件、典型人物、典型语言常被作为评论最生动的论据。全文共援引了13个挥金如土的典型事例，其中4个是具体的，9个是概述的。这些"大款""大亨""大腕"们挥金如土，"斗富""显阔""纵欲"，以及在平民百姓中蔓延开来的拜金主义和奢靡之风，令人触目惊心。这些行为与文中所述的我国国情及中西部地区的贫困现状（倒数第二段），形成了强烈的反差。这就有力地论证了"拜金主义要不得"的论点。

此文在谋篇布局上，开头点明主旨"要讲艰苦奋斗，讲高尚的人生观、价值观，拜金主义、奢侈挥霍之风要不得"。紧接着用排比段形式列举"一些奇怪的现象"，先摆出4个具体性事实，再摆出9个概述性事实。然后扩展开来，解析平民百姓随风而动的摆阔及产生此类现象的原因。

后半部分指陈奢靡之风的危害。危害之一，"这种奢靡之风正在污染着社会环境，污染着社会主义的人际关系"，接着摆出"'粒粒皆辛苦'的古训"和"周总理衬衫上的补丁"的列举；危害之二，"奢靡之风给涉世未深的青少年带来的劣性刺激和心理影响是严重的"，再摆出两个具体性事实。接着陈述的我国国情及中西部地区的贫困现状，这就有理有据地论述在飞速发展经济的今天倡导"艰苦奋斗"的必要性。这样"说"来，既增强了广播评论的新闻性与可听性，又增强了评论的说服力，使听众从感性认识升华为理性认识。这就很好地起到了新闻评论正确引导舆论的作用。

今天，中国已跻身于世界第二大经济体，中国毕竟是一个人口大国，人均GDP仍处于中等水平，与伊朗、泰国这些国家差不多，而与世界第一大经济体的美国和世界第三大经济体的日本则相距甚远。然而，拜金主义思想仍对祖国未来一代有影响，且不说青少年了,就是小学生甚至幼儿园的孩子也在炫耀自家有宽敞舒服的房子,有奔驰宝马,出国旅游,等等。《悯农》他们也都能诵会吟,可是吟诵的同时却在攀比享受。一个只懂得享受的人是没有前途的,一个听凭奢靡之风盛行的民族是没有未来的,因此,这篇文章虽然已发表 20 年,但时至今日仍具有极强的现实意义。(屈平、聂琪)

智慧树　　　　"真抓"与"假抓"

最近召开的中央工作会议,再一次强调了这样的要求:"认清形势,把握大局,齐心协力,真抓实干。"在我的印象里,"真抓实干"这四个字,已经讲过很多遍了。不仅中央领导讲,省、市、县、乡各级领导也都在讲。但现在的情形怎样呢? 应该说,有很多地方确实是"真抓"了,"实干"了,但也有不少地方却仍在"假抓""虚干"。这正如一位省领导所说:我们有许多工作,是在一片落实声中落空了。

像山西绛县的科技大跃进,像河南洛阳娱乐场所的防火工作……你能说是"真抓"了吗?

让人难以区分的是,"假抓"不是不抓,而是和"真抓"一样在抓。一样的咋咋呼呼,一样的忙忙碌碌,一样的跑上跑下,一样的辛辛苦苦。如果不下一番功夫,就很难分清谁是在"真抓",谁是在"假抓",谁是在"做事",谁是在"做戏"。

"真抓"者开会,"假抓"者也开会。"真抓"者重视的是会议的效果,"假抓"者重视的是会议的形式,关心的是会议的消息见没见报纸,上没上电视,并想方设法让上上下下都知道,自己已经积极行动,正准备大干一场。

"真抓"者讲话,"假抓"者也讲话。"真抓"者讲的是根据本地的实际情况,应该解决的具体问题和应该采取的具体措施,是自己应该承担的具体任务和责任。而"假抓"者讲的则多是套话、空话、照本宣科的话和要求下边干的话。

"真抓"者抓先进典型,"假抓"者也抓先进典型。"真抓"者抓的典型是给下边看的,而"假抓"者抓的典型是给上边看的;"真抓"者抓的典型是经得起时间考验的,"假抓"者抓的典型却多是"现使现抓"、昙花一现的。

"真抓"者下去检查,"假抓"者也下去检查。"真抓"者下去,是下到最基层,找问题,找死角,找仍然不满意的地方,然后再对症下药。"假抓"者检查,多是小车未动,通知先行,专门去看那些已经摆好了的"漂亮"场面。

"真抓"者总结工作,"假抓"者也总结工作。"真抓"者注意总结经验教训,"假抓"者惦记的只是搜集工作成果;"真抓"者关注的是下边的反应,"假抓"者注重的是上边的评价。所以,汇报工作时，"假抓"者往往讲得更加头头是道，口若悬河。

同样一项工作，"真抓"者往往用 100% 的力，而"假抓"者却只用 50% 的力，但他却常给人一种更卖力、更辛苦、效果也更显著的感觉。这是因为"假抓"者非常善于造势，非常善于制造广告效应、轰动效应，善于利用"勤请示、勤汇报、勤和领导接触"的"三勤"效应。所以，"假抓"者当中，也时不时有人被提拔，被重用，被评先。

说重一点，"假抓"也是一种欺诈行为，既欺骗上级，也欺骗下级和群众。"假抓"者当中有些是无能者，但更多的则是投机者。如果让"假抓"者得逞，那就会越抓越假，越抓越空。因此，我们上上下下应该提高鉴别真假的能力，对那些"假抓"者，一经发现，就一齐喊打，绝不能让"吹牛者"得"牛"，也不能让"南郭"们充数。

[中国]海纳/文

品 读

《"真抓"与"假抓"》原载于 2001 年 4 月 11 日《河北日报》。

这篇新闻评论以党和国家非常关注的、群众普遍关心的作风建设为切口，揭示了怎样才能实现加强和改进作风建设的问题，无疑主题是重大的。文中提出的问题具有很强的现实意义和警示作用。

假作真时真亦假。真假很难辨，因为真和假在表现形式上是相同的，甚至，假比真还更像真。"真抓"者开会，"假抓"者也开会；"真抓"者讲话，"假抓"者也讲话；"真抓"者抓先进典型，"假抓"者也抓先进典型；"真抓"者下去检查，"假抓"者也下去检查；"真抓"者总结工作，"假抓"者也总结工作。这就需要我们有较高的鉴别能力，剖析他们本质的不同。例如，"真抓"者重视的是会议的效果，"假抓"者重视的是会议的形式。再如，"真抓"者注意总结经验教训，"假抓"者惦记的只是搜集工作成果；"真抓"者关注的是下边的反应，"假抓"者注重的是上边的评价。

真者，让人信任、崇敬，因为他有实绩；假者，让人远离、鄙视，因为他只喊口号！在人生漫长的道路上，我们应勿做假，力求真。

新闻评论

维护世界和平　促进共同发展
——纪念世界反法西斯战争胜利 60 周年

◇[中国]《人民日报》

读　点

语言简练、通俗、准确。
旗帜鲜明地表明观点态度。
具有时效性、政策性、针对性。

今年是中国人民抗日战争胜利和世界反法西斯战争胜利 60 周年。5 月 9 日是欧洲反法西斯战争胜利日。9 月 3 日是中国人民抗日战争胜利日，也是世界反法西斯战争胜利日。5 月 9 日这一天，一些国家举行各种纪念活动，庆祝这个全世界一切爱好和平的国家和人民的盛大节日。我们向在这场战争中为人类和平与正义而献身的许多国家的人民表示崇高的敬意，向横遭法西斯杀戮的全世界无辜死难者表示深切的哀悼。

批：开门见山交代新闻事件及背景，概括事件内容。

批：旗帜鲜明地表明社论的观点态度。

60 多年前的世界反法西斯战争，是人类历史上正义与邪恶、光明与黑暗的一场殊死搏斗。德、意、日法西斯为实现其称霸世界的野心，悍然发动侵略战争，对 60 多个国家的人民进行疯狂屠杀、掠夺和迫害，给全世界带来了巨大灾难，给人类文明造成空前浩劫。面对邪恶的法西斯势力，全世界爱好和平的力量联合了起来，互相支持，并肩作战，沉重打击法西斯的侵略扩张。经过多年浴血奋战，终于取得了世界反法西斯战争的伟大胜利，在人类史册上写

批：从宏观层面简要阐述反法西斯战争的性质，抨击法西斯的野心与罪行。

批：高度评价全世界各族人民为打败法西斯、实现和平所作的贡献。

下了不可磨灭的光辉篇章。

　　在世界东方，中国人民最早举起了反法西斯的旗帜，展开了艰苦卓绝的抗日战争。这是中国各族人民抗击日本侵略、争取民族解放的正义战争。中国共产党是全民族团结抗战的中流砥柱。中国作为第二次世界大战的东方主战场，持续时间最长，牵制和抗击了日本陆军三分之二以上的总兵力，消耗了绝大部分的日军精锐部队，在战略上有力地支援了欧洲和太平洋及亚洲其他地区的反法西斯战争。中国人民抗日战争是世界反法西斯战争的重要组成部分，中国人民为世界反法西斯战争胜利作出了巨大的民族牺牲和重要的历史贡献。

　　世界反法西斯战争是人类历史上伟大的正义战争，它给全人类留下的历史启迪极为珍贵。今天，我们回顾这段历史，就是要总结经验，吸取教训，大力弘扬以爱国主义为核心的民族精神和以改革创新为核心的时代精神，推进我国的改革开放和现代化建设，维护世界和平、促进共同发展，共同创造人类的幸福生活和美好未来。

　　和平与正义是不可战胜的。在历史的长河中，虽然威胁世界和平、破坏世界稳定的因素不可避免地存在，但是追求和平、向往正义永远是进步人类的根本利益和共同愿望。不管法西斯如何猖狂，世界终究是世界人民的世界，中国终究是中国人民的中国。在热爱和平、追求正义、团结一致的人民面前，任何造成历史倒退的力量，最终都将被战胜。

　　只有以史为鉴才能面向未来。法西斯的侵略战争，不仅给包括中国人民在内的世界很多国家的人民带来深重灾难，也使发动侵略战争国家的人民深受其害。正确认识和对待历史，就应当把对侵略战争的反省落实到行动上，绝不再做伤害那些被伤害国家人民感情的事。前事不忘，后事之师。这样才

批：本段阐述在反法西斯战争中中国与世界的关系。这里明确指出抗日战争是一场正义战争。

批：指出中国的抗日战争有力地支援了世界反法西斯战争。

批：高度评价中国人民为世界反法西斯战争胜利作出的巨大的民族牺牲和重要的历史贡献。

批：概述世界反法西斯战争的历史价值。

批：阐述纪念世界反法西斯战争胜利的现实意义，明确指出缅怀这段历史是为了"维护世界和平、促进共同发展"，照应标题。

批：提纲挈领表明"和平与正义是不可战胜的"，任何反和平、反正义的力量都将被"追求和平、向往正义"的世界人民所战胜。

批：论述二战发动侵略战争的国家只有正视历史，才能取信于国际社会。体现了社论的针对性。反观现实，日本一些政客甚至日本政府不仅没有把反省侵略战争落实到行动上，甚至

能取信于国际社会。

落后就要挨打，发展才能强大。回顾中国近代历史，放眼当今世界现实，我们更深切地认识到，只有国家的统一，人民的团结，社会的稳定，经济的发展，国力的增强，中国人才会有尊严，中华民族才能长治久安，才能为世界和平与共同发展作出贡献。我们要始终牢记发展是第一要务，始终牢记全面协调可持续的科学发展观，始终牢记没有稳定的社会局面就什么事也干不成，始终牢记最广大人民的根本利益是我们一切工作的出发点和落脚点，始终牢记坚定不移地走和平发展的道路，紧紧抓住和用好重要战略机遇期，聚精会神搞建设，一心一意谋发展。

在近代史上，中国人民曾饱受屈辱和欺凌，深知和平与稳定的可贵，更加珍惜自己长期奋斗而得来的独立自主权利。中国人民坚持走和平发展的道路，中国是维护世界和平、促进共同发展的坚定力量。历史证明并将继续证明，一切爱好和平的国家和人民有能力把侵略者赶出自己的国土，有能力结束一切形式的压迫和奴役，也一定有能力通过努力实现和平与发展。让我们紧密团结在以胡锦涛同志为总书记的党中央周围，高举邓小平理论和"三个代表"重要思想的伟大旗帜，同心同德，艰苦奋斗，为把我们的祖国建设成为富强、民主、文明的社会主义现代化强国，为维护世界和平、促进共同发展而努力奋斗！

批：漠视、歪曲历史。

批："落后就要挨打"，这落后不仅是指经济、军事，它还包括诸多方面的落后，简言之就是综合国力的落后。"发展才能强大"，只有发展才能摆脱落后，才能强大，才能不被挨打，才能为维持世界和平作出贡献。这也是针对一些国家和敌视中国者散布"中国威胁"论而言的。

批：中国人民曾饱受屈辱和欺凌，因而中国人民也更珍惜和平。

批：承上段发展的论述，本段阐明中国人民走的是和平发展的道路的立场。中国的发展是为了"维护世界和平、促进共同发展"。这实际上也打消了国际社会对中国发展的顾虑。

时效性、政策性、针对性的统一

社论是新闻评论的一种，是最为重要的新闻评论和舆论工具，是报刊编辑部代表报社或杂志社在报刊上就当前重大问题发表的评论。党报是党和人民的重要喉舌，所以党报社论不仅代表编辑部发言，而且集中体现了党和人民的利益和要求，直接表达了党的观点和意图,传达了党委和政府的声音。

　　《人民日报》社论体现了中国共产党和中国政府的观点和意图。它往往就当前国内外发生的重大事件或问题,发表意见,表明看法,是影响社会舆论的重要方式。

　　社论通常具有时效性、政策性、针对性等特点。

　　《维护世界和平　促进共同发展》(原载于 2005 年 5 月 9 日《人民日报》)这篇社论同样也具有这些特点。一是时效性。它是针对中国人民抗日战争胜利和世界反法西斯战争胜利 60 周年发表的评论。二是政策性。社论阐发了中国人民和政府对和平的尊重与理解,体现了建设和谐社会的基本国策,具有鲜明的导向作用。三是针对性。针对当时日本一些政客甚至日本政府漠视甚至歪曲其侵略历史的行径,提出只有正视侵略历史,才能取信国际社会的观点。针对国际社会中一些国家的"中国威胁"论,提出中国人民吸取历史经验教训,以发展促和平的观点。

　　总之,这篇社论观点鲜明,思路清晰,有的放矢,具有很高的思想水平和理论色彩,文字简练、通俗、准确。(屈平、周流清)

芳草地　　我们是战无不胜的

雅典同胞们:

　　我们绝不应该对斯巴达人再作任何让步了,这是我们要坚持的立场。

　　现在的斯巴达人,显然和以往一样想对我们图谋不轨,他们已经跃跃欲试。虽则条款中已言明,我们应提议和接受就彼此的争端作一公平的解决,并且双方(在和平之时)都应拥有各自的财产。但迄今为止,他们从不要求作这种解决,我们提出时,他们也拒不接受;他们只希望用战争,而不是用条款来镇压我们的不服。他们现在一味横行霸道,不再婉言相告了。他们居然命令我们为波提底亚城解围。并训示我们要让爱琴纳独立,还要我们将有关麦加拉的条款宣告无效。他们最后的使节们也来命令我们让希腊独立,他们提议的问题焦点是有关麦加拉的条款,他们说我们若宣布条款无效,战争就不会爆发了。

　　我希望诸位之中切莫有人以为我们是为了不废除有关麦加拉的条款这种鸡毛蒜皮的小事,才准备打仗的。即使我们是为了这一件鸡毛蒜皮之事开战,诸位以后也不要在内心里自怨自艾。因为,就是这一件芝麻小事,诸位的大小目标,都包含在里头了。诸位若屈服于这些要求,更大的要求将接踵而来,因为此例一开,就得永远俯首听命了;相反的,诸位若能坚持不从,也就是等于明显地告诉他们:他们必须以更平等的地位对待您。

因此，诸位就下定决心吧，或是在你们受伤害前先奴颜婢膝，或是照我所想的进行备战，事无巨细靡遗，绝不让步，也不惧怕保有我们目前所已获得的东西。因为基于平等地位而来的最大和最细微的需求，在达成公正的解决前，皆可对他们的邻居构成同样程度的压力。

现在，有关这次的战争和双方所拥有的工具，我们在听到详情后，就会坚信我们并不比他们逊色。伯罗奔尼撒人是自己耕种自己的田地，他们没有私人或公共基金。他们缺乏持久和海外作战的经验，他们也缺乏长期作战的资金。像这类的人既不能组成步兵队，也不能派出登陆兵力。再者，他们也没有私人企业，只能就自己本身的资源来花费，而且他们又不濒海，不习海战。能支撑他们作战的，是其岁收的剩余，而不是强迫性的捐献。而且，耕种斯土的人们并不在意他们缺乏金钱，他们随时准备开战，他们坚信他们能克服任何危险。而且，据说他们在战争未打完前，绝不浪费金钱，尤其是当战争出乎意外地长久时。如果是一战决胜负，伯罗奔尼撒人和他们的同盟可以应付得了全希腊的联军，但是他们无法对与他们所知大相迥异的资源进行作战，这是因为他们没有顾问团，可供他们有力地执行决策。他们种族各异，却都有各自相等的一票，每个种族都可提出自己本身的利益，因为这一原因，常使他们在某件事上不能达成一致意见。

伯罗奔尼撒人的敌情，我想就是这么一回事：他们的缺点，我们似乎都没有，而我们还拥有其他方面的最大优点。假如你们在作战期间，不去扩张领土，不去改变原有的立场，我还可以举出我们能够获胜的理由。我对于我们内部所出的差错比对敌人的狡诈计谋更为惊惶。

但是，诸位仍需知道我们必须开战，假使我们心甘情愿地供人役使，敌人将肆无忌惮地压迫我们。最大的荣誉来自最大的危险，这句话对国家和私人都适用。我们的祖先曾不顾一切地抵抗米底亚人，他们没有我们今天所拥有的资源，甚至他们还得放弃已有的一切，他们用商议而不是运气，用勇气而不是武力，打败了野蛮人，他们开发了这些资源，才奠定了我们今天的地位。因此，我们消耗了资源，也必然可维持不败，我们必然尽可能驱逐我们的敌人，并尽力将我们承继的祖先的力量，毫不逊色地传于后代。

[古希腊]伯里克利/文，佚名/译

品读

伯里克利(前495～前429)，雅典政治家、军事家。公元前443年，希腊民主派首领厄菲阿尔特被贵族派刺杀后，伯里克利连续15年当选为希腊的首席将军，成为雅典国家的实际统治者。

伯罗奔尼撒战争(前431～前404)，是古希腊以斯巴达为首的伯罗奔尼撒同盟与海上强国雅典之间争夺霸权的战争。本篇是伯罗奔尼撒战争前，伯里克利于公元前432年向他的雅典同胞发表的战争动员演说。

为了让同胞抛弃一切幻想，他开宗明义："我们绝不应该对斯巴达人再作任何让步了，这是我们要坚持的立场。"这简洁、精练的话语，掷地有声，鲜明地表达了作为雅典最高领导者对现实的态度和决心。自尊心和自信心是精神之源，因此，他刻意选择演讲内容的角度和重点，精辟地回答了公民最为关切的问题。接下来，伯里克利控诉了斯巴达人的卑劣行径，指出斗争的焦点是逼迫雅典放弃麦加拉条款。为使人们不被假象所蒙蔽，他反复提醒公民，坚持麦加拉条款，绝非"一件芝麻小事，诸位的大小目标，都包含在里头了"。这样，以平等地位所进行的说服工作，入情入理，似潺潺流水，滋润着听众的心田，缩短了伯里克利与听众的距离。

为帮助同胞树立信心，他深刻分析了敌我双方的战争实力，着重强调，敌人的缺点我们似乎都没有，"拥有其他方面的最大优点"。什么优点，他并未言明，而是留给听众去想象去思索，巧妙设置这样的悬念，更加促使雅典同胞坚定血战到底、抗战必胜的信念。随后，伯里克利郑重宣告，面对斯巴达的挑衅，"我们必须开战"，号召全体同胞用战争捍卫雅典。用"最大的荣誉来自最大的危险"这句至理名言，激励同胞用英勇无畏的行动来赢得荣誉，靠智慧和勇气去战胜敌人。

伯里克利不愧是一位高超的演说家。他深谙"理性是征服民心的万应灵丹"。那么，理性是什么呢？要么选择奴隶地位，要么通过战争摆脱这种地位；理性是建立在对战争性质的认知和敌我双方精神及物质条件基础上和对历史经验的吸取上的。理既明，则士气旺。他懂得，在理性基础上"规定明确且恰如其分的战斗目标是统一意志夺取胜利的必要前提"。基于此，这篇演讲融思想性、艺术性于一体，对待一个严肃的主题，却没有大声疾呼，也没有命令恫吓，而是紧紧把握听众的思想脉搏，晓之以理，循循善诱，具有很强的说服力和鼓动性，起到了迅速动员全体雅典公民奋起抗战的巨大作用。

面临弹劾的总统为生存而战

◇ [美国] 玛丽·麦克格罗里

读点

幽默而辛辣的语言让被批评者如芒在背。

不畏强权，客观公正地反映事件的真相。

毫不疑问，市民需要笑声，但谁能想到总统会在他的国情咨文中为我们提供了 45 分钟的滑稽戏呢？

这出戏基本上是一出情境喜剧。总统面临弹劾，等待着他的最亲密助手的种种指控，竭力避免法庭传唤，传唤是从他所知道的"两个最好的公仆"之一发出的。他用指尖紧紧抓住他的大办公室不放。

这个站在台上浓墨重彩的人把他自己说成是一个业绩惊人的工作者。

他已经清洁了空气，实现了和平。他已经削减了津贴。他将吩咐已经降低的水价再次降低，而他们将照办。他将用不需要征新税的健康计划治愈疾病。

把他从办公室赶走的唯一可能的理由，就像他自己所说的，是他对我们太好了。

他明白，他的坚定态度让国会共和党议员们赞成国会限制辩论时间，并抓住每一次机会拼命地鼓掌。他们耐心地充满鼓励地听着他讲话，就像听着一个被宣布破产的人说他计划最近在市场上暴发或者收购佛罗里达州一样。

批：用"滑稽戏"为全文定调，揭示了尼克松总统当时的尴尬处境。

批：动作特写，突出其内心的愤怒和对权力的欲望。

批：两个"已经"，写总统所谓的业绩，意在让民众深思总统究竟做出了什么；而两个"将"，则讽刺总统言行不一。

批：反语，讽刺总统自称对民众太好了。

批：用"拼命地鼓掌""耐心地充满鼓励"等表现总统的支持者的阿谀奉承，语言辛辣。将总统比作"被宣布破产的人"，意在讽刺其支持者的愚妄。

然而,这个晚上最大的笑话还是总统板着脸宣布他的诺言,说是要保护每个公民的隐私权。

批:声称保护公民隐私权,而自己却曾干窃取竞选情报的勾当。

　　他授权犯有盗窃罪的"管子工"录下他的每一个并不可疑的来访者直到发现其可疑之处,他的间谍计划甚至震惊了J·埃德加·胡佛(他的工作人员也互相窃听)。他宣布了"一个比较重要的开端,那就是规定隐私基本权利的性质和范围,以及采取新的保护措施来确保这些权利受到尊重"。

批:用强有力的证据揭穿总统窃听人们隐私的丑行。

　　这就好像德拉库拉突然提议建立一个公共血库似的。

　　参谋长联席会议主席、海军上将托马斯·穆勒漠不关心地看着文章的行间空白。他最近被揭发出他是总司令办公室被盗文件的接收者。也许他想这与他无关,因为总统抨击的是"电子刺探",而海军上将用人来刺探。

批:穆勒是国防部派人窃取白宫机密文件的幕后主使,"电子刺探"与"用人来刺探"性质相同,写其"漠不关心",意在讽刺其与总统是一样的货色。

　　新任司法部长威廉·萨克斯比对窃听热烈赞同,在上任的第一周里他批准在他的办公室里三次从电话线上窃取情报,又希望别人不要大惊小怪。

批:讽刺司法部长荒唐可笑的行为。

　　国务卿基辛格也有雅兴从电话线上窃听他自己,显得有点可笑。在发言的结束语中,总统对个人隐私的关心得到充分表现。很显然,首先要保护的是他自己的隐私。

批:揭露总统所谓"保护每个公民的隐私权"其实质是"首先要保护的是他自己的隐私",极具讽刺力量。

　　他要求结束对他称为"所谓的水门事件"的调查,共和党人再一次用也许衷心的欢呼来打断他。他屈尊俯就地认识到众议院司法委员会有"特别的责任",他宣布他将以"我认为与我的责任一致的任何方式"合作,这大致被理解为他们可以去钓鱼了。

批:引用尼克松的原话,雄辩体现出他的厚颜无耻。

　　国会里可以听到一片嘘声,这是历史上的第一次,它来自此时已对滑稽模仿厌倦了的民众。

批:突出尼克松总统已众叛亲离。

　　共和党人给他经久不息的鼓掌欢呼。如果这不是他的天鹅之歌,那就是他们的。如果他能有幸演奏《一月幻想曲》,他们可不希望听到它。这是在国会中被小心地掩盖的事实。**所以共和党人聊天、微笑和拍手，为的是他们希望理查德·尼克松赶快下台。**

（吴庆俊/译）

公平、正义是最大的权力

玛丽·麦克格罗里（Mary Mccgrory，1918 年 8 月 22 日~2004 年 4 月 20 日），美国著名的政论作家、记者。

《面临弹劾的总统为生存而战》原载于 1974 年 2 月 3 日《华盛顿明星报》，是针对尼克松于 1974 年 1 月 30 日发表国情咨文而发表的新闻评论，获 1975 年普利策评论奖。写作背景是，当时尼克松已因"水门事件"陷入焦头烂额境地。"我已向特别检察官主动提供了大量资料。我认为我已提供他结束调查所需的全部资料……我认为是时候结束有关这件事的全部调查了。"

"水门事件"情况是这样的：1972 年 6 月 17 日，负责尼克松总统安全工作的詹姆斯·麦科德等 5 人到水门大厦民主党总部安装窃听设备，以获取民主党的竞选情报，结果被发现。尼克松紧急处理此事并极力掩盖真相，他信誓旦旦地向美国公众表示白宫与此绝无关系，欺骗了公众，获得了连任。后来，一封封匿名信寄到法院，密告"水门事件"还有隐情。国会成立了特别调查委员会对此进行彻调。"水门事件"特别调查委员会又掌握了一个新的情况：尼克松从 1971 年年初起，为了记录与手下的谈话和电话内容，下令在白宫办公室里安装窃听系统。最高法院首席大法官裁决尼克松必须交出有关的录音带。在白宫被迫交出的录音带中找到了新证据，有一盘录音带上清楚地记录着"水门事件"发生后的第六天，尼克松指示他的助手，让中央情报局阻挠联邦调查局调查"水门事件"，这是尼克松掩盖事实真相的铁证。整个白宫被惊得目瞪口呆，他们一直相信总统的清白，一直超出自己的职权范围来保护总统，而总统却从一开始就掩盖真相，每个人都感到被出卖了，就连共和党的一批参议员、众议员也建议他辞职，尼克松终于到了众叛亲离的地步。1974 年 8 月 8 日晚上，尼克松不得不宣布辞去总统职务。

从《面临弹劾的总统为生存而战》的发表到尼克松辞去总统职务达半年之久，面对万众瞩目的美国总统，尚不出名的新闻记者玛丽·麦克格罗里发表这篇评论的确是需要极大勇气的。但是，对于作为以维护公平与正义、揭露事实真相为己任的麦克格罗里来说，任何强权都不能改变她对于公平与正义的维护，公平、正义才是最大的权力。

这篇新闻评论，作者提出"面临弹劾的总统为生存而战"，标题醒目且具有讽刺意义，并将总统发表国情咨文这一重大事件比作一出"滑稽戏"，开篇极具扣人心弦的力量。全文运用大量反语，充满了讽刺和幽默，如"这就好像德拉库拉突然提议建立一个公共血库似的"，"所以共和党人聊天、微笑和拍手,为的是他们希望理查德·尼克松赶快下台"，"两个最好的公仆""管子工""电子刺探""所谓的水门事件""特别的责任"等,都表明了作者对"水门事件"和尼克松总统的不满,表明自己是站在否定批判的立场上。

整篇评论语言没有什么拐弯抹角的地方,都是直抒胸臆、快人快语的风格。全文作者都用了第三人称写作,没有直接指名道姓道出"他"是谁。这样写法很巧妙,首先,第三人称比第一人称更客观,是对事实的客观描述,更直白,更真实,更具有说服力;其次,用第三人称叙述可以更好地展开文章的叙述,使文章娓娓道来,不做作,不矫情;最后,以第三人称叙述可以更加突显文章的中心,使读者产生共鸣。(子夜霜、刘宇)

华盛顿是国父，还是可耻的叛臣逆子

怎样教养儿童,才能使他长大成人以后不致惹是生非、叫人讨厌? 关于这个问题,概括起来,有两种截然不同的理论。

第一种是比较传统的理论。这种理论侧重训练。讲究从小就开始训练,这样长大以后他们已经形成一套现成的价值观念、处世态度,以至于生活习惯。人们训练或教导他怎样待人接物,他以后就会怎样待人接物。

第二种是比较现代的理论。这种理论转而侧重教育。要把儿童教育得长大以后可以独立思考,形成一套在变化迅速的环境中最适合他的价值观念、处世态度和生活习惯。

这种理论上的区分明显无法应用到实际中。实际情况并不是"非此即彼"。不过,我们只要从教科书争端中举出一个例子,也就足以说明这场侧重点之争的意义。

大多数美国人,由于自幼受到父母和师长的教诲,习惯于把爱国主义看作是他们生为美国公民而十分幸运的标志。他们是在这种价值观念的熏陶下成长起来的,或者说训练出来的,因为他们的家长和老师都希望这样。爱国和叛逆是两种互相冲突的价值观念。家长和老师都希望把下一代美国人训练得忠于祖国、恪尽职守,而不希望他们在爱国和叛逆的问题上异想天开,以致误入叛国的歧途。

教导的方法是人人都熟悉的——效忠宣誓、国歌、向国旗致敬。对于这一命令式的决定,人们并不教育学生去进行彻底的思考,去自行判断乔治·华盛顿究竟真是美国的国父,还是像千百万忠诚的英国人认为的那样,是继奥利夫·克伦威尔之后英国王室最可恶的叛臣逆子。在他们学会思考这个问题之前,就已经知道了这一问题的答案。

教科书争端的关键也在于此。如果我们不用家长们奉为传世圭臬的价值观念训练儿童的话，那就是对儿童疏于管教。如果我们不对儿童进行教育的话，那就会使儿童沦入世世代代的愚昧状态。

问题在于怎样把这两种方法恰当地结合起来。需要大家在这个融合上取得一致意见。一旦大家的意见趋于一致，教科书之争就会烟消云散。

[美国]约翰·丹尼尔·莫里/文，张今/译

品读

作者写作这篇社论背景是这样的：在美国西弗吉尼亚州卡那瓦县公立学校中，有人把诸如诗人艾伦·金斯伯格和黑豹党人埃尔德里奇·克利弗等人的文章编入教科书。这引起了人们的强烈抗议，掀起一场轩然大波。在争论中，有一派叫作"人文派"，另一派叫作"原教旨派"。人文派主张宣传科学知识，认为公立学校和教会可以各行其是，互不干涉。原教旨派认为，公立学校的教科书已经不再宣扬爱国主义等传统道德观念了，并且对宗教采取了敌视态度，而不是中立态度。

鉴于教科书的争端，1974 年 12 月 7 日《查尔斯顿每日邮报》发表了约翰·丹尼尔·莫里的这篇社论。作者对教科书争端采取了折中调和的态度。他认为，争端实际上只是反映了人们对教育方面某些倾向的强烈意见，而把教科书作为突出的目标而已。教育当局最后不得不屈从教会的压力，从教科书中删除了有关材料，才平息了这一风波。

针对教科书的争端，要发表新闻评论，关键要寻找到恰当的新闻由头。这篇评论的新闻由头就很清楚，学校、家长及教会为教科书问题发生争执，涉及应当怎样教育孩子、让他们明辨是非的重大问题。比如，怎样评价华盛顿？华盛顿是美国的国父，同时是英国的叛臣，学子们应该如何分析判断，确定自己的价值观？选这个话题加以评论，理由充足、有极强的针对性。

有了新闻由头，还要善于从新闻事件中提出问题。本文开篇即提出问题："怎样教养儿童，才能使他长大成人以后不致惹是生非、叫人讨厌？关于这个问题，概括起来，有两种截然不同的理论。"评论的论点紧扣这一问题展开——有哪两种截然不同的理论？哪一种是对的或错的？如果都有道理，应该如何协调这两种"截然不同"的理论？这样一来，文章的思路和脉络就很清晰了。

对争论的问题，还应分析、证明论点并推出结论。作者丹尼尔通过"侧重训练"和"侧重教育"的两种学说，推出本文论点：这两种学说的区分只有理论意义，"明显无法应用到实际中。实际情况并不是'非此即彼'。不过，我们只要从教科书争端中举出一个例子，也就足以说明这场侧重点之争的意义"。随后，通

过一个简单的例子——"华盛顿是国父,还是可耻的叛臣逆子"——说明上述两种学说各有偏颇之处。最后顺理成章地推出结论:"问题在于怎样把这两种方法恰当地结合起来。需要大家在这个融合上取得一致意见。一旦大家的意见趋于一致,教科书之争就会烟消云散。"

公民道德的滑坡

◇[美国]路易斯·拉科斯

读 点

"以小见大",借考试作弊投射重大社会道德问题。

以其"危言耸听"而获美国普利策最佳社论奖。

90名西点军校学员考试作弊行为的曝光,只是当今美国人道德滑坡问题的一个侧面。这种道德滑坡已使许多国人思虑:美国是否也会走上促使罗马帝国崩溃的腐败之路。这是一个清醒的认识:必须面对现实。

那些西点的学员不诚实,他们作弊。有些人这样做是因为他们玩足球时间太多,以致无法跟上学业。而那些不是运动员的人这样做,则是因为他们认为:这是一条通过考试的捷径。

运动员们提出了体育应在学校生活中扮演一定角色的借口。这种错误的看法在美国高等院校中普遍存在。组织一个好的球队来赚钱,以建造一个可以赚更多钱的大体育馆:这种需要已使我们许多学校错误地购买球员和参加公开赛以捧红某个橄榄球明星。一些学校已意识到这个错误并开始给体育降温,这是早就应该做的。

在西点,这种动机稍有不同,因为山姆大叔为它掏腰包,负担了学校的全部费用。但就个人来说,都

批:考试作弊似乎很平常,但与美国最优秀的军事院校联系在一起,而且人数之多,那就"不平常"了,的确是关系到公民道德滑坡的问题,绝非是作者在小题大做。

批:从学员身上分析作弊的个人原因。无论何种理由,但做法是相同的,都是作弊。

批:从学校方面分析作弊客观原因。学校重视体育不错,但让其商业化,无疑对学生的学业会产生不利的影响。

批:指明西点不存在让体育商业化的客观原因,而个人因素比较

有一种组织一个一流的或者接近一流的球队的欲望。如果运动场上的活动干扰了学生，那么就小小地作弊一下，混个及格。

但从根本上来说，西点军校发生的事情已反映出不仅在美国学校，而且在美国社会及政治生活中，早已确立的传统的诚实和正直已遭到扭曲的现状。

在政府高层里此类现象也屡见不鲜。二战后人民常被政府欺骗。我们被告知政府并没有与任何人签订秘密条约，但随后不久，我们发现政府签署了《德黑兰条约》《雅尔塔公约》和《波茨坦公告》，并且，朝鲜战争的爆发也已不可避免。

在新政时期产生了这样一种思想，即一个政府可以通过让选民得到实惠的手段而使自己永久执政。还记得哈里·霍普金斯是怎样选择了主持美国工程兴办署而在肯塔基赢得了一次选举胜利的吗？在那个时代产生了这样一种说法：无论市、州或个人，都不必为他们生活的来源或谋生策略发愁——让华盛顿去操心吧！经济萧条与政治把戏纷至沓来，使许多美国人产生了一种贻害不浅的思想：努力工作是愚蠢的，如果你需要工作，挑最省事的，尽可能多地要钱——越多越好。

今天我们所关心的年轻一代，像那些西点军校的学生，那时还是婴儿。他们在一种"拿到即是你的"的氛围中长大，对美国传统一无所知。他们是过去 20 年错误的畸形产物。

我们今天在华盛顿看到了什么？腐败和丑闻。黑社会和政客们的勾结被凯弗维尔委员会揭露出来了吗？富布赖特委员会公布了复兴金融公司的丑闻和那些有权势的、有时甚至是在白宫庇护下高价出卖合约的牟利者。

我们听说过征收所得税的政府部门可疑的行为。

多一些。

批：指出作弊的深层原因。"诚实和正直已遭到扭曲"，这才是现象背后的本质问题。

批：从军校作弊到政府欺骗民众，论述更深一层。政府也开始抛弃"诚实和正直"，"欺骗"人民，揭示道德沦丧的根源。

批：用经济惠及选民的新政思想，结果往往忽视人的道德问题。

批：不负责任的思想。

批：的确是贻害不浅的思想。

批："拿到即是你的"是一种极其错误强盗思想，美国优良传统得不到弘扬，年轻一代在如此环境中长大，怎么可能健康？

批：看看政府，腐败和丑闻不断，政客与黑社会勾结，"上梁不正下梁歪"，如此政府、政客，又如何能引领民众提升道德水准呢？只能是不断下滑。

批：事实胜于雄辩。一系列的事实有力说明了政府、官员、各个党我们听说过援助物资像平常货物一样在柜台上进行交易的情形。

　　一位陆军将军心安理得地从与其做政府生意的人手中收受回馈，同时将政府物资化为己有。

　　民主党全国委员会主席曾凭空许愿能左右复兴金融公司的贷款，并以此向圣路易斯公司索取回扣，被揭发后，他却高叫"冤枉"。

　　总统的一位密友，是一位少将，他在白宫办公。在那儿他轻松地签发着一张张免费送来的冰箱收条，然后再把它们发往政治上需要的地方去。

　　去年，俄亥俄州、马里兰州参议员席位的竞选也造成了一个新的政治低潮。

　　因此，当90名西点军校学员偏离了诚实的道路，当令人作呕的贿赂大学篮球队案被曝光，当被指控抢劫的年轻人（他们在纽约也这样干过）站在法庭上坦承有罪并厚颜无耻地说"每个人都这么干"的时候，当青少年因吸毒而被捕的时候，当太多的男女青年嘲弄纯洁与羞耻的信条的时候——当我们国家的年轻人犯罪案件逐年上升的时候，我们成年人应该对此作一个清醒的思考。

　　错误究竟在什么地方呢？家庭吗？也许是。学校吗？可能有部分原因。教会吗？也有部分原因。但主要的原因在于公众道德和精神的严重滑坡。这种道德和精神是美国的建国先驱们精心培育的，而现在却很少有人关注。在我们很多人中间，一个被普遍接受的事实是，只要没被当场抓住，一切都是正当的；我们每个人都有权不劳而获；世界欠我们一份生活；一天诚实的劳动获取一天诚实的报酬是不可理喻的行为；在别人骗你之前赶快去骗别人是唯一的牟利的原则。

　　公众道德水准低下。不幸的是，好的榜样不在华盛顿。总统是他的幕僚的牺牲品，但他却由于一

派在道德方面为民众作出了极其恶劣的影响。叙述简明扼要，件件事实列举，论述显得铿锵有力。

批：由"政府"回到"年轻人"，一组排比句列举了种种违背公民道德的现象和事实，无可辩驳地论述政府、成年人的无道德行为对年轻一代产生的极其恶劣的影响。

批：层层设问引人深思，引出问题的关键——公众道德和精神的严重滑坡。进一步指出人们无视传统道德和精神的现实。

批：历数"道德滑坡"的种种表现，这让任何一个有道德、有国家民族意识的人都不寒而栗。

批："公众道德水准低下"，总统、两党领导、各级政客都难辞其咎，

种错误的忠诚观而无法拍案而起。他的勉强态度姑息了谬行。两党的领导都是较弱的，因为这种领导是以下届选举能否当选，而不是以公众利益为基准的。事实上公众道德的低下，是由于各级政治游戏都是在一个历史性的低谷中进行的。他们互相帮衬，共谋利益。

处于政治需要，抛弃了公众利益和公众道德。

然而，我们却跑遍世界去告诉人们来学我们的经验，来看我们最优秀的民主制——请照搬过去吧，我们承担一切费用。但是，我们仍然要问，《真理报》会对90名西点学员说些什么呢？

批：让别人来学什么？学沦丧的道德？莫大的讽刺！

是重振道德的时候了。西点事件只是令人沮丧的编年纪事中的一节。罗马帝国灭亡了，不是因为外部力量推翻了它，而是亡于内部的腐败。如果我们需要祈求回复到古代宗教规范下的日常行为和尊重上帝的道德法则的话，那就这么做吧。当一个国家的道德格局开始损坏的时候，就应该在整个烂掉之前进行修补。全国性道德滑坡的前因后果将成为下届总统选举的议题。

批：呼吁振聋发聩！

批：以罗马为戒，警醒美国政府和人民，不能重蹈罗马衰亡的覆辙。

批：道德修复，迫在眉睫。

批：将道德滑坡问题与总统选举联系起来，可见此问题已经是人们不得不解决的问题了。

（韩扬/译）

"以小见大"的论述艺术

路易斯·拉科斯（Louis Lacoss，1890年1月8日~1966年2月17日），美国记者、编辑家。

《公民道德的滑坡》这篇社论是针对西点军校作弊丑闻而写的。作者把这桩丑闻最终归结为美国公众道德的滑坡。作者希望通过这篇文章来启迪公众对自身道德水准的再认识及对道德问题的思索。此文发表于1951年8月6日《圣路易斯环球民主党人报》。

一粒沙里看世界，半瓣花上说人情。透过生活中的点点滴滴的小事，看出小事背后的大道理。这就是我们常说的"以小见大"。考试作弊并不是什么新鲜事，但作者敏锐地看到作弊背后的社会和政治生活的严重扭曲，以小见大，"危言耸听"，又由表及里、令人信服而发人深省地指出作弊背后公众道德滑坡给美国社会带来的深重危机。本文也因此而获 1952 年普利策最佳社论奖。

　　所谓"以小见大"，其"小"是"皮"，而其背后的"大"才是"瓤"。由考试作弊而言说公民道德滑坡，似乎"危言耸听"了，但作者的"危言耸听"却是站得稳的。"危言耸听"要站得稳，就一定要避开"小题大做"的嫌疑，既要把受众的目光引进深入、开阔的地域，又将自己的论点稳稳地立于不败之地。在此，从哪一个"小口"切入并不重要，关键是那结论一定要"危言耸听"得"石破天惊"。要雄辩地道出"大"在何处？为什么"大"？如何解决这个"大"问题？第二次世界大战结束不久的 50 年代，美国进入了经济发展的高速时期，物质生活质量日益提高。物质的丰富带来了深重的精神危机，而公民道德的滑坡则是精神危机的具体体现，也成为了许多人关注和讨论的热点。上至总统及两党领导，下至各级政客，无不为利而行事，于是居然形成了一种"拿到即是你的"的社会氛围，只要能得到人们便不择手段地去牟取，不管是否违背道德，也不管什么规则，甚至也不顾是否违法，反正"每个人都这么干"。这是多么可怕的社会氛围，完全违背了公众道德和精神。评论员路易斯·拉科斯从 90 名西点军校学员考试作弊行为的曝光的新闻事件入手，写下此文，可谓"危言耸听"，但它以小见大地揭示出作弊背后的深层的社会道德问题，发人深省。（子夜霜、聂琪、屈平）

道德品质

　　政治家和政治评论家对选举的一个困惑不解的问题是公众为什么在国家繁荣的时候对政府大投不信任票。

　　是的，第一个由选举引起的问题是人民是否像他们被告知的那样富足。人们对这种形势一派大好的高调大惑不解。

　　毫无疑问，通货膨胀似乎计很多人变得比往常更富足了。但也有很多人认为他们越来越穷。还有不少人开始以为自己富了，后又发现事实并非如此。尽管他们被一遍一遍地告知他们富裕了。

　　简单的事实是通货膨胀不会造成繁荣，它只会带来贫困。如果持续下去，它只会带来最糟糕的事情。选举中的数字已表明公众发现了这一事实。

　　而且对于我们来说，选举中的数字还意味着另一个事实——或至少是极传统的美国人民的另一种品质。正是这种品质使得危机来临的关头，道德高于一切。

　　在 1862 年，有人问林肯，既然他知道道格拉斯和他都反对扩展奴隶制、都维护国家统一、都限制奴隶制的范围，那么他和道格拉斯的区别在什么地方呢？林肯说仅仅在道德问题上。他认为奴隶制是错误的，而道格拉斯却认为奴隶制是正确的。而最后，道德的回答将超越一切。一个世纪以来,世人对林肯的尊敬表明他对广大公民的理解是正确的。

1952年全体选民面临着一道德问题。在通常的具体施政方案上很难区分艾森豪威尔和史蒂文森、区分共和党政策和民主党政策。但在这样一个简单问题的答案上却有着很大的差别。

我们过去的政府是对还是错?

史蒂文森先生必然说是正确的。史蒂文森先生也认为腐败、背叛、通货膨胀以及其他诸如此类的东西都是恶劣的,但他却把这一切都说得轻描淡写。在没有与其政党和领袖脱离干系的情况下,他很难对我们的政府进行道义上的指责。

艾森豪威尔认为我们有的政府是错误的。他说通货膨胀之所以可恶,不仅是因为它弄糟了经济,而且它掠夺了民众。他说进行朝鲜战争之所以是错误的,是因为那里只有无休止的屠杀。他说庞大的集权政府之所以不可取,不仅仅是因为它不可控制,也因为它剥夺了人民的自由。

我们认为,艾森豪威尔赢得了人民的拥护,这是因为他指出腐败、集权主义、通货膨胀以及战争的无谓浪费等在道义上是错误的。他渴求的不是财富而是明辨是非,理顺曲直。

在本报的另一个专栏中钱伯林先生提醒我们说,那些伟大的国家之所以灭亡,是因为它们的人民已经堕落,从而再也产生不了道德上的义愤。

我们认为美国人也有人类共同的弱点。如果其他事情都是等同的,只剩下吃面包和看杂技,他们会非常感恩,并且在民意测验中把这种感谢表达出来。而当道德问题摆在他们面前的时候,一切便都是不平等的了。

一旦让公众相信了道德问题的重要,那么不论是在市政厅还是国会大厦,人们会不惜摒弃对财富的渴求。这样一来,那些企图利用民众的道德义愤从选民中攫取权力的政客们也会越来越多。

[美国]佛蒙特·C·罗伊斯特/文,韩扬/译

品读

佛蒙特·C·罗伊斯特(Vermont C. Royster,1914年4月30日~1996年7月22日),他的新闻生涯是在《华尔街日报》度过的。1936~1941年、1945~1946年任该报华盛顿分社记者;1946~1948年任社论撰稿人和专栏作家;1948~1951年任副主编;1951~1958年任高级副主编;1958~1971年任主编;1960~1971年他担任《华尔街日报》的母公司道·琼斯公司的副总裁。

德怀特·大卫·艾森豪威尔(Dwight David Eisenhower,1890年10月14日~1969年3月28日),美国陆军五星上将,第34任美国总统(1953年1月20日~1961年1月20日)。第二次世界大战期间,他担任盟军在欧洲的最高指挥官。1950~1952年出任北大西洋公约组织武装力量最高司令。1952年他退出军界,代表共和党竞选总统成功,以压倒性多数当选,并连任两届。他任职期间美国社会经历了战后安定、繁荣的时期,签订了《朝鲜停战协定》,提出干涉中东

地区事务的"艾森豪威尔主义"。继续推行冷战政策,加速发展战略空军,他成为世界冷战格局形成的关键人物之一。

艾德莱·史蒂文森(Adlai Stevenson,1900 年 2 月 5 日~1965 年 7 月 14日),美国政治家,以其辩论技巧闻名,被誉为当时仅次于温斯顿·丘吉尔的天才,曾于 1952 年和 1956 年两次代表美国民主党参选美国总统,但皆败给艾森豪威尔。

路易斯·拉科斯发表《公民道德的滑坡》时是民主党派执政,文中尖锐地指出公民道德的滑坡政府负有不可推卸的责任。艾森豪威尔是共和党派,他赢得 1952 年大选,结束了民主党派长达 20 年的执政。

佛蒙特·C·罗伊斯特于 1952 年 11 月 12 日在《华尔街日报》上发表了《道德品质》一文,这是在 1952 年总统选举之后发表的,他试图把艾森豪威尔的胜利解释为他与其民主党对手史蒂文森在道德问题上的不同见解。此文获 1953 年普利策社论奖。

当然,艾森豪威尔赢得总统大选与其道德问题见解有一定关系,但更重要的是与其战争经历、国际局势以及民众对民主党执政的厌倦有密切关系。

我们一定是疯了

◇[美国]理查得·艾里古德

读 点

美国枪支泛滥引发诸多社会问题,关注这一顽症并进行理性思考,具有重大社会价值。

我们一定是真的疯了。

多年来,我们美国人熟视无睹大量伤亡事件的发生,因为一些人喜欢打枪并且在买枪时并没有深思熟虑。

演绎疯狂行为的并非仅我们一国——德国人在有人威胁到他们在高速公路上以 130 英里时速驾车的神圣权利时随时都表现得很坦率。但我们颇感孤独的是,我们的国家在某种意义上说,仍是一个公民在家里万一遭到突袭时需要轻型武器的拓荒地区。

詹姆斯·奥利弗·休伯特并不是独一无二的,但他是说明必须加强枪支管理的最好实例。他脾气暴躁,几乎憎恨每一个人。他和他妻子都曾向同他们发生小小口角的人开枪。

没有人能为休伯特——或任何人——合法拥有一支乌齐式狙击步枪提出正当理由,虽然枪迷们试图这样做。同样没人能为休伯特——或任何人——拥有穿甲弹提出正当理由。

但是他都拥有了。而且他在上周携带 12 毫米口径猎枪和 9 毫米手枪走进加利福尼亚一家麦当劳

批:是对标题的强化。

批:买枪的草率正是大量事故发生的原因。

批:德国人飙车的疯狂,衬托美国人持枪更加疯狂。

批:"拓荒地区"和现代文明形成鲜明对比,从而说明美国一般公民持枪合法的不合理。

批:以"脾气暴躁,几乎憎恨每一个人"的休伯特犯罪事实为例,极有说服力,事实胜于雄辩。

批:从社会安全的角度来说,休伯特这样的人拥有枪弹是非常危险的。

批:从死伤人数来看,休伯特拥有枪弹造成了极其严重的危害。

快餐店,用这些枪杀死20人,打伤19人。随后警察赶来,用一粒解气的子弹射穿了他的胸膛,这样的死法太便宜他了。

有多少脾气暴躁的反社会分子在随处浏览着《兵痞》杂志并摆弄着他们的枪?有多少年轻人在街上买支手枪就像买个热狗一样容易?这不令你胆战心惊吗?

出于自我辩护,枪迷们将告诉你,宪法允许他们有这种极端的嗜好,虽然他们习惯性地省略了"管理良好的民兵"(注:美国宪法修正案第三条:管理良好的民兵总是保障自由州的安全所必需,因此人民持有和携带武器的权利不得侵犯)这种说法。这就意味着形成了类似国民警卫队的组织,而且这些枪迷们还告诉你,他们全都是自动取得资格的。

他们会说汽车同样能杀死人,但他们却忘了买车和开车必须要有驾照和进行汽车登记。他们会说一把厨房里的刀子也能杀人,却没有谈到用一把小刀怎能在麦当劳店里制造屠杀事件。

他们还会说他们喜欢收集武器,就像其他受宪法保护的爱好一样。对于他们来说,小偷喜欢偷收集枪支者并将赃物贩给想买枪的罪犯,这并没什么大不了。这个国家会理解喜欢收集各种炭疽病菌的疯子吗?

所谓的自我辩护完全是胡说八道。

持狙击步枪、机枪和重型手枪的猎人或枪手不能在目标距离里准确射击有什么合理的意义?那些武器只适于杀人或用作军事目的。允许任何像休伯特一样头脑发热的人来购买他喜爱的各种致命武器又有什么合理性呢?

每天有60个美国人死去——每一天——在这个国家死于手枪下。这值得吗?

国家禁止向公民出售军用武器是合理的,严格

批:"解气",表达了作者强烈的痛恨之情;"太便宜"是因为持枪者犯下的罪行极其严重。

批:由典型事件转向一般现象,批驳美国社会枪支泛滥更具有针对性。

批:血腥的枪击事件背后,根源在于法律制度的不合理。

批:列举枪迷们的汽车杀人、刀子杀人说法,以"小刀杀人"反驳持枪合理论者的荒谬言论。

批:类比论证,使好像纷繁复杂的道理变得清晰明了,持枪合理论者的言论完全是荒谬的。

批:批驳有力,痛快淋漓。

批:明确武器的用途,持枪合理论者不是军人或警察,那他拥有枪支的目的就是杀人了。反驳一针见血,十分有力。

批:血淋淋的现实。

限制向枪手以及那些以其他理由想拥有手枪和进行转手买卖的人出售手枪也是合理的。更为合理的说法是，国家的大多数人不应该受到少数喜欢玩枪的人恐吓。

批：个人的自由，不能建立在危害他人的安全之上。

事实上，只有一个讲得通的理由。

我们一定是疯了。

批：首尾呼应，结构圆融。

（李岚/译）

别具一格的批驳方式

理查得·艾里古德（Richard Aregood，1942 年 12 月 31 日~   ），美国记者。其评论以抨击猛烈和毫不妥协著称。

《我们一定是疯了》原载于 1984 年 7 月 23 日美国《费城每日新闻》，1985 年获得普利策新闻评论奖。

新闻评论《我们一定是疯了》以别出心裁的标题、独特的立论角度、独具匠心的批驳方式、直截了当的文字、尖锐率性的语言给读者留下了深刻印象，评论对枪支管理的顽症给予无情批判。从立论的角度来看，作者的落脚点是：我们有枪支管理的法律，但是却得不到严格的执行，使得大多数人受少数喜欢玩枪的人恐吓。

新闻评论主要对持枪合理论者予以无情的批驳，批驳方式别具一格，作者模拟枪迷们的口吻说话，这是让他们站出来替自己申诉理由，进行辩护，然后予以批驳。

作者模拟枪迷们的说法，实际是作者对那些野蛮的滥用枪支的人的讽刺和挖苦。枪迷们是他们自我安慰、自欺欺人的称呼，作者就用这个称呼代表这一类人，对他们可能提出的辩护一一驳斥，进行激烈的论战和攻击。这个环节很精彩，是整篇社论的看点所在。作者分饰两角，一方面模仿枪迷们的口气，对自己拥有枪、使用枪进行辩护，提出各种强词夺理的理由，直接展示枪迷们的强词夺理、滑稽可笑；一方面极具针对性地进行毫不留情、尖锐泼辣的批驳，体现出强烈的思想性和战斗性，让人拍案叫绝。

"我们一定是疯了"这句话在标题、开头和结尾中一共出现了三次。标题的使用，给人一种新鲜突兀的感觉，让人摸不着头脑，让读者思考"我们怎么疯了""我们疯在哪里"，以这种形式吸引受众眼光，引起人们的思考和关注。导语中再次强调"我们一定是真的疯了"，是对标题的强化，"真的"一词更加深了读者的印象。结尾处再次呼应，既使文章浑然一体，结构完整，又让读者对其"疯"的所指有恍然大悟之感。（子夜霜、聂琪、仲维柯）

我们的答辩

汉密尔顿先生：

感谢你1月21日寄来的信，尽管你的许多观点是极端错误的并带有诽谤性质。然而在最后一点上我们的观点完全一致——我们都相信新闻出版自由。因此你的信未作任何改动印在我们这张"垃圾纸"上。我想你不会反对我提出一些新的看法作为答辩，因为甚至犯人也有在法庭上为自己辩护的权利。

在你的来信的第一段，你重复几个月前就有过的指责，即我的"精神不正常"。汉密尔顿先生，简单否认你的看法似乎证据不足，尤其是以你的方式来考虑这一指责。但是也许你愿意接受我的挑战，即我们两人站在任何一个有行医资格的精神病医生面前，让他对我们俩作全面的检查，看看究竟谁的精神不正常。这应该是一件有趣的事，我想结果可能是令人意想不到的。

你在信的开头暗示，《论坛报》的广告客户和订户有许多是你们组织的成员。当然，我们无法说你的判断正确与否。如果任何想停止业务的广告客户中有三K党成员，我们有幸会立即取消这一业务。如果有任何想要我们退还订报费的订户，我们将用现金退回他的剩余订报费。我们不想要来自三K党的任何支持。有足够的人支持我们，并让我们的报纸继续办下去。

在第二段里你"被迫挑战"我，要我拿出证据来证明你的三K党与最近哥伦布县鞭打事件有关。汉密尔顿先生，请注意你强烈反对的那个专栏："无论在大量类似哥伦布县鞭打案中他们是否有罪，三K党及其罪行都是带来这种恐惧的原因。"

你的三K党的出现标志着鞭打案件的开始。即使你的党羽不亲自干这一勾当，其他人也会把你们的组织作为避风港。但请相信我，如果我能够证明三K党应对这些事件中的一件负责，我将非常高兴地将这一切告诉12人陪审团，制造这些案件的团伙不会留给被告任何辩白机会。在理论上他们是该受惩罚的，他们是罪犯，没有任何权利申辩自己无辜。

你的那些人将来会寻找辩护人和其他机会，在这些案件中为他们辩护，如果时间使这一行为变得必要的话。从无辜到被迫证明有罪，事情会这么发展的。

汉密尔顿先生，当你说"我"要对任何想证明我们的团体不择手段、企图支配法院的说法提出反驳的时候，要证明你的错误一点也不难。你自己已经承认，你和你的穿长袍的朋友把查利·菲茨杰拉德从他在默特尔海滩的事务所中拖出来，为了支配正义以暴力作了一些尝试。你们有没有这么做呢？

其后你提及宪法的原则。你是否读过那个文件？一个如此直露地在公开演说中抨击法律、黑人、天主教的人，同时却又表示相信我们民主政府的主要原则。这种歪曲性的理解远远超出我的想象。

你问及哥伦布县的执法人员究竟出了什么问题。关于他们追捕犯人的能力,谁组织一场接一场的战斗,这些我概不知道。关于他们在这个方面作的努力,我相信他们已竭尽所能。对于他们而言,清除这样一个黑社会也许是一项太过艰巨的工作。

但是无论如何,他们正尽力帮助老大哥联邦调查局和州调查局,后者有权要求得到帮助。我们相信他们正在取得进展。我们没有理由认为我们在执法上出现了问题。

如果他们不幸没能抓住这些罪行的真正凶手,我必须承认你的观点:他们缺乏某些能力和条件。我并不想把他们的任务减至最少,要获得证据是困难的,由于这一点,我给他们送去同情和良好的祝愿。

至于你的三K党人的能量,我只能说"不予置评"。但是我希望能将你们的成员名册放到上帝面前,以便获得他表示赞成的印证。这个经过精心挑选的"善人"团伙善于掩盖身份和面孔,不会做错事情。

在你的来信最后两段里,你又回过来谈到上帝与国家。二者都是我心爱的,对它们我只能说一声"阿门"。但当面对上帝交给的布道使命时,我不禁有些疑惑:上帝究竟让你布道,还是让我布道?或者是要停止你的工作,抑或停止我的工作?

[美国]沃尔特·霍勒斯·卡特/文,蒋荣耀/译

品 读

沃尔特·霍勒斯·卡特(Walter Horace Carter,1921 年 1 月 20 日 ~2009 年 9 月 16 日),美国著名评论家。

1950 年 7 月 26 日,美国北卡罗来纳州的一家周报《泰伯城论坛报》在其头版宣告:民主的美国没有地方让三K党有组织的游行队伍通过。这一宣言启动了一场反对第二次世界大战后在该州死灰复燃的三K党长达三年的战役。随即,一家周刊小报《新闻报道者》也加入了战斗行列,对三K党的暴行进行揭露。

《泰伯城论坛报》主编沃尔特·霍勒斯·卡特和《新闻报道者》的威拉德·科尔冒着发行量下降及广告客户减少的压力,以其值得钦佩的勇气和报道技巧激起整个州的震动,触动了司法机关,最终摧毁了北卡罗来纳州的三K党。随着 18 名三K党成员被判刑及更多成员受到法律制裁,一个充满恐惧、威胁和鞭打事件的时代终结了。三K党首领、"大龙"托马斯·汉密尔顿承认曾领导三K党鞭打无辜妇女,被判刑 4 年,该三K党从此垮台。

1952 年 1 月 23 日,主编卡特在《泰伯城论坛报》刊登了汉密尔顿满纸恶言的来信全文,并发表了这篇富于挑战性的答复信。

后　记

读书,不仅是读读而已,而是关乎读什么、怎么读的问题;读书,不仅是对我们的人生观、价值观、世界观的洗礼,也是对心灵的一种抚慰;读书,不仅可以汲取思想精神方面的营养,也能获得一种审美的享受,并使审美能力得以提升。

读什么呢? 读古今中外最经典的作品。

怎么读呢? 欣赏性、评价性地品读。

做到这两点,自然能达到读书的目的。

读经典作品,读者尤其是学生读者往往觉其美,但美在何处,却说不出来。

"品读经典"系列不仅是要把经典作品遴选出来,而且在怎么读经典上为读者作些努力,这些经典作品都有旁批及针对整篇的专题性赏析,同时,比较阅读的作品也都有品读文字。为了更好地服务读者,在"品读经典"系列出版后,我们将在"未来之星"博客上刊发"品读经典"系列各类文体作品的品读要点、品读方法、作品评析的文章。这里我们也期待热心下一代健康成长的教师,能提供有评析文字的欣赏文章,我们适时将在"未来之星"博客刊发。

推崇经典、拒绝平庸,是我们一贯的主张,我们历时六载编写了"品读经典"这一系列,根本的目的就是要把最经典的最具阅读价值的作品奉献给我们民族的未来一代——广大青少年读者。当下图书可谓琳琅满目,但是,有品位的太少太少,真正适合青少年读者阅读的更是少之又少。基于此,"品读经典"系列是以世界眼光来审视古今中外作品的,把最经典的择选出来,呈现给青少年读者。

"品读经典"系列,学生、老师、学者等前后推荐经典性作品 35670 余篇,经过数次大浪淘沙式的遴选,推荐的作品最终入选的仅有 3%。因此,入选"品读经典"系列的这些作品,可以说,篇篇皆是书山文海里最为璀璨的颗颗珍珠,是经典中的经典。浏览它,如雨后睹绚烂彩虹;欣赏它,如江岸沐温馨春风;品读它,如清晨饮清爽香茗。

历尽千百周折和万千艰辛,"品读经典"系列终于将与读者见面了,然而我们仍觉得有些遗憾。

　　遗憾之一:"品读经典"所选作品的读点、旁批、专题赏析、品读等皆是全国一百多位老师、学者苦心孤诣研究的结晶,虽然经过数个环节的斟酌、修改、再斟酌、再修改,努力使其臻于完美,但是,仍感觉似有不足之处,加之品评作品本来就是仁者见仁,智者见智,也难免会有失当之处。因此,我们恳望专家学者及广大读者批评指正,我们表示真诚的感谢。

　　遗憾之二:为了开阔读者视野,入选的国内经典作品较少,外国经典作品相对较多,然而这些外国经典作品有的还缺少译者,尽管我们努力查寻,有所弥补,但仍然有的作品的译者难以查到。为了帮助读者理解作品,需要作者的一些资料,但有的作者资料仍然未能得以完善。由于所选作品涉及面广、稿件来源复杂及时间地域等因素,出版前我们仍难以与所有作者(包括译者)一一取得联系。本着扩大作品的影响力和为读者打造最具阅读价值的一流读物的原则,冒昧将其转载,在此谨致以最深切最诚挚的歉意,恳请作者谅解!

　　为了弥补遗憾,出版后我们仍将继续联系作者,同时,也恳请作者或熟知作者情况的读者见到本书后能与我们联系,以便重印时弥补缺憾和按国家有关规定支付作者稿酬。

　　我们真诚希望所有作者都能联系上,也希望更多的优秀作者和专家学者能支持并参与"让下一代能读到真正有价值的书"的活动,为推动民族文化事业的健康发展贡献一份力量。

未来之星博客:http://blog.sina.com.cn/axbk2009

作者联系信箱:zhbk365@126.com

读者建议信箱:meilizhiku@126.com

本书编写者

图书在版编目(CIP)数据

流星瞬间的永恒：新闻卷／子夜霜，京涛，屈平主编 . — 郑州：文心出版社，2014.6
(品读经典)
ISBN 978 - 7 - 5510 - 0465 - 7

Ⅰ.①流… Ⅱ.①子… ②京… ③屈… Ⅲ.①新闻 - 作品集 - 世界 - 现代 Ⅳ.①I15

中国版本图书馆 CIP 数据核字(2013)第 089842 号

流星瞬间的永恒：新闻卷

出 版 社:文心出版社
　　　　　(地址:郑州市经五路 66 号　邮政编码:450002)
发行单位:全国新华书店
承印单位:郑州市毛庄印刷厂
书　　号:ISBN 978 - 7 - 5510 - 0465 - 7
开　　本:720 毫米 ×1000 毫米　　　　1/16
印　　张:15
字　　数:330 千字
版　　次:2014 年 6 月第 1 版
印　　次:2014 年 6 月第 1 次印刷
定　　价:28.00 元